WILKIE COLLINS

LA
PISTE DU CRIME

TRADUIT DE L'ANGLAIS
AVEC L'AUTORISATION DE L'AUTEUR
PAR
CAMILLE DE CENDREY

TOME SECOND

PARIS
LIBRAIRIE HACHETTE ET Cie
79, BOULEVARD SAINT-GERMAIN, 79

LA PISTE DU CRIME

OUVRAGES DU MÊME AUTEUR

QUI SE VENDENT A LA MÊME LIBRAIRIE

A 1 fr. 25 c. le volume.

Mari et femme, traduit de l'anglais par Ch. Bernard De-rosne. 2 vol. 2 fr. 50.

La pierre de lune, traduit par Mme de Clermont-Tonnerre. 2 vol. 2 fr. 50.

Mademoiselle ou Madame? 1 vol.

Le Secret, traduit de l'anglais par Old-Nick. 1 vol.

La Morte vivante, traduit de l'anglais par Ch. Bernard-Derosne. 1 vol.

Coulommiers. — Typ. A. PONSOT et P. BRODARD.

WILKIE COLLINS

LA
PISTE DU CRIME

TRADUIT DE L'ANGLAIS

AVEC L'AUTORISATION DE L'AUTEUR

PAR

CAMILLE DE CENDREY

TOME SECOND

PARIS
LIBRAIRIE HACHETTE ET Cie
79, BOULEVARD SAINT-GERMAIN, 79

1876

LA PISTE DU CRIME

XXV.

Complétement découragée et dégoûtée, et, si je dois même l'avouer, complétement terrifiée, je dis tout bas à Mme Macallan :

« J'avais tort et vous aviez raison. Sortons d'ici! »

Il fallait que l'oreille de Miserrimus Dexter fut aussi fine que celle d'un chien, car il entendit distinctement mon dernier mot : Sortons d'ici.

« Non pas! s'écria-t-il vivement. Et s'adressant à ma belle-mère : Présentez-moi à la seconde femme d'Eustache Macallan. Je suis un gentleman et je dois lui faire des excuses. J'aime à étudier les caractères de l'humanité... Je désire la voir. »

Toute sa personne parut avoir subi une transformation complète. Il parlait de la voix la plus suave et poussait des soupirs comme une femme nerveuse qui vient de répandre un torrent de larmes. Le courage lui était-il revenu ou cédait-il à un accès de curiosité?

« La crise est passée; voulez-vous encore vous en aller? me dit Mme Macallan.

— Non, je suis prête à entrer, répondis-je.

— Avez-vous déjà repris confiance en lui? me demanda ma belle-mère, de son air impitoyablement ironique.

— Je suis revenue de la peur qu'il m'avait causée, répliquai-je.

— Je regrette vivement de vous avoir effrayée, dit-il d'une voix douce, sans quitter encore la place où il s'était blotti près du foyer. Quelques personnes pensent que je suis un peu fou, par moments. Vous êtes venue, je suppose, dans un de ces moments... si ces personnes ne se trompent pas. J'admets que j'ai des visions. Mon imagination m'emporte hors de moi, et je dis et fais des choses étranges. Dans ces occasions, quiconque me rappelle cet horrible procès me ramène dans le passé et me cause une souffrance nerveuse inexprimable. Mais j'ai le cœur excessivement tendre, et, par conséquent, je suis, dans un monde comme celui-ci, un être véritablement malheureux. Veuillez agréer mes excuses. Entrez toutes les deux. Entrez, et ayez pitié de moi. »

Un enfant n'aurait plus eu peur de lui, maintenant. Un enfant serait entré dans sa chambre, et eût pris cet homme en compassion.

La pièce devenait de plus en plus obscure. Nous pouvions voir seulement la figure accroupie de Miserrimus Dexter à la faible clarté du feu mourant... mais c'était tout.

« Est-ce que nous ne pouvons pas avoir de la

lumière? demanda Mme Macallan. Et, quand on apportera un flambeau, cette dame va-t-elle donc vous voir hors de votre fauteuil? »

Il prit un objet brillant et métallique qui pendait à son cou, le porta à sa bouche et fit entendre une série de notes aiguës, cadencées, pareilles à un chant d'oiseau. Après un court intervalle, une série de notes semblables, mais plus faibles, répondit d'une partie éloignée de la maison.

« Ariel vient. Remettez-vous, dit-il, madame Macallan, Ariel va me mettre en état de paraître aux yeux d'une dame. »

Il sautilla sur ses mains, dans l'obscurité, jusqu'à l'extrémité de la chambre.

« Attendez un peu, me dit Mme Macallan, et vous allez avoir une autre surprise. Vous allez voir la délicate Ariel. »

Nous entendîmes des pas lourds résonner sur le parquet de la chambre circulaire.

« Ariel! » dit avec sa voix la plus douce, de l'endroit obscur où il était, Miserrimus Dexter.

A mon grand étonnement, la voix rude et masculine de la cousine au chapeau d'homme... voix qu'on eût prise pour la voix de Caliban, plutôt que pour celle d'Ariel... répondit :

« Me voici.

— Mon fauteuil, Ariel! »

La personne si mal nommée souleva la tapisserie, de manière à laisser pénétrer plus de clarté dans la chambre, puis y entra en poussant le fauteuil roulant devant elle. Elle s'arrêta ensuite et enleva de terre Miserrimus Dexter, comme elle aurait fait d'un enfant. Mais, avant qu'elle pût le replacer sur son siége, il s'élança de ses bras, en poussant un petit

cri de joie et sauta sur son fauteuil comme un oiseau
saute sur son perchoir !

« La lampe, dit-il, et le miroir. Pardonnez-moi,
ajouta-t-il, en s'adressant à nous, si je vous tourne
un moment le dos. Vous ne devez pas me voir avant
que mes cheveux soient arrangés. Ariel ! la brosse,
le peigne, les parfums. »

Apportant la lampe d'une main, le miroir de l'autre, et, entre ses dents, la brosse avec le peigne
fiché dans les crins, Ariel, second du nom, c'est-à-
dire la cousine de Dexter, passa devant moi. Je pus
alors, pour la première fois, voir sa large face, ses
yeux sans expression et sans couleur, son gros nez,
et son énorme menton. C'était une créature qui n'é-
tait qu'à moitié vivante, un être imparfaitement
développé et informe. Elle était vêtue d'un paletot-
pilote d'homme, et chaussée de lourdes bottines
lacées; avec cela, rien autre chose qu'un vieux
jupon en flanelle rouge, et un peigne édenté, planté
dans ses cheveux d'un blond filasse, et qui ne semblait occuper cette place que pour nous montrer que
nous avions affaire à une femme. Telle était la personne peu hospitalière qui nous avait ouvert la porte
de la maison, quand nous étions entrées, au milieu
de l'obscurité.

Cette singulière femme de chambre, réunissant
tous les objets nécessaires pour faire la toilette de
son maître, encore plus singulier qu'elle, lui donna
le miroir à tenir et se mit à l'œuvre.

Elle peigna, brossa, parfuma les boucles flottantes
des cheveux et la longue barbe soyeuse de Miserrimus Dexter, avec le plus étrange mélange de pe-
santeur et d'adresse, que j'aie jamais vu. Exécuté
dans un silence stupide, avec un regard lourd et des

mouvements gauches, ce travail n'en fut pas moins
parfaitement bien fait. Dexter, dans sa chaise, en
suivait avec attention les progrès, au moyen de son
miroir. Il était trop absorbé dans cette attention
pour parler, jusqu'au moment où les derniers soins
à donner à sa barbe obligèrent Ariel à se placer devant lui, et, par conséquent, à tourner sa figure vers
la partie de la chambre où nous nous trouvions,
Mme Macallan et moi. Alors il nous adressa la parole, tout en prenant bien garde de tourner sa tête
vers nous avant que sa toilette fût achevée.

« Maman Macallan, dit-il, quel est le nom de baptême de la seconde femme de votre fils ?

— Quel besoin avez-vous de le connaître ? lui demanda à son tour ma belle-mère.

— J'ai besoin de le connaître, parce que je ne puis
lui adresser la parole en l'appelant madame Eustache
Macallan.

— Pourquoi pas ?

— Cela me fait souvenir de l'*autre* madame Eustache Macallan... Et si le souvenir de ces horribles
jours passés à Gleninch me revient, mon courage
m'abandonnera... et je retomberai dans une de mes
crises. »

En entendant ces mots, je me hâtai d'intervenir.

« Mon nom est Valéria, dis-je.

— Un nom romain, observa Miserrimus Dexter.
Il me plaît. Mon âme a été jetée dans un moule
romain. Mon corps eût été bâti aussi comme celui
des Romains, si j'étais venu au monde avec des
jambes. Je vous appellerai madame Valéria, si vous
n'y voyez pas d'inconvénient. »

Je me hâtai de lui dire que je n'en voyais aucun.

« Très-bien ! madame Valéria, dit Miserrimus

Dexter, voyez-vous la créature qui est en face de moi ? »

Et il m'indiqua sa cousine avec aussi peu de façons qu'il aurait indiqué un chien à la manière dédaigneuse dont il l'avait montrée. Elle continua à peigner et à lisser sa barbe aussi tranquillement qu'elle l'avait fait jusque-là.

« C'est la façon d'une idiote, n'est-ce pas? poursuivit Miserrimus Dexter. Regardez-la : elle n'est qu'un simple végétal. Un chou, dans un jardin, a juste autant de vie et d'expression que cette fille en montre pour l'instant dans sa physionomie. Croiriez-vous jamais qu'un grain d'intelligence, d'affection, d'orgueil, ou de fidélité puisse exister, à l'état latent, dans un être aussi incomplétement développé ? »

J'éprouvais réellement quelque confusion à lui répondre. J'avais bien tort : l'imperturbable fille était toute à la barbe de son maître. Une machine n'aurait pas fait moins d'attention à ce qui se passait ou se disait autour d'elle.

« Eh bien! moi, reprit Dexter, j'ai réveillé cette affection, cet orgueil, cette fidélité, et le reste, qui étaient là à l'état latent. Je tiens la clef de cette intelligence endormie. Maintenant, regardez-la quand je lui parle... Je lui ai donné son nom, à la pauvre créature, dans un de mes accès d'ironie, et elle s'est fait à ce nom tout juste comme un chien se fait à son collier. Maintenant, madame Valéria, regardez et écoutez... Ariel ! »

La lourde figure de la jeune fille commença à s'animer. Sa main cessa de se mouvoir mécaniquement et tint le peigne suspendu en l'air.

« Ariel !... Tu as appris à peigner mes cheveux et à parfumer ma barbe, n'est-ce pas ? »

Sa physionomie s'anima de plus en plus.

« Oui!.... oui!.... oui!.... répondit-elle allégrement; et vous avez dit que j'ai appris à le faire comme vous voulez que ce soit fait!

— Je le dis encore. Te plairait-il qu'une autre personne fît cette besogne à ta place? »

Son regard s'illumina et prit une expression charmante de vivacité. Sa grosse voix d'homme fit entendre des notes d'une douceur inouïe.

« Personne ne prendra ce soin pour vous! dit-elle d'un accent à la fois fier et tendre. Personne autre que moi ne vous touchera, tant que je vivrai.

— Pas même cette dame?» dit Miserrimus Dexter, en dirigeant son miroir vers la place où j'étais.

Les yeux d'Ariel lancèrent un éclair; sa main me menaça du peigne qu'elle tenait, dans un accès de jalouse colère.

« Qu'elle l'essaye! s'écria la pauvre créature, de son ton de voix le plus rude. Qu'elle vous touche, si elle l'ose! »

Dexter éclata de rire à ce mouvement de jalousie enfantine.

« C'est bien, ma bonne Ariel! dit-il. Je donne congé pour le moment à ton intelligence. Rentre dans ton rôle habituel. Finis ma barbe. »

Elle reprit passivement son travail. L'éclat de ses yeux, l'expression de sa physionomie s'évanouirent peu à peu et disparurent. Ses mains se remirent à l'œuvre avec la dextérité mécanique qui m'avait si péniblement impressionnée lorsqu'elle avait pris d'abord la brosse. Satisfait d'avoir ainsi joué avec succès, en ma présence, le rôle de Prospero, Miserrimus Dexter reprit en souriant :

« Je pense que ma petite épreuve a pu vous intéresser. Vous avez vu! L'intelligence endormie de ma singulière cousine est comme le son endormi d'un instrument de musique; je joue de cet instrument et il se réveille sous ma main. Ma cousine aime que je la traite comme un instrument de musique; mais ce qu'elle aime par-dessus tout, c'est de m'entendre lui raconter des histoires. Plus ces histoires l'intriguent et l'étonnent, plus elle les aime. C'est très-amusant! Je vous en donnerai un de ces jours le spectacle. »

Ayant dit cela, il jeta un dernier coup d'œil sur son miroir.

« Ah! fit-il, en s'y contemplant avec complaisance, maintenant je suis présentable. Disparais, Ariel! »

Ariel sortit de la chambre de son pas lourd et bruyant, avec l'obéissance muette d'un animal apprivoisé. Je lui dis bonsoir quand elle passa près de moi. Elle ne répondit pas à mon salut; elle ne me regarda même pas. Ma parole ne parut pas même arriver à sa grossière enveloppe. Elle était redevenue la créature insensible et inanimée qui nous avait ouvert la porte, et elle allait rester dans cet état, jusqu'à ce qu'il plût à Miserrimus Dexter de lui parler de nouveau.

« Valéria, me dit ma belle-mère, notre hôte attend discrètement que vous lui fassiez connaître le but de votre visite. »

Pendant que mon attention s'était arrêtée sur sa cousine, Dexter avait roulé son fauteuil de mon côté et me faisait face, de façon que la lumière de la lampe tombait en plein sur lui. Quand j'ai parlé de son intervention dans le procès de mon mari, j'ai sans le vouloir anticipé sur ce que j'ai à dire ici de lui. Je voyais maintenant de près sa physionomie

brillante d'intelligence, ses grands yeux bleu clair,
ses longs cheveux châtains, ses mains effilées, fines,
et blanches, son cou délicat et puissant. La difform-
mité, qui faisait un si triste contraste avec les mâles
beautés de sa tête et de son buste, était cachée aux
yeux par une robe orientale aux couleurs multiples,
étendue sur son fauteuil comme un couvre-pieds.
Il portait un veston de velours noir, attaché librement sur sa poitrine par des boutons de malachite.
Des manchettes en dentelle garnissaient ses poignets, comme au siècle dernier. Était-ce faute d'intelligence de ma part? Je ne voyais rien en lui qui
trahît la folie, rien qui, lorsqu'il me regarda, me fît
détourner la tête. Le seul défaut qu'il me fût pos-
sile de distinguer dans sa figure était peut-être au-
dessous des tempes, au coin extérieur des yeux. Là,
quand il riait, et même un peu quand il souriait, la
peau se contractait en petits plis, en petites rides
bizarres, tout à fait en désaccord avec l'apparence
presque jeune qu'avait le reste de sa physionomie.
Sa bouche, autant que la barbe et les moustaches
me permettaient d'en juger, était petite et délicatement modelée. Son nez d'une forme parfaite, droit
comme un nez grec, était peut-être seulement un peu
trop mince, en proportion de ses joues pleines et de
son front haut et large. Pris dans son ensemble, et
en le considérant avec les yeux, non sans doute
d'un physionomiste, mais d'une femme, je ne puis
m'empêcher de déclarer que ce visage était extraordinairement beau. Un peintre y aurait vu un modèle
pour une tête de Saint Jean, et une jeune fille, qui
n'aurait rien su de la difformité que cachait la robe
orientale, se serait dit, au premier coup d'œil :
Voilà le héros de mes rêves!

« Eh bien, madame Valéria, dit-il du ton le plus calme, est-ce que je vous fais peur maintenant?

— Certainement non, monsieur Dexter. »

Ses yeux bleus.... doux comme des yeux de femme, transparents comme des yeux d'enfant.... se fixèrent sur moi avec une expression étrange, qui tout à la fois me toucha et m'embarrassa.

D'abord, il y eut dans son regard un doute pénible; puis ce regard exprima une admiration si complète, si franche, si ouverte, qu'une femme un peu vaniteuse se serait imaginé qu'elle avait fait sa conquête à la première vue. Soudain une nouvelle émotion s'empara de lui : il laissa tomber sa tête sur sa poitrine, il leva les mains avec un geste de regret, et murmura des phrases inachevées, comme se laissant aller à de secrètes et mélancoliques pensées, qui semblaient l'entraîner loin du présent et le plonger de plus en plus profondément dans quelque pénible souvenir du passé. Çà et là, je saisis quelques mots; peu à peu, je me surpris essayant de pénétrer le mystère de ce qui se passait dans l'âme de cet homme étrange.

« Une figure beaucoup plus charmante! murmurait-il. Mais non!... non! pas une figure plus charmante. Quelle figure fut jamais plus belle que la sienne?... Il y a quelque chose... mais non pas tout de sa grâce. Quel est donc le trait de ressemblance qui réveille son souvenir dans ma mémoire?... L'inclinaison de la tête, peut-être? Pauvre ange martyr!.... Quelle vie!... Et quelle mort!.... quelle mort!.... »

Me comparaît-il, en ce moment, à la victime du poison, à la première femme de mon mari? Ses paroles entrecoupées semblaient justifier ma supposi-

tion. Si cela était, il aurait donc aimé la morte? Oui,
il n'y avait pas à se méprendre sur l'accent brisé de
sa voix, quand il parlait d'elle : il l'avait admirée
vivante; il la pleurait morte. En supposant que je
pusse réussir à obtenir la confiance de cet homme
extraordinaire, qu'en résulterait-il? Gagnerais-je ou
perdrais-je à la ressemblance qu'il croyait avoir découverte en moi? Ma vue lui apporterait-elle une
consolation ou une peine? J'attendais avec impatience qu'il me parlât plus longuement de la première femme de mon mari. Mais pas un mot sur
elle ne sortit plus de sa bouche. Un nouveau changement se manifesta dans le cours de ses idées. Il
leva la tête, comme réveillé en sursaut, et regarda
autour de lui, comme un homme fatigué pourrait
regarder, s'il était tout à coup troublé dans un profond sommeil.

« Qu'ai-je fait? dit-il. Ai-je encore abandonné mon
âme à la dérive de mes pensées? »

Il frissonna et soupira :

« Oh! cette maison de Gleninch! n'en chasserai-
je donc jamais le souvenir? Oh! cette maison de
Gleninch!... »

A mon grand désappointement, Mme Macallan
coupa court à cette révélation commencée de Dexter.

Dans le ton et dans la façon dont il avait nommé
la maison de campagne de son fils, quelque chose
l'avait sans doute offensée. Elle intervint, et dit
avec amertume et fermeté :

« Doucement, mon ami, doucement! Je crois que
vous ne savez pas bien ce que vous dites en ce moment. »

Les grands yeux bleus de Dexter lancèrent sur

elle comme un éclair de colère. D'un tour de main, il approcha son fauteuil de Mme Macallan; puis il la saisit par le bras et la contraignit à se pencher assez pour qu'il pût lui parler à l'oreille. Il était violemment agité. Ses paroles furent dites assez haut pour que je pusse les entendre de ma place.

« Je ne sais pas ce que je dis? répéta-t-il en fixant ardemment ses yeux, non sur ma belle-mère, mais sur moi. Vous avez la vue basse, ma bonne dame! Où sont vos lunettes?.... Regardez-la!.... Ne voyez-vous pas, non dans son visage, mais dans sa tournure, une ressemblance avec la première femme d'Eustache?

— Pure imagination! répondit Mme Macallan. Je ne vois rien de pareil. »

Il lui secoua le bras avec impatience.

« Pas si haut! lui dit-il à l'oreille. Elle pourrait entendre.

— Je vous ai entendus tous les deux, repris-je. Vous n'avez pas à craindre, monsieur Dexter, de parler devant moi. Je sais que mon mari a eu une première femme, et je sais de quelle façon malheureuse elle est morte. J'ai lu le procès.

— Vous avez lu la mort et la vie d'une martyre! » s'écria Dexter.

Il roula son fauteuil de mon côté; il se pencha sur moi presque tendrement, les yeux pleins de larmes.

« Personne ne l'a appréciée à sa juste valeur, dit-il, personne, si ce n'est moi.... personne, que moi! »

Mme Macallan se dirigea avec impatience vers l'autre extrémité de la chambre.

« Quand vous serez prête, Valéria, je le suis, dit-elle. Nous ne devons pas faire attendre plus longtemps les domestiques et les chevaux sur cette place ouverte et glacée. »

J'avais un intérêt trop profond à ce que Miserrimus Dexter poursuivît le sujet auquel il avait touché, pour vouloir le quitter en ce moment. Je feignis de n'avoir pas entendu Mme Macallan. Je posai ma main, comme par mégarde, sur le fauteuil de Dexter afin de le retenir près de moi.

« Vous avez montré, dans votre déposition, lui dis-je, en quelle haute estime vous teniez cette dame. Je crois, monsieur Dexter, que vous aviez des idées à vous sur le mystère de sa mort. »

Il avait tenu ses yeux fixés sur ma main, appuyée sur le bras de son fauteuil, jusqu'au moment où je risquai cette question. En l'entendant, il leva soudainement les yeux et me regarda au visage, en fronçant les sourcils d'un air de défiance.

« Comment savez-vous que j'ai des idées à moi là-dessus ? me demanda-t-il d'un ton sévère.

— Je l'ai compromis en lisant le procès, répondis-je. Le Procureur-Général vous a interrogé et s'est exprimé presque dans les termes dont je viens de me servir. Je n'ai nullement l'intention de vous offenser, monsieur Dexter. »

Sa figure se rasséréna aussi rapidement qu'elle s'était assombrie. Il sourit et posa sa main sur la mienne. J'éprouvai une sensation de froid à ce contact. Tous mes nerfs frissonnèrent. Je retirai vivement ma main.

« Je vous demande pardon, dit-il, si je vous ai mal comprise. J'ai, en effet, des idées à moi sur cette pauvre victime. »

Il fit une pause et me regarda en silence avec une profonde attention.

« Avez-vous aussi quelques idées à vous demanda-t-il ; quelques idées sur sa vie ou sur sa
mort ? »

J'étais au comble de l'anxiété ; il fallait par ma
franchise l'encourager à parler. Je répondis à sa
question :

« Oui.

— Sont-ce des idées que vous ayez communiquées à quelqu'un ? continua-t-il.

— Je ne les ai, jusqu'à présent, communiquées à
âme qui vive.

— C'est bien étrange! dit-il, en cherchant encore
à lire dans mes yeux. Quel intérêt pouvez-vous
prendre, vous, à une femme morte que vous n'avez
jamais connue ? Pourquoi m'adressez-vous cette
question précisément à cette heure? Avez-vous une
raison pour venir me voir aujourd'hui ? »

J'avouai hardiment la vérité ; je répondis :

« J'ai une raison.

— Une raison qui se rapporte à la première femme
d'Eustache Macallan?

— Oui.

— Se rapporte-t-elle à quelque circonstance de
sa vie?

— Non.

— A sa mort?

— Oui. »

Il joignit soudain les mains, avec un geste de
sombre désespoir ; puis pressa sa tête, comme s'il
était frappé par une subite douleur.

« Je ne puis entendre cela ce soir, dit-il; je don-
nerais tout au monde pour l'entendre ; mais je n'en
ai pas la force. Dans l'état où je suis maintenant, je
ne serais pas maître de moi. Je n'ai pas le courage

de remuer l'horreur et le mystère de ce passé ; je
n'ai pas le courage d'ouvrir la tombe de cette martyre. M'avez-vous entendu, quand vous êtes entrée
ici ? J'ai une immense imagination. Elle ne connaît
pas de frein. Elle fait de moi un acteur. Je joue les
rôles de tous les héros qui ne sont plus. J'entre
dans leur caractère. Je me plonge dans leur indivi-
dualité. Je suis pour un moment l'homme que je
me figure être. C'est plus fort que moi. Si je voulais
maîtriser mon imagination, quand ces accès me
prennent, je deviendrais fou. Je m'y laisse aller
librement. Cela dure des heures. Quand ils me quit-
tent, mon énergie est à bout, ma sensibilité est
devenue effroyablement irritable. Que des idées
tristes ou terribles s'emparent de moi dans ces mo-
ments-là et je suis capable d'avoir une attaque de
nerfs ou de pousser des cris involontaires. Vous
m'avez entendu crier, en arrivant ici. Vous ne devez
pas me voir dans mes attaques de nerf. Non, madame
Valéria, non, je ne voudrais pas pour tout au monde
vous donner ce spectacle effrayant. Voulez-vous
revenir demain, dans la journée ? J'ai acheté une
chaise et un poney. Ariel, ma délicate Ariel, sait
conduire. Elle ira vous chercher chez Mme Macallan. Nous pourrons causer demain, à l'heure où je
suis en état de le faire. Je meurs d'envie de vous
entendre. Je serai courtois, intelligent, communi-
catif, dans la matinée. En voilà assez pour aujour-
d'hui. Ne parlons plus de ce sujet qui m'agite et
m'intéresse trop. Je dois calmer mon cerveau, ou il
fera éclater son enveloppe. La musique est le véritable palliatif pour les cerveaux irritables. Ma
harpe !.... ma harpe !.... »

Il fit rouler précipitamment son fauteuil jusqu'à

l'extrémité la plus éloignée de la chambre..... se croisant avec Mme Macallan, comme elle revenait vers moi pour hâter notre départ.

« Allons, dit la vieille dame avec impatience. Vous l'avez vu : il s'est suffisamment montré à vous. Un plus long entretien pourrait être fatigant. Partons ! »

Le fauteuil revint vers nous plus lentement. Misserrimus Dexter ne le faisait plus rouler qu'avec une de ses mains. De l'autre, il tenait une harpe, d'un modèle que je n'avais vu jusque-là qu'en peinture. Les cordes en étaient peu nombreuses, et l'instrument était si petit qu'on pouvait le tenir aisément sur le genou. C'était l'antique harpe que les peintres mettent dans la main des Muses et des bardes Gallois de la légende.

« Bonsoir, Dexter, » dit Mme Macallan.

Il leva une de ses mains d'un air impératif.

« Attendez, dit-il. Permettez qu'elle m'entende chanter. Je ne veux pas qu'une autre qu'elle m'inspire, continua-t-il. Je compose moi-même ma poésie et ma musique ; je les improvise. Laissez-moi réfléchir un court moment ; j'improviserai pour vous. »

Il ferma les yeux et appuya la tête sur sa harpe. Ses doigts en effleurèrent légèrement les cordes, pendant qu'il méditait son sujet. Au bout de quelques minutes, il releva la tête, me regarda, et fit entendre les premières notes de sa cantilène, en forme de prélude.

Était-ce de la bonne ou de la mauvaise musique ? Je ne pourrais même dire si c'était vraiment de la musique.

C'était une suite de sons sauvages, barbares, monotones, qui ne ressemblaient en rien aux compositions modernes. Tantôt on eût dit une danse orientale, au rhythme lent et onduleux ; tantôt elle me rappelait la sévère harmonie des vieux chants grégoriens. Les vers qui suivirent ce prélude étaient aussi sauvages, aussi libres de toutes règles de la prosodie, que la musique l'était des lois de l'harmonie. Ils étaient évidemment inspirés par la circonstance. J'étais le thème de cet étrange chant. Alors, avec une des plus belles voix de ténor que j'aie jamais entendues, mon poëte chanta ainsi :

> Pourquoi vient-elle?
> Elle ranime le passé;
> Elle fait revivre la morte;
>   Elle a sa grâce,
>   Elle a sa marche :
> Pourquoi vient-elle?
>
> Est-ce le sort qui me l'amène?
> Allons-nous errer tous les deux
> Dans le dédale du passé?
> Allons-nous pénétrer ensemble
> Les mystères de ce qui fut?
> Est-ce le sort qui me l'amène?
>
> L'avenir le révèlera.
>   Que la nuit passe,
>   Que le jour vienne,
> Je pourrai lire dans son cœur,
> Elle pourra voir dans le mien.
> L'avenir éclaircira tout.

Sa voix s'affaiblit, ses doigts touchèrent de plus en plus légèrement les cordes à mesure qu'il approchait des derniers vers. Sa tête se pencha sur son fauteuil. Au dernier ses yeux se fermèrent doucement. Il s'endormit, enlaçant sa harpe entre ses bras, comme un enfant s'endort en étreignant un nouveau jouet.

Nous sortîmes de la chambre sur la pointe du pied, et nous laissâmes Miserrimus Dexter... le poëte, le compositeur, le fou... plongé dans un paisible sommeil.

XXVI.

PLUS OBSTINÉE QUE JAMAIS.

Ariel se tenait dans la sombre salle du rez-de-chaussée, à moitié endormie, à moitié éveillée, attendant que nous quittions la maison. Sans nous parler, sans nous regarder, elle nous conduisit à travers la ténébreuse allée du jardin et ferma la porte derrière nous.

« Bonsoir, Ariel, » lui criai-je du dehors par-dessus la palissade.

Je n'entendis, pour toute réponse, que le bruit de ses pas pesants, pendant qu'elle retournait vers la maison, et, bientôt après, le bruit sourd de la porte d'entrée qu'elle refermait.

Le valet de pied avait judicieusement allumé les lanternes de la voiture; il en prit une à la main pour venir nous éclairer à travers le labyrinthe de briques qu'il nous fallait traverser. Nous pûmes ainsi gagner la grande route sans accident.

« Eh bien! me dit ma belle-mère quand nous eûmes repris place dans la voiture, vous avez vu Miserrimus Dexter; j'espère que vous en avez assez. Pour moi, je lui rendrai la justice de déclarer que je ne l'ai jamais vu, depuis le temps que je le connaîs, aussi complètement fou qu'aujourd'hui. Qu'en dites-vous ?

— Je n'ose pas contredire votre opinion, repris-je, mais si je dois vous exprimer la mienne, je ne suis pas absolument sûre qu'il soit si fou.

— Vous ne le croyez pas fou, après les actes insensés auxquels il s'est livré dans son fauteuil ? dit Mme Macallan. Vous ne le croyez pas fou, après l'exhibition qu'il nous a faite de son infortunée cousine?... Vous ne le croyez pas fou, après avoir entendu les strophes qu'il a chantées en votre bonneur ; après l'avoir vu, pour couronner dignement le tout, tomber dans ce lourd sommeil?... Valéria !... Valéria !... l'antique sagesse avait bien raison de dire qu'il n'y a pas de pires aveugles que ceux qui ne veulent pas voir !

— Pardonnez-moi, chère madame Macallan, j'ai vu tout ce que vous venez de rappeler, et je n'ai jamais été plus surprise, plus confondue, depuis que j'existe. Mais, maintenant que je suis revenue de mon étonnement, et que je réfléchis sur ce que j'ai vu et entendu, je ne puis m'empêcher de douter que cet homme étrange soit réellement fou dans la véritable acception du mot. Il me semble qu'il n'a fait qu'exprimer franchement, quoique d'une manière décousue et confuse, je l'admets, des pensées et des sentiments, dont la plupart d'entre nous rougissent comme d'autant de faiblesses, et qu'en conséquence, nous avons soin de renfermer en nous-mêmes. Je confesse que je me suis souvent figuré que je passais dans l'âme et dans l'existence d'une autre personne, et que j'ai ressenti un certain plaisir en me contemplant sous ces traits d'emprunt. Un des premiers amusements de notre enfance... pour peu que nous soyons doués de quelque imagination...

c'est d'abdiquer notre caractère propre et d'en revêtir un autre qui nous est étranger, comme celui de fée, de reine, ou de tout autre personnage fictif. M. Dexter nous a dit son secret précisément comme le font les enfants, et, si c'est là de la folie, il est certainement fou. Mais je remarque que, quand son imagination se refroidit, il redevient Miserrimus Dexter, et ne croit plus être Napoléon ni Shakespeare, pas plus que nous ne croyons nous-mêmes qu'il le soit. En outre, il faut tenir compte de l'existence solitaire et sédentaire qu'il mène. Je ne suis pas assez instruite pour comprendre quelle influence ce genre de vie peut exercer sur lui, mais je crois qu'il doit surexciter son imagination ; et il ne faut, je pense, attribuer cette exhibition de son pouvoir sur sa pauvre cousine, et le chant étrange qu'il nous a fait entendre, qu'à la contemplation unique et désordonnée de lui-même. Je l'avouerai et j'espère... que cet aveu ne me fera pas perdre tout à fait la bonne opinion que vous avez de moi... j'ai trouvé un certain plaisir dans ma visite, et ce qui est pire, il m'a réellement intéressée.

— Ce savant discours sur Dexter signifie-t-il que vous vous proposez de le revoir ? demanda madame Macallan.

— Je ne sais pas à quoi je me déciderai là-dessus demain matin ; mais, en ce moment, je suis résolue à retourner chez lui. J'ai échangé avec lui quelques paroles pendant que vous vous étiez éloignée, et je crois qu'il me sera réellement utile...

— Utile en quoi ?....

— Utile dans le seul dessein que j'aie en vue, dans le dessein, chère madame Macallan, que je regrette de vous voir désapprouver.

— Et vous allez le mettre dans votre confidence ?
vous allez ouvrir votre âme tout entière à un homme
tel que celui que nous venons de quitter ?

— Oui... si je suis demain là-dessus dans les
mêmes dispositions que ce soir. Je conviens que je
cours un risque ; mais ce risque, je dois l'affronter.
Je sais que je commets une imprudence ; mais la
prudence ne m'aiderait en rien dans la situation où
je me trouve et pour le but où je vise. »

Mme Macallan ne m'adressa plus aucune remontrance verbale. Mais elle ouvrit une vaste poche
qu'on voyait sur le devant de la voiture, et en tira
une boîte d'allumettes, avec une lampe à lire dans
les voitures de chemin de fer.

« Vous me contraignez, dit la vieille dame, à vous
faire connaître ce que votre mari pense de votre
nouvelle fantaisie. J'ai pris avec moi la dernière
lettre qu'il m'a écrite d'Espagne. Vous jugerez par
vous-même, pauvre âme entraînée par vos illusions,
comment mon fils apprécie le sacrifice inutile et
désespéré que vous êtes disposée à faire pour lui.
Allumez la lampe. »

J'obéis avec empressement. Depuis qu'elle m'a-
vait appris le départ d'Eustache pour l'Espagne,
j'étais avide d'avoir de lui de plus amples nouvelles,
d'en apprendre quelque chose qui pût m'encourager,
après tant de désappointements et d'amères douleurs.
Jusqu'à présent, je ne savais même pas si mon mari
pensait quelquefois à moi, dans son exil volontaire.
Quant au regret de m'avoir si brusquement quittée,
hélas ! il ne pouvait sans doute l'éprouver encore ;
notre séparation était trop récente.

Après avoir allumé la lampe et l'avoir fixée à sa
place, entre les deux glaces de la voiture qui nous

faisaient face, je reçus de Mme Macallan la lettre de
son fils. Il n'y a pas de folie qui égale celle de l'amour ;
j'eus besoin de faire sur moi un grand effort pour
m'empêcher de baiser le papier sur lequel sa main
chérie s'était posée.

« Voilà cette lettre, dit ma belle-mère. Commencez à la seconde page, à la page qui vous est
consacrée. Lisez jusqu'à la dernière ligne, au bas
de cette page, et pour Dieu, chère enfant, rentrez
dans votre bon sens avant qu'il soit trop tard ! »

Je fis ce qu'elle disait et lus ce qui suit :

« Puis-je me hasarder à vous parler de Valéria?
« Il faut que je vous en parle. Dites-moi comment
« elle se trouve, dans quelle disposition elle vous
« paraît être, ce qu'elle fait. Je pense sans cesse à
« elle. Pas un jour ne se passe que je ne me désole
« de l'avoir perdue. Ah! si elle avait pu se résigner
« à laisser les choses comme elles étaient! Ah! si
« elle n'avait jamais découvert l'affreuse vérité!

« Elle parlait de lire le procès, quand je l'ai vue
« pour la dernière fois. A-t-elle persisté dans ce pro-
« jet? Je crois, et je vous dis cela sérieusement, mère,
« je crois que, si je m'étais trouvé en face d'elle, lors-
« qu'elle a eu sondé toute l'ignominie de l'infâme ac-
« cusation dont j'ai été publiquement l'objet, je crois
« que, devant la honte et l'horreur qu'elle a dû res-
« sentir, je serais tombé mort! Figurez-vous ses yeux
« si purs se fixant sur un homme qui a été accusé et
« qui n'a pas été complétement absous du plus abo-
« minable, du plus vil de tous les crimes; et pensez
« ensuite à ce que cet homme eût dû souffrir, s'il lui
« restait un cœur, et dans ce cœur la moindre par-
« celle de honte!.. J'ai la fièvre en écrivant ces lignes.

« Songe-t-elle toujours à ce rêve qu'elle avait
« formé, pauvre ange! à ce rêve de générosité ingé-
« nue et irréfléchie? S'imagine-t-elle toujours qu'il
« est en son pouvoir de faire éclater mon innocence
« aux yeux du monde? Oh! ma mère! si elle y pense
« encore, employez toute votre influence pour lui
« faire abandonner cette idée! Épargnez-lui l'humi-
« liation d'un échec, les désenchantements, les in-
« sultes peut-être auxquels elle s'exposerait inno-
« cemment. Pour l'amour d'elle, pour l'amour de
« moi! ne négligez rien pour atteindre ce but juste
« et charitable.

« Je ne lui écris pas. Je n'ose pas lui écrire. Ne
« dites rien, quand vous la verrez, qui puisse me
« rappeler à son souvenir. Au contraire, aidez-la à
« m'oublier le plus tôt possible. La seule chose
« bonne que je puisse faire, la seule expiation que
« je puisse m'imposer, pour le mal que je lui ai
« causé, c'est de séparer ma vie de la sienne. »

Ces mots désolants terminaient sa lettre. Je la
rendis en silence à sa mère. Elle ne me dit, de son
côté, que peu de mots.

« Si cela ne vous détourne pas de votre projet,
reprit-elle en pliant lentement la lettre, rien ne
pourra vous en détourner. Maintenant, laissons ce
sujet. »

Je ne répondis pas. Je pleurais sous mon voile.
Mon avenir me paraissait si triste, mon malheureux
mari si mal inspiré, sa manière de voir si peu raisonnable! La seule chance qui nous restât à tous
les deux, et ma seule consolation, était de persister
dans ma résolution désespérée plus fermement que
jamais. Si quelque chose pouvait me confirmer dans

cette résolution, et m'armer contre toutes les re-
montrances de mes amis, c'était la lettre d'Eustache. Elle eût été plus que suffisante pour produire
cet effet. Du moins, il ne m'avait pas oubliée, il
pensait à moi, il se lamentait chaque jour de m'avoir
perdue. Cela me redonnait du courage.... pour le
moment.

« Si Ariel vient me prendre demain avec sa chaise
et son poney, pensai-je en moi-même, j'irai avec
Ariel ! »

Mme Macallan me déposa à la porte de Benjamin.

En la quittant, je lui avouai que, par crainte de
la mécontenter, j'avais remis à la dernière minute
de lui apprendre que Miserrimus Dexter m'enver-
rait chercher le lendemain chez elle. Je lui demandai si elle voudrait me permettre d'aller y attendre
Ariel et la carriole, ou si elle préférait adresser carriole et cocher au cottage de Benjamin. Je m'attendais à une explosion de mécontentement. La vieille
dame me surprit agréablement; elle montra qu'elle
m'avait véritablement prise en affection ; elle se
contraignit.

« Si vous persistez à retourner chez Dexter, dit-
elle, vous ne devez assurément pas partir de chez
moi pour vous rendre chez lui. Mais j'espère que
vous vous réveillerez demain dans des résolutions
plus sages. »

Le lendemain arriva. Un peu avant midi, la carriole, attelée du poney, s'arrêta devant la porte de
Benjamin, et une lettre de Mme Macallan me fut
apportée.

« Je n'ai aucun droit de contrôler vos démarches, »
m'écrivait ma belle-mère. « J'envoie la chaise chez

« M. Benjamin, et j'ai la ferme espérance que vous
« ne voudrez pas y prendre place. Je souhaite que
« vous soyez bien persuadée, Valéria, que je suis
« véritablement votre amie. J'ai pensé toute la nuit
« à vous, pendant mes heures d'insomnie. Vous
« comprendrez combien était grande mon inquié-
« tude, quand je vous dirai que je me reproche
« maintenant de n'avoir pas fait plus d'efforts au-
« trefois pour empêcher votre malheureux mariage.
« Et encore qu'aurais-je pu faire de plus que je n'ai
« fait? Je n'en sais réellement rien. Mon fils m'avoua
« qu'il vous faisait sa cour sous un nom supposé....
« mais il ne m'a jamais dit quel était ce nom, qui
« vous étiez, et où demeuraient vos parents. Peut-
« être aurais-je dû faire en sorte de le savoir. Peut-
« être aurais-je réussi si j'étais intervenue et vous
« avais éclairée en allant jusqu'au triste sacrifice de
« me faire un ennemi de mon fils. Je croyais avoir
« fait honnêtement mon devoir en exprimant ma
« désapprobation et en refusant d'assister au ma-
« riage. Ai-je été trop facile à me satisfaire? Il est
« trop tard pour le demander. Pourquoi viendrais-je
« vous importuner avec les pressentiments et les
« regrets d'une vieille femme? Mon enfant! s'il vous
« arrivait quelque malheur, je m'en sentirais indi-
« rectement responsable. C'est cet état inquiet de
« mon âme qui me pousse à vous écrire, sans avoir
« rien à vous communiquer qui puisse vous inté-
« resser. N'allez pas chez Dexter! Un pressentiment
« douloureux m'a poursuivie toute la nuit. Votre
« nouvelle visite à Dexter finira mal! Écrivez-lui
« une excuse. Valéria, je crois fermement que vous
« vous repentirez d'être retournée dans cette mai-
« son! »

Y eut-il jamais une femme plus clairement avertie
plus soigneusement prévenue que moi? Rien n'y fit.

Qu'il me soit permis de dire, à ma décharge, que
je fus réellement touchée de ce qu'avait d'affectueux la lettre de ma belle-mère. Mais elle n'ébranla
pas une seconde mes résolutions. Non! tant que je
vivrais, tant que je pourrais agir et penser, je n'aurais pas d'autre souhait, d'autre volonté que d'amener Miserrimus Dexter à me confier sa pensée au
sujet de la mort de Mme Eustache Macallan. Cette
pensée était pour moi l'étoile polaire qui me devait
guider sur l'obscur chemin où je m'engageais. Je
répondis à Mme Macallan, en lui exprimant toute
ma gratitude et tous mes regrets. Puis, j'allai prendre place dans la carriole qui m'attendait.

XXVII.

M. DEXTER CHEZ LUI.

Je trouvai tout ce qu'il pouvait y avoir d'enfants
oisifs dans le voisinage réunis autour de la carriole
et exprimant dans leur langage leur stupéfaction à
la vue d'Ariel, avec son paletot et son chapeau
d'homme. Le poney était inquiet en entendant la
rumeur de cette jeune foule. Mais Ariel, assise le
fouet en main, restait magnifique de gravité, au milieu des quolibets et des rires qui éclataient autour
d'elle.

« Bonjour! » lui dis-je en approchant de la carriole.

Ariel me répondit simplement :

« Montez. »

Puis, elle donna un coup de fouet au poney.

Je me préparais à accomplir en silence mon voyage vers le faubourg septentrional de Londres. Il était évidemment inutile que j'essayasse de parler. L'expérience m'avait appris que je ne devais pas espérer entendre tomber un seul mot de la bouche de ma conductrice. Mais l'expérience n'est pas inaillible. Après avoir conduit dans un morne silence pendant une demi-heure, Ariel me remplit d'étonnement en prenant tout à coup la parole.

« Savez-vous où nous allons? demanda-t-elle en dirigeant son regard vers le point de la route qu'elle voyait entre les deux oreilles du poney.

— Non, répondis-je. Je ne connais pas le chemin. Où allons-nous?

— Nous allons du côté d'un canal.

— Eh bien?

— Eh bien, j'ai grande envie de vous jeter dans ce canal. »

Cette menace peu rassurante me sembla exiger une explication. Je pris la liberté de la lui demander.

« Et pourquoi voulez-vous me jeter dans le canal? lui dis-je.

— Parce que je vous hais, me répliqua-t-elle froidement et ingénument.

— Qu'ai-je donc fait qui vous ait offensée.

— Que voulez-vous au Maître?

— Entendez-vous dire M. Dexter?

— Oui.

— Je veux avoir un entretien avec lui.

— Non! Vous voulez avoir ma place. Vous voulez

brosser ses cheveux et parfumer sa barbe à ma
place... méchante! »

Je commençais à comprendre. L'idée que Miserrimus Dexter, par épreuve et par jeu, avait jetée la
veille dans cette pauvre cervelle, y avait mûri et se
faisait jour maintenant en ma présence détestée.

« Je n'ai pas la moindre envie de toucher à ses
cheveux ni à sa barbe, dis-je, je vous abandonne
entièrement ce soin. »

Elle se tourna vers moi; sa grosse figure s'em-
pourpra, ses yeux ternes se dilatèrent, sous l'effort
inaccoutumé qu'elle fit pour parler, et pour comprendre ce que je venais de lui dire.

« Répétez-moi cela, dit-elle brusquement, et ré-
pétez-le cette fois plus lentement. »

Je le répétai plus lentement.

« Jurez-le! » s'écria-t-elle, de plus en plus animée.

Je gardai mon sérieux, le canal était visible à peu
de distance, et je jurai.

« Êtes-vous satisfaite maintenant ? » lui demandai-je.

Elle ne répondit pas. Elle avait épuisé son maigre
vocabulaire. Elle regarda de nouveau droit entre les
les deux oreilles du poney, fit entendre un gros
soupir de soulagement, et, pendant tout le reste du
chemin, ne jeta plus les yeux sur moi et ne m'a-
dressa plus la parole. Nous suivîmes les bords du
canal, et j'échappai à l'immersion. Les grelots de
notre petit véhicule retentirent à travers les rues et
les vastes terrains en friche que j'avais entrevus
dans l'obscurité de la précédente soirée; l'endroit
me parut encore plus morne et plus hideux au
grand jour que la veille. La carriole tourna court

dans une ruelle qui eût été trop étroite pour donner passage à un véhicule d'une plus grande dimension et s'arrêta devant un mur et une porte que je ne connaissais pas. Ariel ouvrit la porte avec sa clef, et, conduisant le poney par la bride, m'introduisit dans le jardin et l'arrière-cour de la vieille maison isolée et délabrée de Dexter. Le poney regagna tout seul son écurie, traînant la carriole allégée. Ma silencieuse compagne me fit alors traverser une cuisine froide et nue, et un long corridor en pierre, au bout duquel, ouvrant une porte, elle m'introduisit, par derrière, dans la salle où Mme Macallan et moi avions pénétré la veille, par la porte de devant. Là, Ariel prit le sifflet qui pendait à son cou et fit entendre les notes aiguës et cadencées qui m'étaient déjà familières, et qui servaient de moyen de communication entre Miserrimus Dexter et son esclave. Le sifflet s'étant tu, les lèvres d'Ariel s'ouvrirent une dernière fois, avec effort, et laissèrent échapper ces mots :

« Restez-là, jusqu'à ce que vous entendiez le sifflet du Maître. Alors, montez l'escalier. »

Ainsi, j'allais être sifflée comme un chien, et le pire, c'est que je n'avais rien de mieux à faire que de m'y résigner. Ariel m'adressa-t-elle au moins un mot d'excuse à ce sujet ? En aucune façon. Elle me tourna le dos, et disparut dans l'obscure région de la cuisine.

Après avoir attendu une minute ou deux, aucun signal ne se faisant entendre de l'étage supérieur, je m'avançai vers la partie la plus large et la mieux éclairée de la salle basse, pour examiner en plein jour les tableaux que je n'avais fait qu'entrevoir imparfaitement, la veille au soir, dans l'obscurité où

ils étaient plongés. Une pancarte en lettres multico-
lores, peinte sous la corniche du plafond, m'apprit
que les peintures qui décoraient les murs de cette
salle étaient du très-habile Dexter. Non content
d'être poëte et compositeur, il était peintre par dessus le marché. Sur l'un des murs, les tableaux
étaient intitulés : *Illustrations de la souffrance*. Les
sujets représentés sur l'autre mur étaient des *Épi-
sodes de la vie du Juif-Errant*. Les amateurs que le
hasard pouvait amener devant ces tableaux étaient
sérieusement avertis, au moyen d'une autre inscription, de les considérer comme des produits de la
seule imagination du peintre. *Les personnes qui,
dans les œuvres d'art ne s'attachent qu'à la nature,*
disait l'inscription, *ne sont pas celles à qui M. Dexter
adresse les œuvres de son pinceau. Il ne prend ses
sujets que dans son imagination; la nature ne pose
pas devant lui.*

Prenant donc soin d'écarter d'abord de mon esprit toute idée empruntée à la nature, je me mis à
regarder, en premier lieu, les tableaux qui représentaient la Souffrance illustrée.

Je n'ai que bien peu de connaissances en fait d'art
mais je n'eus pas de peine à voir que Miserrimus
Dexter ignorait encore plus que moi les lois élémen-
taires du dessin, de la couleur, et de la composition.
Ses peintures étaient, dans le sens le plus rigou-
reux du mot, de véritables croûtes. Le plaisir maladif et déréglé que le peintre trouvait à représenter
des scènes d'horreur, était, sauf certaines excep-
tions, la seule marque originale qu'il fût possible de
découvrir dans la série de ses œuvres.

Le premier tableau de la souffrance illustrée, était
intitulé *Vengeance*. Un corps mort, vêtu d'un cos-

tume de fantaisie, était étendu sur le bord d'un
fleuve écumeux, sous l'ombrage d'un arbre gigan-
tesque. Un homme furieux, aussi en costume de
fantaisie, se tenait à cheval sur ce cadavre, et brandissait en l'air un grand sabre, en contemplant, avec
une féroce expression de joie, le sang de l'homme
qu'il venait de tuer, coulant avec lenteur et goutte
à goutte de la lame. Le tableau suivant, intitulé
Cruauté, était divisé en plusieurs compartiments.
L'un avait pour sujet un cheval effaré que son cava-
lier éperonnait impitoyablement, dans un combat
de taureaux. Dans un autre, un vieux philosophe
disséquait avec volupté un chat vivant. Dans un troisième, deux païens se faisaient des politesses devant
la torture que subissaient deux saints : l'un de ces
saints rôtissait sur un gril de fer; l'autre, pendu par
les talons, venait d'être écorché vif et respirait encore. Me sentant peu disposée, après ces échantillons
de Souffrances à regarder les autres, je me tournai
vers le mur opposé pour suivre la carrière du Juif-Errant. Ici, une seconde inscription m'apprit que, dans
la pensée du peintre, le capitaine du Vaisseau-Fantôme n'était autre que le Juif-Errant continuant sur
mer son interminable voyage. Le peintre suivait dans
ses aventures maritimes ce mystérieux personnage.
Le premier tableau représentait un port sur une côte
hérissée. Un vaisseau était à l'ancre, avec son timo-
nier chantant sur le pont. La mer, au large, était
noire et houleuse. Des nuages orageux, déchirés par
de nombreux éclairs, s'abaissaient sur l'horizon. A
la lueur de ces éclairs, on apercevait le sombre
Vaisseau-Fantôme qui se dirigeait vers le rivage, tantôt s'élevant sur la cime d'une haute vague, tantôt
disparaissant comme englouti dans les flots. Si mal

peinte que fût cette toile, elle portait réellement
l'empreinte d'une certaine imagination, d'un véritable sentiment du surnaturel. Le tableau qui venait
après me montrait le Vaisseau-Fantôme. L'équipage
qui le montait était composé de petits hommes, dont
les figures étaient blanches comme la pierre et les
vêtements noirs comme l'ébène. Ils étaient assis, en
rangs silencieux, sur les bancs du canot, tenant
leurs avirons dans leurs mains maigres et longues.
Le Juif-Errant, vêtu aussi de noir, élevait ses yeux
et ses mains vers le ciel orageux, comme pour l'implorer. Le fauves de la terre et de la mer, le tigre,
le rhinocéros, le crocodile, le requin, etc., entou-
raient le voyageur maudit, comme d'un cercle ma-
gique, et subissaient l'influence de son regard qui
les domptait et les fascinait. Les éclairs avaient
cessé de briller. Le ciel et la mer s'étaient assom-
bris. Une faible et blafarde lueur était projetée par
une torche que secouait un Esprit vengeur, planant
sur la tête du Juif, et soutenu par des ailes de vau-
tour déployées. Eh bien! si bizarre que fût cette
conception, il y avait là je ne sais quoi qui saisis-
sait l'esprit et qui, je l'avoue, me fit une impression
profonde. Le mystérieux silence de la maison et
l'étrange situation où je me trouvais y étaient sans
doute pour quelque chose. Pendant que j'examinais
encore les terribles compositions que j'avais devant
les yeux, les notes aiguës du sifflet de Dexter se
firent entendre. J'étais, pour l'instant, tellement
bouleversée, que je tressaillis et poussai un cri d'é-
pouvante. Je fus en ce moment tentée d'ouvrir la
porte et de m'enfuir. L'idée de me trouver seule
avec l'homme qui avait peint ces effrayants tableaux
me terrifiait réellement. Force me fut de m'asseoir

sur l'une des chaises de la salle, et quelques minutes s'écoulèrent avant que mon âme eût retrouvé
son équilibre, et que je fusse rentrée en possession
de moi-même. Dexter siffla une seconde fois d'une
façon qui témoignait de son impatience. Alors je me
levai et montai le large escalier qui conduisait au
premier étage. Reculer, lorsque je m'étais à ce point
avancée, m'eût fait honte à mes propres yeux. Mais
mon cœur battait à coups pressés dans ma poitrine,
quand j'approchai de la porte de l'antichambre, et
j'avoue sincèrement que je commençai à mesurer
toute l'étendue de mon imprudence.

Il y avait une glace sur le manteau de la cheminée de l'antichambre. Je m'arrêtai une minute, émue
comme je l'étais, pour voir quelle figure j'avais dans
la glace.

La tapisserie qui cachait la porte du salon était à
demi soulevée. Quoique j'eusse fait peu de bruit en
entrant, les oreilles de chien de Miserrimus Dexter
avaient saisi le frôlement de ma robe sur le parquet. La belle voix de ténor que j'avais entendue
chanter la veille m'interpella doucement

« Est-ce madame Valéria? Je vous en prie, ne
vous arrêtez pas dans l'antichambre; prenez la peine
d'entrer. »

J'entrai.

Le fauteuil roulant s'avança à ma rencontre, si
lentement et si doucement, que je m'en aperçus à
peine. Miserrimus Dexter me tendit la main d'un
air languissant. Sa tête était inclinée de côté, et il
semblait rêver; ses grands yeux se fixèrent sur
moi avec une expression de tristesse. On ne retrou-
vait pas en lui le moindre vestige de l'homme emporté et violent de ma première visite, qui avait été

successivement Napoléon et Shakespeare. Le Dexter
du matin était un homme doux, pensif, mélancolique, qui ne rappelait le Dexter du soir que par la
bizarrerie préméditée de son costume. Sa jaquette,
cette fois, était d'une étoffe de soie rose piquée. Le
couvre-pieds qui cachait sa difformité, était en satin
vert de mer pâle, qui se mariait avec la jaquette;
et, pour compléter cet étrange costume de fantaisie, il avait à ses poignets des bracelets d'or massif,
de la forme à la fois simple et sévère que nous a
transmise l'antiquité!

« Que vous êtes bonne de venir illuminer et char-
mer ma solitude! dit-il de son accent le plus triste
et le plus harmonieux. J'ai fait la toilette que vous
voyez, expressément pour vous recevoir, en y employant ce que j'ai de plus beau dans ma garde-
robe. Ne soyez pas surprise de ce soin. Excepté dans
ce dix-neuvième siècle infesté d'un ignoble maté-
rialisme, les hommes ont de tout temps porté, aussi
bien que les femmes, des étoffes précieuses et de
brillantes couleurs. Il y a un siècle, un gentilhomme
en soie rose était un gentilhomme convenablement habillé. Il y a quinze cents ans, les patriciens
des temps classiques portaient des bracelets exactement pareils aux miens. Je méprise le dédain
grossier pour ce qui est beau, et la basse crainte
de la dépense qui, dans le siècle où nous vivons,
réduit le costume d'un homme distingué à l'habit
noir, et ses bijoux à une bague. J'aime à me parer
de ce qui est brillant et beau, surtout quand une
dame brillante et belle vient me voir. Vous ne savez
pas combien votre visite me ravit. Je suis dans un
de mes jours de mélancolie. Les larmes remplissent
malgré moi mes yeux. J'ai soif de pitié. Pensez au

misérable état dans lequel je vis. Je suis un pauvre être solitaire, qu'a frappé une effrayante difformité. Ah ! quelle compassion je devrais exciter ! et je suis un objet d'épouvante ! Mon cœur si affectueux.... vide ! Mes talents si extraordinaires.... inutiles ou mal appliqués. Triste ! triste ! triste ! Ayez pitié de moi, je vous en conjure ! »

Ses yeux étaient littéralement pleins de larmes, larmes de commisération qu'il versait sur lui-même. Il me regardait et me parlait du ton gémissant et plaintif d'un enfant malade qui a besoin que sa nourrice le console. J'étais fort en peine de savoir ce que je devais faire. C'était parfaitement ridicule, mais je n'ai jamais été plus embarrassée de ma vie.

« Je vous en conjure, répéta-t-il, ayez pitié de moi ! Ne me soyez pas cruelle. Je ne vous demande que bien peu de chose. Ayez pitié de moi, madame Valéria ; dites que vous avez pitié de moi ! »

Je dis que j'avais pitié de lui, et je me sentis rougir en disant cela.

« Merci, madame, dit humblement Miserrimus Dexter. Vous me faites du bien. Allez un peu plus loin. Donnez-moi la main. »

Ce fut dit d'un ton si grave et si solennel, qu'en dépit de mes efforts pour me retenir, je partis d'un éclat de rire.

Miserrimus Dexter me regarda avec une stupéfaction qui, hélas, ne fit qu'accroître mon intempestif accès de gaieté. L'avais-je offensé ? Il n'y parut pas. Revenu de sa surprise, il reposa doucement sa tête sur le dossier de son fauteuil, comme un homme qui écoute en connaisseur l'exécution d'un morceau quelconque. Quand j'eus repris mon sérieux, il redressa la tête et m'applaudit de ses deux mains blanches en m'honorant d'un :

« Encore! »

Et il ajouta, en reprenant le ton enfantin :

« Recommencez, je vous en prie. Joyeuse madame Valéria, vous avez un rire musical, et moi j'ai une oreille musicale. Recommencez. »

Cependant, j'avais retrouvé mon sérieux.

« J'ai honte de moi-même, monsieur Dexter, lui dis-je; pardonnez-moi, je vous en prie. »

Il ne me répondit pas; je ne sais même s'il m'entendit. Son caractère variable semblait subir un changement. Il me parut examiner ma toilette avec une attention inquiète et tirer de cet examen des conclusions à lui.

« Madame Valéria, dit-il tout à coup, vous n'êtes pas confortablement assise dans ce fauteuil.

— Pardonnez-moi, répliquai-je, j'y suis très-confortablement.

— Pardonnez-moi, à votre tour; il y a, à l'autre bout de la chambre, un fauteuil en jonc, de fabrique indienne, qui est plus convenable pour vous. Voulez-vous accepter mes excuses, si j'ai l'impertinence de vous prier de l'aller chercher vous-même? J'ai une raison pour cela. »

Il avait une raison! A quelle nouvelle excentricité allait-il me faire assister? Je me levai, et j'allai chercher le fauteuil qu'il m'indiquait. Il était assez léger pour qu'il me fût facile de le traîner. Quand je revins près de lui, je crus voir que ses regards continuaient à scruter et à détailler ma toilette avec un soin particulier. Et, chose plus étrange, il paraissait en être à la fois charmé et chagriné.

Je plaçai mon fauteuil près de lui, et j'allais m'y asseoir, quand il reprit :

« Pardon encore ! Je vous serais obligé, plus que je ne puis vous le dire, d'aller prendre, à l'autre bout de la chambre, un écran accroché au mur, et qui est de même fabrication que le fauteuil. Nous sommes un peu près du feu ici ; vous pourrez trouver cet écran utile. Excusez-moi, encore une fois, de vous laisser prendre cette peine, mais permettez que je vous assure de nouveau que j'ai une raison pour cela. »

C'était la seconde fois qu'il me répétait, avec une expression singulière, qu'il avait une raison. La curiosité faisait de moi une aussi humble servante de ses caprices, que l'était Ariel elle-même. J'allai chercher l'écran. Quand je revins, je vis ses yeux toujours arrêtés, avec la même fixité incompréhensible, sur mon habillement, d'ailleurs parfaitement simple et sans la moindre prétention. Je retrouvai aussi dans son regard le même bizarre mélange de plaisir et de peine.

« Merci un millier de fois ! dit-il. Vous m'avez... très-innocemment... déchiré le cœur. Mais vous ne m'en avez pas moins causé un bonheur inappréciable. Voulez-vous me promettre de ne pas vous offenser, si je vous dis la vérité ? »

Il approchait de son explication. Je ne fis jamais une promesse avec plus d'empressement.

« Je vous ai impoliment envoyée chercher vous-même ce fauteuil et cet écran, continua-t-il ; mon motif, pour cela, vous paraîtra bien étrange, j'en ai peur... Vous êtes-vous aperçue que je vous regardais marcher très-attentivement... trop attentivement, peut-être ?

— Oui ; je pensais que vous examiniez mon costume. »

Il secoua la tête et soupira amèrement.

« Je n'examinais, dit-il, ni votre costume, ni votre visage. Votre costume est de couleur sombre, et votre visage est encore étranger pour moi. Chère madame Valéria, je tenais à vous voir marcher. »

A me voir marcher ! Que voulait-il dire ? Qu'est-ce que cela signifiait ? Où errait en ce moment cet esprit vagabond ?

« Vous avez une qualité rare chez une Anglaise, reprit-il. Vous marchez bien. *Elle* marchait bien, elle aussi. Je n'ai pu résister à la tentation de la revoir en vous voyant. C'était son mouvement, c'était sa grâce simple, douce, inconsciente d'elle-même, que je revoyais en vous, quand je vous contemplais allant au bout de la chambre et en revenant. Vous l'avez fait sortir pour moi de la tombe, quand vous êtes allée chercher le fauteuil et l'écran. Pardonnez-moi de m'être ainsi servi de vous. L'idée était innocente, le motif était sacré. Vous m'avez désolé et vous m'avez ravi. Mon cœur saigne... et vous remercie. »

Il s'arrêta un moment ; il laissa tomber sa tête sur sa poitrine. Puis, il la releva soudain.

« Je suis certain, reprit-il, que nous parlions d'elle hier soir ; mais que disais-je donc ? et que disiez-vous ? Mes souvenirs sont confus ; je ne me les rappelle qu'à demi. Ayez la bonté, je vous en prie, de me les remettre en mémoire. Vous n'êtes point offensée de cette prière... n'est-ce pas ? »

J'aurais pu m'en offenser, si elle m'eût été adressée par un autre homme ; de sa part, je ne m'en blessai pas. Pour me fâcher contre Miserrimus

Dexter, je tenais trop à trouver le chemin de sa confiance, maintenant qu'il avait abordé, de son propre mouvement, le sujet de la mort de la première femme d'Eustache.

« Nous parlions, répondis-je, de la mort de Mme Eustache Macallan, et nous disions... »

Il m'interrompit, en rapprochant vivement son fauteuil du mien.

« Oui ! oui ! s'écria-t-il ; et je m'étonnais de l'intérêt que vous pouviez avoir, vous, à pénétrer le mystère de sa mort. Parlez ! fiez-vous à moi ! je meurs d'envie de le savoir.

— L'intérêt que vous avez à l'apprendre, dis-je, ne peut être plus fort que celui qui m'anime moi-même. Le bonheur de toute ma vie à venir dépend du succès de mes efforts pour découvrir le mystère de cette mort.

— Bon Dieu !.... Pourquoi ? s'écria-t-il. Mais arrêtez ! Voilà que je m'exalte, et je dois être calme, je dois rester maître de mon esprit ; je dois l'empêcher de s'égarer. La chose est trop sérieuse ! Attendez une minute ! »

Une élégante petite corbeille était accrochée à un des bras du fauteuil. Il l'ouvrit et en tira une bande de broderie aux trois quarts achevée, avec tout ce qu'il fallait pour exécuter ce genre de travail. Nous nous regardâmes par dessus la broderie. Il remarqua ma surprise.

« Les femmes, dit-il, ont le bon sens d'apaiser leur esprit et de mûrir leurs desseins avec tranquillité, en se livrant au travail à l'aiguille. Pourquoi, nous hommes, serions-nous assez déraisonnables pour nous refuser cette admirable ressource, la simple et calmante occupation qui détend les nerfs

et donne à la pensée le repos et la liberté ? J'ai
suivi, moi homme, le sage exemple des femmes.
Madame Valéria, permettez-moi de rentrer en moi-
même. »

Après avoir disposé gravement sa broderie, cet
être bizarre commença à travailler, avec toute l'a-
gilité d'une brodeuse accomplie.

« Maintenant, dit Miserrimus Dexter, si vous êtes
prête, je suis prêt. Parlez.... et je travaille en vous
écoutant. Commencez, je vous prie. »

Je lui obéis et je commençai.

XXVIII.

DANS L'OBSCURITÉ.

Avec un homme tel que Miserrimus Dexter, et
avec un projet tel que celui que j'avais en vue, des
demi-confidences n'étaient pas de mise. Il me fallait ou courir le risque d'une révélation sans réserve,
ou abandonner au dernier moment l'épreuve que
j'avais résolu de tenter. Dans la situation critique où
je me trouvais, je ne devais pas chercher un refuge
dans un moyen terme, même quand je me serais
sentie disposée à le faire. Au point où en étaient les
choses je me résignai à courir tous les risques et je
me plongeai, dès le début, les yeux fermés, au cœur
de la difficulté.

« Autant, dis-je, que je puis le présumer, monsieur Dexter, vous ne savez que peu de chose, ou
vous ne savez rien de ma situation actuelle. Vous

ignorez absolument, je crois, que mon mari et moi nous ne vivons plus ensemble.

— Est-il nécessaire de parler de votre mari? demanda-t-il froidement sans lever les yeux et sans interrompre son travail.

— Cela est absolument nécessaire; autrement, vous ne me comprendriez pas. »

Il baissa la tête et parut se résigner en soupirant.

« Vous et Eustache ne vivez plus ensemble? reprit-il. Cela veut-il dire qu'il vous a quittée?

— Il m'a quittée, et est passé à l'étranger.

— Sans aucune nécessité qui l'y oblige?

— Sans la moindre nécessité.

— N'a-t-il fixé aucune époque pour son retour?

— S'il persévérait dans son intention actuelle, Eustache ne reviendrait jamais à moi. »

Pour la première fois il leva la tête de dessus sa broderie.... en paraissant redoubler tout à coup d'attention.

« Le désaccord qui vous a séparés est-il si sérieux? demanda-t-il. Êtes-vous libres vis-à-vis l'un de l'autre, charmante madame Valéria, par le commun consentement des deux parties? »

Le ton avec lequel il m'adressa cette question ne fut pas du tout de mon goût. Le regard qu'il jeta sur moi me fit tout d'abord regretter d'être venue, seule, me confier à lui. L'idée me vint pour la première fois qu'il était capable de tirer avantage de ma trop grande confiance. Je gardai néanmoins mon sang-froid, et le rappelai, plus par mon attitude que par mes paroles, au respect qu'il me devait.

« Vous vous méprenez tout à fait, repris-je gravement: il n'y a pas eu de brouille, il n'y a pas eu même de malentendu entre mon mari et moi. Notre séparation, monsieur Dexter, a causé, à Eustache comme à moi, une profonde douleur. »

Il m'écoutait d'un air d'ironique résignation.

« Je suis tout attention, dit-il en enfilant son aiguille. Continuez, je vous prie ; je ne vous interromprai plus. »

Me rendant à son invitation, je lui fis connaître, sans aucune réserve, tout ce qui s'est passé ; en ayant soin toutefois de présenter les raisons d'Eustache sous le jour le plus favorable. Miserrimus Dexter laissa tomber sa broderie de ses mains et se prit à sourire doucement de mon innocent récit. Ce sourire irrita singulièrement mon système nerveux.

« Je ne vois rien de risible dans tout cela ! » lui dis-je sèchement.

Ses beaux yeux bleus se fixèrent sur moi, avec un air de surprise ingénue.

« Rien de risible ! répéta-t-il, rien de risible dans les signes évidents de folie que vous venez de décrire ! »

L'expression de son regard changea subitement. Elle devint sombre et dure.

« Attendez ! s'écria-t-il, avant que j'eusse le temps de lui répondre ; vous ne pouvez avoir qu'une raison pour parler et pour agir avec tant de passion : cette raison, c'est... c'est que vous êtes éprise de votre mari !

— Être éprise de lui n'est pas une expression assez forte, répliquai-je ; dites que je l'adore... et du plus profond de mon cœur. »

Miserrimus Dexter pressa de l'une de ses mains sa magnifique barbe et répéta mes paroles, en fixant sur moi son regard pénétrant.

« Vous l'adorez du plus profond de votre cœur !...
Pardon !... pourriez-vous me dire pourquoi ?

— Parce que je ne puis m'en empêcher, » repris-
je avec humeur.

Il sourit ironiquement et se remit à sa broderie.

« C'est curieux ! se dit-il tout haut à lui-même. La
première femme d'Eustache l'aimait aussi. Il y a
des hommes dont toutes les femmes sont folles. Il y
en a d'autres dont aucune femme ne se soucie. Elles
n'ont, dans l'un et l'autre cas, aucune raison à
donner. L'un de ces hommes est aussi beau, aussi
aimable, aussi honorable, d'un rang aussi élevé que
l'autre. Et cependant, pour l'un, les femmes se jet-
teront dans le feu ; tandis que pour l'autre, elles ne
tourneront pas même la tête. Pourquoi ? Elles ne le
savent pas elles-mêmes, ainsi que madame Valéria
vient de l'avouer. Y a-t-il à cela quelque raison physique ? Une puissante attraction magnétique émane-t-
elle du numéro un, laquelle n'émane pas du numéro
deux ? Il faudra que j'étudie les causes de ce phénomène, quand j'en aurai le temps et que je serai
d'humeur à le faire. »

Ayant ainsi posé la question à sa satisfaction intime, il leva de nouveau les yeux sur moi.

« Je suis toujours, dit-il, dans les ténèbres, en ce
qui vous concerne et en ce qui concerne vos motifs.
Je suis toujours à cent lieues de comprendre l'intérêt que vous avez à pénétrer l'affreux mystère de
la tragédie de Gleninch. Gracieuse madame Valéria,
prenez-moi la main, je vous prie, et conduisez-moi
à la lumière. Vous n'êtes pas fâchée contre moi,
n'est-il pas vrai ? Rendez-moi ce service, et je vous
donnerai cette broderie, quand je l'aurai terminée.
Je ne suis qu'un malheureux, solitaire, difforme, et

d'un tour d'esprit bizarre. Je n'entends pas malice aux choses. Soyez indulgente, pardonnez-moi, éclairez-moi. »

Il reprenait ses manières d'enfant, et je vis reparaître sur ses lèvres son innocent sourire, avec les étranges petits plis et les rides qui l'accompagnaient aux angles de ses yeux. Je commençai à craindre d'avoir été, sans motif raisonnable, trop dure envers lui. Je pris, comme pénitence, la résolution d'avoir plus d'égards pour les infirmités de son esprit et de son corps, pendant le reste de ma visite.

« Permettez, monsieur Dexter, dis-je, que je retourne pour un moment à Gleninch. Vous convenez avec moi qu'Eustache est absolument innocent du crime pour lequel il a comparu devant le jury. Votre déposition dans le procès m'en est garant. »

Il interrompit son travail, et me regarda avec une attention grave et triste, qui me fit voir son visage sous un jour encore nouveau.

« C'est *notre* opinion, repris-je, mais ce n'a pas été celle du jury. Rappelez-vous quel fut son verdict : PREUVES INSUFFISANTES ! Ce qui veut dire que le jury appelé à juger mon mari a refusé de déclarer, positivement et publiquement, qu'il le croyait innocent. Ai-je raison ? »

Au lieu de me répondre, il replaça soudain sa broderie dans la corbeille et rapprocha son fauteuil du mien.

« Qui vous a dit cela? me demanda-t-il.

— Je l'ai lu moi-même dans le compte-rendu imprimé. »

Jusqu'à ce moment, sa physionomie avait témoigné d'une sérieuse attention.... rien de plus. Pour la première fois, je crus la voir assombrie comme par un nuage, et elle exprima visiblement la méfiance.

« En général, dit-il, les femmes n'ont point l'habitude de se torturer l'esprit sur d'arides questions légales. Madame Eustache Macallan, deuxième du nom, vous devez avoir eu une bien puissante raison pour donner cette direction à vos lectures.

— J'avais une très-puissante raison, en effet, monsieur Dexter. Mon mari s'est résigné au verdict écossais, sa mère s'y est résignée, ses amis, autant que je puis le savoir, s'y sont résignés également...

— Eh bien?

— Eh bien! mon mari, sa mère, ses amis se sont soumis au verdict écossais... moi, non! »

J'avais à peine prononcé ces mots, que la folie de Dexter, à laquelle je n'avais pas cru jusque-là, sembla éclater. Il se dressa tout à coup sur son fauteuil, il s'élança vers moi, et, brusquement, il appuya ses mains sur chacune de mes épaules. En même temps ses yeux, à quelques pouces seulement de distance, plongeaient dans les miens un regard sauvage.

« Qu'est-ce donc que vous voulez dire?... » s'écria-t-il d'une voix retentissante.

Un effroi mortel me saisit. Je fis pourtant de mon mieux pour ne pas le laisser voir. Du geste et du regard, je réprimai l'insolent et lui fis comprendre que j'étais choquée de la liberté qu'il prenait avec moi.

« Retirez vos mains, monsieur, et reprenez votre place! » dis-je, d'une voix sévère.

Il m'obéit mécaniquement; il s'excusa mécaniquement. Toute son âme était émue de mes paroles et s'efforçait de découvrir ce qu'elles signifiaient.

« Je vous demande pardon, dit-il, je vous demande humblement pardon. Ce sujet m'irrite et
m'épouvante, il me fait perdre la raison. Si vous
saviez quelle peine j'ai à rester maître de moi! N'importe! ne me prenez pas au sérieux ; n'ayez de moi
aucune crainte. Ah! que je suis honteux!... que je
me sens petit et misérable de vous avoir offensée!
Punissez-moi. Prenez un bâton et frappez-moi. Atta-
chez-moi sur mon fauteuil. Appelez Ariel, qui est
forte comme un cheval, et dites-lui de me tenir. Je
mérite et j'accepte tel châtiment qu'il vous plaira
de m'infliger... Seulement, je vous en conjure, expliquez-moi ce que vous entendez par ces paroles :
« Je refuse de me soumettre au verdict écossais. »

Il recula son fauteuil d'un air repentant.

« Suis-je assez loin ? fit-il du ton le plus humble.
Aurez-vous encore peur de moi ? Je disparaîtrai
complètement, si vous voulez, en m'enfonçant dans
mon fauteuil. »

Il souleva son couvre-pieds, et il allait disparaître
comme un pantin dans un théâtre de marionnettes,
si je ne l'en avais empêché.

« Assez! dis-je, c'est bien! j'accepte vos excuses.
Maintenant, écoutez-moi. Quand je dis que je refuse
de me soumettre au verdict écossais, ma pensée ne
va pas au delà de ma parole. Ce verdict a laissé
une tache sur la réputation de mon mari. Eustache
en ressent une profonde amertume, une amertume
dont nul autre que moi n'a pu voir le fond. C'est
parce que cette tache est sur lui qu'il s'est éloigné
de moi. Il ne lui suffit pas que je sois persuadée de
son innocence. Rien ne le ramènera à moi, rien ne
le convaincra qu'à mes yeux il est toujours digne
d'être le guide et le compagnon de ma vie, rien!....

tant que la preuve visible et palpable de son innocence ne sera pas mise sous les yeux du jury et du
public. Cette preuve, ses amis, ses avocats, et lui-
même désespérèrent de la trouver jamais. Mais je
suis sa femme, personne ne l'aime comme je l'aime,
et il y a quelqu'un qui ne veut pas désespérer, il y
a quelqu'un qui ne veut entendre à rien : c'est moi !
Avec l'aide de Dieu, monsieur Dexter, je voue ma
vie à la revendication de l'innocence de mon mari.
Vous êtes son ancien ami... je viens vous demander
de m'aider dans ma tâche. »

Il semblait que c'était moi maintenant qui l'ef-
frayais. Il passa avec inquiétude sa main sur son
front, comme s'il eût voulu chasser de son cerveau
quelque pensée importune.

« Est-ce un rêve? se demanda-t-il à voix basse.
Êtes-vous une vision de la nuit?

— Je ne suis qu'une femme, repris-je; une femme
sans ami, qui a perdu tout ce qu'elle aimait, tout ce
qu'elle honorait au monde, et qui s'efforce de le
reconquérir. »

Il allait faire un mouvement pour rapprocher de
nouveau son fauteuil. Je levai la main. Il s'arrêta
aussitôt. Il y eut un moment de silence. Nous nous
observions mutuellement. Ses mains tremblaient,
son visage était pâle, ses lèvres étaient frémissantes.
Quel souvenir éteint et enseveli dans son âme
avais-je fait revivre dans toute sa primitive horreur?

Il prit le premier la parole.

« C'est donc là, dit-il, l'intérêt que vous avez à
pénétrer le mystère de la mort de Mme Eustache
Macallan?

— Oui.

— Et vous croyez que je puis vous y aider ?

— Je le crois. »

Il leva lentement sa main droite, l'index dirigé
sur moi.

« Vous soupçonnez quelqu'un ! » dit-il.

Il dit cela d'un ton bas et menaçant. Il semblait m'avertir de prendre garde. Mais tant pis! je
n'allais pas arrêter là ma confidence ! je n'allais pas
perdre ainsi le résultat de tout ce que j'avais souffert et risqué dans cette périlleuse entrevue !

« Vous soupçonnez quelqu'un ! répéta-t-il.

— Peut-être ! dis-je.

— Et... la personne que vous soupçonnez est-
elle à votre portée?

— Pas encore.

— Savez-vous où elle se trouve ?

— Non. »

Il posa sa tête languissamment sur le dossier de
son fauteuil, en poussant un long soupir. Était-ce
un soupir de soulagement ou de contrariété? Était-il
seulement fatigué d'esprit et de corps ? Qui aurait pu sonder et dire ce qui se passait dans cette
âme?

« Voulez-vous bien avoir la bonté de m'accorder
cinq minutes, cinq minutes de répit et de repos. Je
vous ai dit déjà combien tout ce qui a rapport au
drame de Gleninch m'émeut et m'exalte. Je serai en
état de reprendre tout à l'heure notre entretien, si
vous voulez me faire la grâce de me laisser quelques
minutes livré à moi-même. Vous trouverez des livres
dans la chambre d'à côté. Veuillez m'excuser. »

Je me retirai aussitôt dans la pièce d'entrée. Il
me suivit dans son fauteuil, jusqu'à la porte qu'il
ferma derrière moi.

XXIX.

LA LUMIÈRE SE FAIT.

Un moment de solitude fut d'ailleurs un soulagement pour moi, aussi bien que pour Miserrimus Dexter.

Des doutes qui me firent tressaillir s'emparèrent de moi, tandis que j'allais et venais avec inquiétude, tantôt dans le vestibule et tantôt dans le corridor. Il était évident que j'avais, très-involontairement, réveillé dans l'âme de Miserrimus Dexter quelque poignant secret. Je torturai et fatiguai ma pauvre cervelle, en m'efforçant de deviner ce que ce secret pouvait être. Tous mes efforts, comme l'évènement me le fit voir, furent vainement dépensés en suppositions, dont pas une n'approchait de la vérité. Je me plaçai sur un plus ferme terrain, quand j'arrivai à cette conclusion que Dexter n'avait assurément fait confidence de son secret à personne. Il n'aurait pas laissé voir les signes de trouble que j'avais remarqués en lui, s'il avait publiquement avoué, devant la Cour, ou communiqué à quelque ami intime, tout ce qu'il savait du terrible drame qui s'était passé dans la chambre à coucher de Gleninch. Quelle puissante influence l'avait contraint à se taire? Avait-il gardé le silence par considération pour une autre personne, ou par crainte des conséquences qui pourraient en résulter pour lui-même? Il m'était impossible de le dire. Pouvais-je espérer qu'il

consentirait à me confier ce qu'il avait tu à la justice et à ses amis ? Quand il saurait ce que j'attendais réellement de lui, voudrait-il tirer de l'arsenal
de ses connaissances, l'arme avec laquelle je pourrais obtenir la victoire dans le combat que je me
préparais à livrer ? Ce n'était pas présumable, je ne
pouvais le nier. Toutefois, l'entreprise valait la
peine d'être tentée. Le hasard pouvait se déclarer
en ma faveur, avec un être aussi bizarre que Miserrimus Dexter. Mon plan et mon projet étaient suffisamment étranges, suffisamment éloignés des voies
ordinaires que suivent les pensées et les actions
d'une femme, pour attirer ses sympathies.

« Qui sait ? pensais-je en moi-même, si, par hasard, je ne pourrai pas gagner sa confiance en lui
disant simplement la vérité ? »

Au bout d'un instant, la porte se rouvrit, et la
voix de mon hôte me rappela dans la grande pièce.

« Soyez la bienvenue, chère madame Valéria, dit
Miserrimus Dexter. Je suis pleinement en possession de moi-même. Et vous, comment vous trou-
vez-vous ? »

Il me regardait et me parlait avec la cordialité
d'un vieil ami. Pendant mon absence, si courte
qu'elle eût été, un changement s'était encore produit dans cet esprit multiforme. Ses yeux brillaient
de bonne humeur ; le sang affluait à ses joues, sous
l'influence d'une nouvelle surexcitation. Son costume même avait subi une modification depuis que
je l'avais quitté. Il portait maintenant une sorte de
bonnet en papier blanc ; ses manchettes étaient re-
troussées ; un tablier, d'une propreté irréprocha-
ble, était étendu sur son couvre-pieds vert de mer.
Il tourna son fauteuil vers moi, en s'inclinant et

souriant, et m'invita à m'asseoir avec la grâce d'un
maître à danser.

« Je vais remplir l'office de cuisinier, dit-il avec la
plus cordiale simplicité. Nous avons besoin tous
deux de nous rafraîchir, avant de reprendre notre
sérieux entretien. Vous voyez que j'ai pris mon
habit de cuisinier... pardonnez-le-moi. Il y a des
formes à observer en toutes choses. Je suis un
grand partisan des formes. J'ai pris un peu de vin,
veuillez m'en excuser en prenant un peu de vin
vous-même. »

Il remplit un verre en vieux cristal de Venise,
d'une liqueur rouge pourprée qui plaisait à la vue.

« C'est du bourgogne, dit-il, le roi des vins ! et
celui-ci est le roi des vins de Bourgogne... c'est du
Clos-Vougeot. Je bois à votre santé et à votre bonheur ! »

Il remplit un second verre pour lui-même, et le
vida en entier, pour me faire honneur. Je compris
alors la cause de l'éclat qui brillait dans ses yeux
et des vives couleurs répandues sur ses joues. Il
était de mon intérêt de ne pas l'offenser. Je bus de
son vin... et je convins avec lui qu'il était délicieux.

« Que mangerons-nous ? demanda-t-il. Il faut que
ce soit quelque chose de digne du Clos-Vougeot.
Ariel, la pauvre fille, sait un peu de cuisine ; mais
je ne vous ferai pas l'injure de vous en offrir un
échantillon. Permettez-moi de vous choisir quelque
chose qui mérite de vous être offert. Allons à la
cuisine. »

Il fit tourner son fauteuil, et m'invita à l'accompagner par un signe courtois de la main.

Je le suivis jusqu'à des rideaux fermés qui se
trouvaient à l'un des bouts de la chambre, et que je

n'avais pas encore remarqués. Tirant ces rideaux, il exhiba à ma vue une sorte d'alcôve ou cabinet dans lequel se trouvait un petit fourneau de cuisine à gaz d'une propreté parfaite. Des tiroirs, des buffets, des assiettes, des plats, des casseroles, étaient rangés le long des murs. C'était une batterie de cuisine en miniature, toute reluisante de propreté.

« Salut à la cuisine ! » dit Miserrimus Dexter.

Il tira d'un enfoncement, dans le mur, une plaque de marbre qui servait de table, et se mit à réfléchir profondément, en portant la main à son front.

« J'ai trouvé !... » s'écria-t-il.

Et ouvrant un des buffets, il y prit une bouteille noire d'une forme qui m'était entièrement nouvelle. Sondant cette bouteille avec une longue et grosse aiguille, il en tira plusieurs petites pommes noires, de formes très-irrégulières, qui auraient été assurément bien connues d'une femme accoutumée au luxe de la table des riches, mais qui ne l'étaient nullement d'une provinciale comme moi, ayant toujours vécu à la campagne, d'une vie simple, dans la maison d'un ministre jouissant d'un faible revenu. Quand je vis mon hôte déposer soigneusement ces substances, qui n'avaient rien de séduisant, sur une serviette blanche, puis se plonger encore une fois dans ses réflexions, en les considérant, je ne pus imposer plus longtemps silence à ma curiosité, et je m'aventurai à demander ce que c'était que cela, et si c'était des choses bonnes à manger.

Miserrimus Dexter fit un bond sur son fauteuil, à cette question inattendue, et me regarda, en étendant les bras, en signe d'étonnement.

« Où sont nos progrès si vantés? s'écria-t-il.

Qu'est-ce que l'éducation, sinon un vain mot? Voici une personne bien née, bien élevée qui ne connaît pas les truffes!

— J'en avais entendu parler, dis-je humblement; mais je n'en avais jamais vu jusqu'à présent. Nos humbles tables dans le Nord, monsieur Dexter, ne connaissent pas ce luxe exotique. »

Miserrimus Dexter piqua délicatement une de ses truffes, du bout de son aiguille, et me la présenta, de façon à m'en donner une idée favorable.

« Faites votre profit, dit-il, de l'une des premières sensations, si peu nombreuses dans cette vie, qui ne cachent aucun désappointement sous leur apparence extérieure. Regardez bien cette truffe, madame Valéria, vous allez la manger tout à l'heure cuite à l'étuvée, dans du vin de Bourgogne. »

Il alluma le gaz du fourneau, avec l'air d'un homme qui allait me donner une preuve inappréciable de son zèle.

« Pardonnez-moi, dit-il, si je garde le plus absolu silence, à partir du moment où je prends ceci dans ma main. »

En parlant ainsi, il retira de sa batterie de cuisine une petite casserole qui brillait sur toutes ses faces.

« Pour être convenablement pratiqué, l'art du cuisinier exige qu'il ne divise pas son attention, continua-t-il gravement. C'est pourquoi aucune femme n'a jamais atteint, aucune n'atteindra jamais le point culminant de cet art. Règle générale : les femmes sont incapables de concentrer d'une manière absolue toute leur attention sur une seule occupation, quelle qu'elle soit, pendant un temps déterminé. Leur esprit se portera immanquable-

ment sur quelque autre objet; par exemple sur leur
amoureux, ou sur leur nouveau chapeau. Le seul
obstacle, madame Valéria, qui vous empêche de
vous élever au niveau des hommes dans les diverses
carrières industrielles, n'est pas, comme les femmes
le supposent à tort, dans le vice des institutions du
siècle où elles vivent. Non! cet obstacle est en elles-
mêmes. Aucune institution qu'on puisse imaginer
dans l'intérêt de leur progrès, ne sera jamais assez
forte pour lutter avec succès, contre l'amoureux ou
le nouveau chapeau. Il y a peu de temps, par exemple, j'obtins de faire entrer des femmes dans les
bureaux de l'administration des postes. L'autre jour
je pris la peine, peine très-sérieuse pour moi, de descendre mon étage et de rouler mon fauteuil jusqu'au bureau de l'administration, pour voir comment les femmes qui y étaient employées exécu-
taient leur travail. Je pris avec moi une lettre qui
devait être enregistrée. Elle portait une adresse
extraordinairement longue. La femme chargée de
l'enregistrer, commença à copier l'adresse, sur le
reçu, d'une manière vraiment réjouissante et amu-
sante. Elle était arrivée à la moitié de ce travail,
quand une petite sœur de l'une des femmes employées dans le bureau y entra et passa précipitamment sous le comptoir de l'enregistreuse, pour
aller trouver sa sœur et lui parler. L'esprit de l'enregistreuse prit aussitôt sa volée. Son crayon s'arrêta; ses yeux suivirent l'enfant avec une charmante expression d'intérêt : — Eh bien ! lui dit-elle.
Lucie, comment te portes-tu? Puis se rappelant
son travail, elle s'y remit. Quand je pris mon reçu
sur le comptoir, une ligne de l'adresse de ma lettre
avait été oubliée dans la copie, grâce à Lucie. Un

homme à la place de cette femme n'aurait pas pris
garde à Lucie; il serait resté trop attentif à son travail. Il y a, entre les deux sexes, sous le point de
vue intellectuel, une différence profonde et que
toutes les lois imaginables ne pourront jamais faire
disparaître, tant que durera le monde. Mais les femmes sont infiniment supérieures aux hommes, sous
le rapport des qualités morales qui sont le véritable
ornement de l'humanité. Contentez-vous, chères
sœurs, de votre lot, et ouvrez les yeux sur votre
erreur. »

Sur ce, il tourna son fauteuil vers le fourneau. Il
eût été inutile de le contredire, même quand je me
serais sentie disposée à le faire. Il s'absorba entièrement dans la préparation de son étuvée.

Je jetai les yeux autour de moi.

Le même goût pour les sujets horribles, que les
peintures du rez-de-chaussée m'avaient fait voir
dans l'esprit de Miserrimus Dexter, se montrait
encore ici. Les photographies suspendues au mur
représentaient les différentes formes de folie qu'on
peut rencontrer dans la vie humaine. Les moules en
plâtre, rangés sur la tablette du mur opposé, étaient
des moules pris, après leur mort, sur des têtes de
meurtriers célèbres. Un effrayant squelette de
femme se dressait dans une armoire dont la porte
était vitrée, et on lisait, placée sur le crâne, cette
inscription cynique : *Contemplez la charpente sur
laquelle repose l'édifice de la beauté!* Dans une
armoire correspondante, et dont la porte était ouverte, pendait toute déployée une chemise, qui me
sembla tout d'abord faite de peau de chamois. Mais,
en la touchant, je reconnus qu'elle était plus souple
qu'aucune peau de chamois que j'eusse jamais ma-

niée ; je trouvai dans l'un de ses plis, attachée avec une épingle, cette abominable étiquette : *Peau tannée d'un marquis français. Qui dira que les nobles ne sont bons à rien ? On peut en faire de la peau de première qualité !*

Après ce spécimen du goût de mon hôte, en fait de curiosités, je renonçai à poursuivre plus loin mon investigation. Je revins prendre place dans mon fauteuil, et j'attendis les truffes.

En ce moment, la voix du poëte-peintre-compositeur-cuisinier me rappela vers la cuisine.

Le gaz était éteint. La casserole et son contenu avaient disparu. Sur la table de marbre je voyais deux assiettes, deux serviettes, deux petits pains, et un plat, avec une autre serviette, sur laquelle se trouvaient trois ou quatre boules noires. Miserrimus Dexter, avec le sourire le plus aimable, mit une de ces boules sur mon assiette, et une autre sur la sienne.

« Faites bien attention ! dit-il ; ceci fera époque dans votre vie ; vous garderez le souvenir du jour où vous aurez mangé votre première truffe. Ne la touchez pas avec votre couteau ; ne vous servez que de votre fourchette. Et pardonnez-moi.... mais ma recommandation est essentielle.... mangez avec lenteur ! »

Je suivis ces instructions, et j'affectai un enthousiasme que je ne ressentais, je dois l'avouer, qu'à demi. Je trouvai, à part moi, ce végétal de bien haut goût, et en même temps tout à fait au-dessous des éloges qu'on en fait. Miserrimus Dexter savourait sa truffe avec une savante lenteur, il sirotait délicieusement son merveilleux bourgogne, il chantait ses propres louanges comme cuisinier. Si bien que je finis par ne plus y tenir, impatiente de revenir à l'objet de ma visite. En dehors de mon unique but, tout m'était bien égal, et je voulus faire sentir à mon hôte que nous perdions un temps précieux. A brûle-pourpoint, je lui posai donc la question la plus dangereuse.

« Monsieur Dexter, dis-je, n'avez-vous pas entendu parler, dans ces derniers temps, de Mme Beauly? »

Le sentiment de douce satisfaction répandu sur son visage s'évanouit à cette brusque question, et ne laissa pas plus de trace que n'en laisse une lumière qui s'éteint. Je retrouvai dans son attitude et dans sa voix la méfiance que j'y avais déjà signalée.

« Est-ce que vous connaissez Mme Beauly? demanda-t-il.

— Je ne la connais, répondis-je, que par ce que j'ai lu sur elle dans le compte-rendu du procès. »

Il ne se tint pas pour satisfait de cette réponse.

« Vous devez avoir un intérêt quelconque à me poser cette question, dit-il, ou vous ne me l'auriez pas adressée. Est-ce comme amie ou comme ennemie, que vous vous intéressez à Mme Beauly? »

Si hardie que je pusse être, je n'avais pas encore assez de témérité pour répondre avec une franchise entière à cette franche question. Je voyais assez dans la physionomie de Miserrimus Dexter, que je devais me tenir sur mes gardes vis-à-vis de lui, avant qu'il ne fût trop tard.

« Je ne puis vous dire qu'une chose, répliquai-je, c'est qu'il faut que je revienne à un sujet auquel il vous est très-pénible de toucher, je veux dire au procès.

— Soit! fit-il avec un de ses mouvements de mauvaise humeur. Je suis ici à votre merci ; je suis

un martyr sur le bûcher. Attisez le feu! attisez le
feu !

— Je ne suis qu'une femme ignorante, repris-je,
et j'avoue que je vois mal les choses. Mais, il y a,
dans le procès de mon mari, un passage qu'il m'est
impossible d'admettre. La défense que son avocat a
fait entendre pour lui me semble avoir été une complète méprise.

— Une complète méprise? répéta-t-il. C'est là,
madame Valéria, un langage étrange, pour ne rien
dire de plus. »

Il voulait prendre un ton badin, il leva son verre.
Mais je pus voir que j'avais produit une vive impression sur lui; sa main trembla, quand il approcha le
verre de ses lèvres.

« Je ne doute pas, continuai-je, que la première
femme d'Eustache lui ait réellement demandé d'acheter l'arsenic. Je ne doute pas qu'elle s'en soit servie
pour corriger son teint. Mais ce que je ne puis pas
croire, c'est qu'elle soit morte pour en avoir pris,
par erreur, une dose exagérée. »

Il reposa le verre sur la table qui était près de lui,
avec une telle précipitation qu'il répandit la plus
grande partie du vin contenu dans ce verre. Ses
yeux rencontrèrent les miens, mais il les baissa
presque aussitôt.

« Comment croyez-vous alors qu'elle soit morte?
demanda-t-il, d'un ton si bas que je pus à grand
peine l'entendre.

— Elle a été empoisonnée, » répondis-je.

Il fit un mouvement sur son fauteuil, comme s'il
était sur le point de sauter à terre; mais il y retomba, saisi d'une subite faiblesse.

« Non par mon mari! me hâtai-je d'ajouter. Vous

savez que j'ai la conviction absolue de son innocence. »

Je le vis frissonner. Je vis ses mains se crampon-
ner convulsivement aux bras de son fauteuil.

« Qui donc l'aurait empoisonnée? » demanda-t-il,
en appuyant encore sa tête sur le dossier du fauteuil.

A ce moment critique, le courage me manqua.
J'avais peur de lui dire sur qui se portaient mes
soupçons.

« Ne me devinez-vous pas ? » dis-je.

Il y eut une pause. Je supposai qu'il se laissait
aller au cours de ses idées. Ce ne fut pas pour longtemps. Tout à coup il tressaillit. L'espèce de pros-
tration qui s'était emparée de lui s'évanouit subitement. Ses yeux recouvrèrent leur étrange éclat; ses
mains cessèrent de trembler, le coloris de ses joues
devint plus brillant. Avait-il réfléchi sur le genre
d'intérêt qui me portait à l'interroger au sujet de
Mme Beauly? Avait-il deviné ma pensée? Oui! il
l'avait devinée.

« Dites-moi la vérité, sur l'honneur! s'écria-t-il.
Ne cherchez pas à me tromper. Est-ce une femme?

— C'est une femme.

— Quelle est la première lettre de son nom? Est-
ce une des trois premières lettres de l'alphabet?

— Oui.

— Un B...?

— Oui.

— Beauly?

— Beauly. »

Il leva les mains au-dessus de sa tête et poussa
un éclat de rire frénétique.

« J'ai assez vécu! s'écria-t-il d'un ton étrange.

Enfin! j'ai découvert une autre personne dans le monde qui voit le fait aussi clairement que je le vois moi-même. Cruelle madame Valéria! pourquoi m'avez-vous mis à la torture? Pourquoi n'avez-vous pas avoué cela plus tôt.

— Quoi! m'écriai-je à mon tour, en me laissant gagner par la contagion de sa crise nerveuse; vos idées sont-elles pareilles à mes idées? Est-il possible que, vous aussi, vous soupçonniez Mme Beauly? »

Il fit cette remarquable réponse.

« Soupçonner! répéta-t-il avec dédain. Il n'y a pas pour moi, sur ce point-là, l'ombre d'un doute : Mme Beauly a empoisonné la première femme d'Eustache!

XXX.

L'ACCUSATION DE MADAME BEAULY.

Je me dressai debout et je regardai Miserrimus Dexter. J'étais trop agitée pour être en état de parler.

Ma plus haute espérance n'avait pas été certes jusqu'à présumer ce ton de conviction absolue. J'avais tout au plus pensé qu'il pourrait, par un pur effet du hasard, partager mes soupçons sur Mme Beauly. Et voilà que, de lui-même, sans hésitation, sans réserve, il faisait cette déclaration : Il n'y a pas là-dessus l'ombre d'un doute : Mme Beauly a empoisonné la première femme d'Eustache!

« Asseyez-vous, reprit Dexter avec tranquillité, et

n'ayez pas l'ombre d'une crainte. Personne ne peut nous entendre dans cette chambre. »

Je repris ma place, et me calmai un peu.

« N'avez-vous jamais dit à personne autre, ce que vous venez de me dire? »

Telle fut la première question que Miserrimus Dexter m'adressa.

« Jamais. Personne n'a le moindre soupçon de ma pensée.

— Pas même les avocats?

— Pas même les avocats.

— Aucun témoignage légal, dit Dexter pensif, ne s'élève contre Mme Beauly. On ne peut invoquer qu'une certitude morale.

— Assurément, repris-je, vous auriez pu trouver ce témoignage, si vous l'aviez cherché. »

Il se prit à rire de mon idée.

« Regardez-moi! dit-il. Un homme cloué sur ce fauteuil est-il en état de procéder à une enquête? D'ailleurs, d'autres obstacles me barraient le chemin. Je ne suis pas généralement dans l'habitude de me livrer sans nécessité. Je suis un homme plein de précautions, quoique vous puissiez ne vous en être pas aperçue. Toutefois, mon incommensurable haine de Mme Beauly ne pouvait rester cachée. Si les yeux peuvent dévoiler les secrets, elle doit avoir découvert que j'avais soif de la voir dans les mains du bourreau. Quoi qu'il en soit, elle s'est toujours tenue en garde contre moi. S'il fallait vous décrire toutes ses ruses, toutes les ressources de la langue ne suffiraient pas à la tâche. Prenez les degrés de comparaison pour vous en faire simplement une idée approximative. Je suis *positivement* rusé; le diable est *comparativement* plus rusé; Mme Beauly

est *superlativement* très-rusée. Non, non! si elle
doit être jamais dévoilée, à cette distance de l'époque où elle a commis son crime, ce ne sera pas par
un homme.... ce sera par une femme, par une
femme qui ne lui sera pas suspecte, par une femme
qui l'épiera avec la patience d'une tigresse que la
faim dévore....

— Dites une femme comme moi! m'écriai-je en
l'interrompant. Je suis prête à tenter l'entreprise. »

Ses yeux étincelèrent, ses dents se laissèrent voir
sous ses moustaches, ses mains battirent la caisse
sur les bras de son fauteuil.

« Y songez-vous pour tout de bon? demanda-t-il.

— Mettez-moi en votre lieu et place, répondis-je;
communiquez-moi la certitude morale, comme vous
dites, que vous possédez en vous.... et vous verrez!

— J'y consens! s'écria-t-il. Dites-moi d'abord une
chose : Comment en êtes-vous arrivée, vous qui
n'êtes pas du pays, à la soupçonner? »

Je lui exposai, du mieux que je pus, les diverses
circonstances suspectes que j'avais recueillies dans
les dépositions des témoins appelés devant la Cour.
J'insistai spécialement sur cette déposition, faite
sous la foi du serment par la garde, que Mme Beauly
s'était absentée précisément lorsque Christine Orm-
say avait laissé Mme Eustache Macallan seule dans
sa chambre.

« Vous avez remarqué cela! s'écria Miserrimus
Dexter. Vous êtes une femme admirable! Que fai-
sait-elle dans la matinée du jour où Mme Eustache
Macallan est morte empoisonnée? Et, pendant les
sombres heures de la nuit, où était-elle? Je puis
vous dire du moins où elle n'était pas : elle n'était
pas dans sa chambre.

— Elle n'était pas dans sa chambre! répétai-je.
Êtes-vous réellement sûr de cela?

— Je suis sûr de tout ce que je dis, quand je parle
de Mme Beauly, ne l'oubliez pas un instant. Et
maintenant écoutez. C'est un drame, et j'excelle à
raconter les drames. Vous en jugerez par vous-
même. Date : le 20 octobre. Lieu de la scène : le
corridor, appelé le corridor de la chambre d'amis
à Gleninch. D'un côté, une rangée de fenêtres donnant sur le jardin; de l'autre côté, les portes de
quatre chambres à coucher, avec leur cabinet de
toilette. Première chambre, en comptant à partir de
l'escalier, occupée par Mme Beauly. Seconde chambre, vacante. Troisième chambre, occupée par
Miserrimus Dexter. Quatrième chambre, vacante.
Voilà pour la scène. Le moment : onze heures du
soir.

DEXTER, *déshabillé dans sa chambre à coucher.*
Entre EUSTACHE MACALLAN.

EUSTACHE.

Mon cher ami, ayez bien soin de ne pas faire
de bruit; ne faites pas rouler votre fauteuil, d'un
bout à l'autre du corridor, cette nuit.

DEXTER.

Pourquoi?

EUSTACHE.

Mme Beauly est allée dîner à Édimbourg avec
quelques amis, et en est revenue excessivement
fatiguée; elle est montée directement à sa chambre
pour se coucher.

DEXTER, *d'un ton ironique.*

Quel air a-t-elle quand elle est excessivement fa-
t'guée? Est-elle toujours aussi belle?

EUSTACHE.

Je ne sais, je ne l'ai pas vue. Elle a gagné sa chambre sans parler à personne.

DEXTER, *avec une certaine logique.*

Si elle n'a parlé à personne, comment savez-vous qu'elle est fatiguée ?

EUSTACHE, *tenant un morceau de papier.*

Pas de folie ! J'ai trouvé ce papier sur la table de la salle d'en bas. Rappelez-vous ce que je vous ai dit pour vous recommander le silence. Bonne nuit !

EUSTACHE *se retire.* DEXTER *regarde le papier et y lit ces lignes tracées au crayon :*

« J'arrive à l'instant. Pardonnez-moi, je vous prie, « d'aller me coucher sans vous souhaiter une bonne « nuit. J'ai fait un exercice exagéré ; je suis horrible- « ment fatiguée. — HÉLÈNE. »

DEXTER *est soupçonneux de sa nature.* DEXTER *suspecte Mme Beauly. N'importe pour quelle rai- som ; ce n'est pas le moment de s'en enquérir main- tenant.* DEXTER *s'interroge lui-même :*

Une femme fatiguée ne se serait pas donné la peine d'écrire ce billet. Elle aurait trouvé beaucoup moins fatigant de frapper à la porte du salon, quand elle a passé devant cette porte, et de faire ses excu- ses de vive voix. Je vois là quelque chose de louche. Je passerai la nuit dans mon fauteuil.

DEXTER *s'y dispose. Il ouvre sa porte ; roule dou- cement son fauteuil dans le corridor ; ferme les portes des deux chambres vacantes, en emporte les clés, et rentre dans la sienne.*

Maintenant, se dit-il à lui-même, si j'entends une porte s'ouvrir doucement dans cette partie de la maison, je saurai à coup sûr que c'est la porte de Mme Beauly ! Là-dessus, il pousse sa propre porte, la laissant entrebâillée aussi peu que possible pour regarder, au besoin, à travers l'embrasure. Puis, il éteint sa lampe et attend, les yeux fixés sur l'entre-bâillement de la porte, comme un chat attend devant le trou d'une souris. Le corridor est le seul endroit qu'il ait besoin de surveiller, et une lampe y brûle toute la nuit. Minuit sonne ; il entend les verrous et les serrures des portes d'en bas se fermer, mais il n'entend rien autre chose. Minuit et demi ; rien encore ; la maison est silencieuse comme un tombeau. Une heure ; deux heures ; même silence. Deux heures et demie. Quelque chose attire enfin l'attention de Dexter. Il entend un bruit près de sa chambre, dans le corridor. C'est le bruit d'une porte qu'on ouvre avec les plus grandes précautions ; cette porte ne peut être que celle de la chambre de Mme Beauly, la seule occupée. Dexter se glisse, sans faire le moindre bruit, hors de son fauteuil, à l'aide de ses mains, se couche sur le parquet, près de sa porte entrebâillée, et écoute. Il entend la porte se refermer ; il voit un objet sombre ; il retire aussitôt sa tête de l'embrasure de la porte, et la couche sur le parquet, où personne, à coup sûr, ne s'avisera de la découvrir. Que voit-il alors ? Madame Beauly ! Elle marche, ayant sur ses épaules le long manteau qu'elle porte quelquefois, et dont les plis flottent derrière elle. Bientôt elle disparaît, après avoir dépassé la quatrième chambre, en tournant à angle droit dans un second corridor appelé le corridor du sud. Quelles sont les chambres dont l'entrée donne dans ce corridor ? Il y en a trois. La première est le petit cabinet d'étude mentionné dans la déposition de la garde. La seconde est la chambre à coucher de Mme Eustache Macallan. La troisième, celle de son mari. Qu'est-ce que Mme Beauly, soi-disant excédée de fatigue, peut avoir à faire dans cette partie de la maison, à deux heures et demie du matin? Dexter se décide à courir le risque d'être vu, et à entreprendre un voyage de découverte... Savez-vous comment Dexter alla de place en place sans se servir de son fauteuil? Avez-vous vu le pauvre estropié sauter sur ses mains? Doit-il, avant de continuer, vous montrer comment il s'y prit?

— Je vous ai vu sauter ainsi hier au soir, me hâtai-je de répondre. Continuez, je vous en prie, continuez votre récit, continuez!

— Aimez-vous ma manière de dramatiser une histoire? me demanda-t-il. Suis-je intéressant?

— Intéressant au delà de tout ce qu'on peut dire, monsieur Dexter. La suite!.... la suite!.... Je suis avide d'entendre la suite. »

Il sourit de ce sincère éloge, qu'il attribuait à son seul talent.

« Je suis également habile, dit-il, dans le style autobiographique . Voulez-vous que je vous en donne un échantillon, pour varier ma manière?

— Tout ce qu'il vous plaira! m'écriai-je; mais, continuez!

— DEUXIÈME PARTIE : STYLE AUTOBIOGRAPHIQUE, reprit-il en appelant mon attention d'un signe. Je sautai tout le long du corridor de la chambre d'amis, puis je tournai dans le corridor du sud. Je m'arrêtai devant le petit cabinet d'étude. La porte en était ouverte, mais il n'y avait personne dans l'intérieur. J'entrai et j'atteignis la porte qui communi-

quait avec la chambre à coucher de Mme Eustache
Macallan. Fermée à clef. Je regardai à travers le trou
de la serrure. Y avait-il quelque étoffe pendue de
l'autre côté pour intercepter la vue ? je ne puis le
dire. Tou' ce que je sais, c'est qu'il était impossible
de rien voir, que l'obscurité. J'écoutai. Je n'entendis
rien. Même obscurité, même silence en dedans de
la seconde porte, fermée aussi à clef, de la chambre
de Mme Eustache Macallan, qui s'ouvrait sur le
corridor. J'allai à la chambre de son mari. J'a-
vais la plus mauvaise opinion qu'on pût avoir de
Mme Beauly. Je n'aurais pas été surpris le moins
du monde, si j'avais signalé sa présence dans la
chambre d'Eustache. Là aussi, je regardai par le
trou de la serrure. Cette fois, la clef avait été retirée, ou bien tournée du bon côté, de façon à ne pas
intercepter ma vue ; je ne sais quelle supposition
était la vraie. Le lit d'Eustache était placé le long
du mur, faisant face à la porte. Je pus le voir, absolument seul, dormant du sommeil de l'innocence.
Je réfléchis un instant. L'escalier de service se trouvait au bout du corridor, non loin de moi. Je le des-
cendis, et me mis à explorer l'étage inférieur à la
clarté de la lampe de nuit. Toutes les portes étaient
fermées et les clefs en dehors, de sorte que je pus
m'assurer de l'état de ces portes. La porte d'entrée
de la maison était barrée et fermée au verrou. La
porte qui donnait accès aux chambres des domestiques était dans le même état. Je retournai dans ma
propre chambre, certain que tout était dans l'ordre
accoutumé. Où pouvait être Mme Beauly ? Évidemment quelque part dans la maison... mais où ? Je
m'étais assuré qu'elle n'était pas dans les chambres
que je n'avais pu explorer. Le champ de mes re-

cherches était épuisé. Elle ne pouvait être que dans
la chambre à coucher de Mme Macallan, la seule
qui eût échappé à mes investigations, la seule dont
il ne m'avait pas été possible d'inspecter l'intérieur.
Ajoutez à cela que la clef de la porte du cabinet
d'étude, communiquant avec la chambre de Mme Macallan, avait été égarée d'après la déposition de la
garde. N'oubliez pas non plus que le désir le plus
ardent de Mme Beauly, ainsi qu'elle l'avait avoué
dans la lettre écrite par elle et lue devant la Cour,
était de devenir l'heureuse épouse d'Eustache Macallan. Réunissez toutes ces conjectures et vous
devinerez quelles pensées pouvaient être les mien-
nes, sans que j'aie besoin de vous le dire, pendant
que j'attendais dans mon fauteuil ce qui pourrait
arriver. Vers quatre heures du matin, si fort que je
sois, la fatigue l'emporta. Je succombai au sommeil.
Pas pour longtemps. Je me réveillai en sursaut et
regardai à ma montre : il était quatre heures vingt-
cinq minutes. Mme Beauly était-elle revenue pendant mon sommeil? Je me rendis, en sautant sur
mes mains, jusqu'à sa porte, et j'écoutai. Pas le
moindre bruit. J'ouvris doucement sa porte : la
chambre était vide. Je revins dans la mienne pour
attendre et épier. C'était un rude effort pour moi de
rester éveillé. J'ouvris ma fenêtre, afin de permettre
à l'air du matin de me rafraîchir. Je luttais de toutes
mes forces contre la nature fatiguée, mais la nature
l'emporta. Je succombai de nouveau au sommeil.
Cette fois, il était huit heures quand je me réveillai.
J'ai de bonnes oreilles, comme vous avez pu le re-
marquer. J'entendis des voix de femmes qui par-
laient sous ma fenêtre. Je regardai sans me laisser
voir. Mme Beauly et sa femme de chambre étaient

en conversation intime. Mme Beauly et sa femme de
chambre semblaient regarder, comme des coupa-
bles, autour d'elles, pour s'assurer qu'elles n'étaient
ni vues ni entendues. « Prenez garde, madame ! »
disait la femme de chambre; « cet horrible monstre
d'estropié est aussi rusé qu'un renard. Ayez soin qu'il
ne vous découvre pas. » Mme Beauly répondit : « Passez la première, et regardez devant vous ; je vous
suivrai et regarderai derrière moi. » Là-dessus, elles
disparurent, en tournant le coin de la maison. Cinq
minutes après, j'entendis la porte de la chambre de
Mme Beauly s'ouvrir et se refermer doucement.
Trois heures après, la garde la rencontrait dans le
corridor, comme elle allait, de l'air le plus innocent
du monde, savoir des nouvelles de Mme Eustache
Macallan. Que pensez-vous de ces circonstances?
Que pensez-vous de Mme Beauly et de sa femme de
chambre, qui, ayant quelque chose à se dire, n'o-
sent pas le dire dans la maison, de peur que je ne
sois derrière quelque cloison, à portée de les écouter? Que pensez-vous de ces découvertes faites par
moi dans la matinée où Mme Eustache Macallan
s'est sentie malade, et le jour même où elle est
morte de la main d'un empoisonneur? Voyez-vous
maintenant le chemin qui vous mène jusqu'à la coupable ? Et Miserrimus Dexter, le fou, vous a-t-il été
de quelque utilité pour arriver à elle ? »

J'étais trop violemment agitée pour lui répondre.
Le chemin, pour arriver enfin à la réhabilitation de
mon mari, s'ouvrait en effet devant moi !

« Où demeure Mme Beauly ? m'écriai-je. Et où
demeure cette servante, qui est dans sa confidence?

— Je ne puis vous le dire, répondit Dexter, je ne
sais pas.

— Mais où pourrai-je m'en informer ! »

Il réfléchit un moment.

« Il y a un homme qui doit savoir où elle demeure,
ou bien qui pourrait s'en informer pour vous.

— Qui est-ce?... Son nom?...

— C'est un ami d'Eustache; le Major Fitz-David.

— Je le connais! je dois dîner chez lui, la semaine
prochaine. Il vous a invité à être de la partie. »

Miserrimus Dexter se prit à rire avec dédain.

« Le Major Fitz-David, dit-il, aime à obliger les
dames. Les dames peuvent le traiter comme une
espèce de vieux chien de manchon. Je ne dîne pas
avec de tels hommes. J'ai répondu par un refus...
Mais, vous, allez au dîner. Lui ou quelqu'une de ses
favorites peut vous être utile. Quels sont ses convives? Vous les a-t-il fait connaître?

— Je sais qu'il y aura une Française dont j'ai oublié le nom et Lady Clarinda.

— Bravo! cette dame est une amie de Mme Beauly.
Elle sait assurément où Mme Beauly demeure. Venez
me revoir quand vous aurez obtenu d'elle ce renseignement. Demandez si la femme de chambre est
toujours avec Mme Beauly. C'est la plus facile des
deux à faire parler. Obtenez seulement que cette
fille s'ouvre à vous, et alors nous tenons Mme Beauly.
Et nous l'écraserons, s'écria-t-il en abaissant sa main
avec la rapidité d'un éclair sur la dernière mouche
de la saison, qui rampait languissamment sur le bras
de son fauteuil, nous l'écraserons, comme j'écrase
cette mouche ! J'y pense. Une question... une question très-importante : Avez-vous de l'argent à votre
disposition ?

— Oui, et beaucoup. »

Il fit claquer joyeusement ses doigts.

« Cette fille est à nous ! s'écria-t-il. Avec elle, c'est une question de livres et de shillings. Attendez : une autre question, à propos de votre nom. Si vous vous présentez à Mme Bèauly comme la femme d'Eustache, elle verra en vous celle qui a pris sa place. Vous trouverez subitement en elle, songez-y bien, votre plus mortelle ennemie ! »

La jalousie que je nourrissais contre Mme Beauly, et qui avait couvé dans mon cœur pendant tout notre entretien, fit explosion à ces mots. Est-ce que vraiment mon mari avait jamais aimé cette femme ?

« Parlez-moi en toute franchise dis-je avec impétuosité, Eustache a-t-il donc réellement ?.. »

Il éclata d'un rire moqueur. Il avait deviné ma jalousie avant que ma question fût sur mes lèvres.

« Oui, dit-il, oui, Eustache l'a réellement aimée. Ne vous y trompez pas, elle avait tout lieu de croire, avant le procès, que la mort de la femme d'Eustache la mettrait en son lieu et place. Mais le jugement a fait d'Eustache un autre homme. Mme Beauly avait été témoin de ce qu'il appelle sa dégradation. C'en fut assez pour l'empêcher de l'épouser. Il rompit avec elle tout d'un coup et pour toujours... par la même raison qui l'a depuis poussé à se séparer de vous. L'existence avec une femme informée du jugement qui l'avait atteint comme meurtrier de sa femme, était un supplice qu'il n'avait pas le courage d'envisager en face. Vous avez voulu que je vous dise la vérité; la voilà. Il faut de la prudence avec Mme Beauly ; vous ne devez pas en être jalouse. Entendez-vous avec le Major, quand vous vous rencontrerez à sa table avec Lady Clarinda, pour lui être présentée sous un nom d'emprunt.

— J'irai au dîner, sous le nom que mon mari a

pris en m'épousant, sous le nom de Mme Woodville.

— C'est cela ! s'écria Dexter. Ah ! que ne donne-
rais-je pas pour être là, quand Lady Clarinda vous
présentera à Mme Beauly ! Quelle situation ! D'un
côté une femme qui cache, dans les plus profonds
replis de son cœur, un horrible secret ; de l'autre,
une seconde femme qui médite de faire apparaître
ce secret au grand jour, par tous les moyens, bons
ou mauvais, qu'elle pourra employer. Quelle lutte !
quelles péripéties ! J'en ai la fièvre. Je vois l'avenir ;
je vois Mme Borgia-Beauly tomber, éperdue, sur
les deux genoux !... Ah ! voilà que mon cerveau
recommence à bouillonner dans ma tête ! N'ayez
aucune crainte, mais il faut que j'aie recours à
quelque violent exercice physique. Il faut que je
laisse échapper la vapeur, ou elle fera tout-à-coup
explosion. »

Sa folie intermittente s'empara encore une fois
de lui. Je m'approchai de la porte pour assurer au
besoin ma retraite ; puis je me hasardai à regarder.

Il s'élança d'une course furieuse, dans son fauteuil
qui semblait voler comme un ouragan, vers l'extrémité opposée de la chambre. Mais cet exercice n'é-
tait pas encore assez violent dans l'état où se trouvaient ses esprits. En un clin d'œil, il se précipita
sur le parquet, et se dressa sur ses mains, semblable
à une monstrueuse grenouille. Puis, sautelant à
travers la chambre, il renversa, l'un après l'autre,
tous les fauteuils légers près desquels il passait.
Arrivé à l'autre extrémité, il se retourna, contempla
les fauteuils bouleversés, s'encouragea en poussant
un cri de triomphe, et sauta rapidement par-dessus
chacun d'eux, avec le seul secours de ses mains.

Son corps privé de jambes, tantôt se rejetait en arrière par un mouvement des épaules, tantôt se redressait en avant pour rétablir l'équilibre.

« C'est le saut de mouton de Dexter ! s'écria-t-il joyeusement en se perchant, avec la légèreté d'un oiseau, sur le dernier des fauteuils renversés. Je suis joliment leste, hein, madame Valéria, malgré mon infirmité ?... Et maintenant buvons un autre verre de Bourgogne à la pendaison de Mme Beauly ! »

Je saisis désespérément la première excuse qui me vint à l'esprit.

« Vous oubliez, dis-je, qu'il faut que je coure chez le Major. Si je ne l'avertis pas à temps, il peut parler de moi à Lady Clarinda, en me donnant le nom qu'il ne faut pas qu'il me donne. »

Dans sa fièvre, il entra aussitôt dans ma pensée.

« Oui !... oui !... de l'action !... du mouvement !... de la hâte !... » s'écria-t-il.

Il donna un vigoureux coup de sifflet.

« Ariel, dit-il, va vous aller chercher une voiture. Et alors, au galop chez le Major !... Tendez sans retard le filet où doit tomber Mme Beauly. Ah ! le beau jour !... Ah ! quel soulagement de me sentir délivré de mon effroyable secret, et d'en partager le fardeau avec vous !... Ma joie m'enivre !.... Je suis pareil à l'Esprit de la Terre, dans le *Prométhée délivré* de Shelley, quand la Terre sent l'esprit de l'Amour. »

Comme je dépassais le seuil, il déclamait les beaux vers du poëte, perdu dans ce flot lyrique, appuyé sur son fauteuil renversé, les yeux fixés sur un ciel imaginaire. Mais quand je traversai l'antichambre, c'était déjà autre chose, il poussait son cri strident et sautait follement par-dessus les fauteuils renversés.

Ariel était dans la salle du rez-de-chaussée qui m'attendait.

J'allais mettre mon gant, au moment où je m'approchais d'elle. Elle m'arrêta, et, saisissant ma main, la porta vivement à sa figure ; était-ce pour la baiser ou pour la mordre ? Ni l'un ni l'autre. Elle la flaira, comme aurait fait un chien. Cela fait, elle la laissa retomber en poussant un gros rire, qui ressemblait à un gloussement.

« Vous n'avez pas l'odeur de ses parfums, vous n'avez pas touché sa barbe ! dit-elle. Maintenant je vous crois... Vous voulez une voiture ?

— Merci ! j'irai à pied, jusqu'à ce que j'en rencontre une. »

Elle était disposée à être polie envers moi, du moment où je n'avais pas touché à sa barbe.

J'en fis la remarque tout haut.

Elle éclata de rire.

« A présent, dit-elle, je suis contente de ne vous avoir pas jetée dans le canal. »

Elle me donna sur l'épaule une tape amicale qui faillit me renverser. Puis, elle reprit son air stupide, et me précéda jusqu'à la porte d'entrée, qu'elle referma derrière moi, en riant toujours de son gros rire. Mon étoile était enfin dans sa période d'ascension : j'avais gagné à la fois la confiance d'Ariel et la confiance du Maître.

XXXI.

LA DÉFENSE DE MADAME BEAULY.

Les journées qui s'écoulèrent jusqu'au dîner du Major furent extrêmement précieuses pour moi.

Ma longue entrevue avec Miserrimus Dexter m'avait troublée plus sérieusement que je ne l'avais senti tout d'abord. Ce ne fut que quelques heures après m'être retirée, que je commençai réellement à reconnaître combien mes nerfs avaient été irrités par tout ce que j'avais vu et entendu dans le cours de ma visite. Je tressaillais au moindre bruit; j'avais des rêves effrayants. A tel moment, j'avais envie de crier, sans raison; à tel autre, j'étais disposée à m'emporter sans cause. L'instant d'après, le calme le plus absolu m'était nécessaire. Ce calme, mon excellent Benjamin sut me le procurer. Le bonhomme fit taire ses inquiétudes et m'épargna des questions que son intérêt paternel le rendait impatient de m'adresser. Il fut tacitement convenu entre nous que toute conversation, au sujet de cette visite à Miserrimus Dexter, qu'il avait désapprouvée, serait différée jusqu'à ce que le repos m'eût rendu mon énergie morale et physique. Je ne reçus aucune visite. Mme Macallan et le Major Fitz-David vinrent au cottage; l'une pour apprendre ce qui s'était passé entre Miserrimus Dexter et moi; l'autre, pour m'amuser de ses derniers bavardages sur les convives de notre prochain dîner. Benjamin prit

sur lui de m'excuser auprès de tous les deux, et de
m'épargner la fatigue de les recevoir. Nous louâmes
une voiture découverte et fîmes de longues prome-
nades à travers les sentiers encore fleuris qui s'é-
tendent à plusieurs milles aux environs nord de
Londres. De retour au logis, nous nous entretenions
paisiblement du temps passé, ou nous faisions quelques parties de tric-trac et de dominos Plusieurs
jours s'écoulèrent ainsi dans une heureuse et douce
quiétude, bien utile à ma santé. Quand le jour du
dîner arriva, j'étais dans mon état normal, prête à
rentrer dans l'action, et impatiente d'être présentée
à Lady Clarinda et de connaître la demeure de
Mme Beauly.

Benjamin parut un peu triste de voir l'animation
de mon visage, pendant que nous nous rendions
chez le Major Fitz-David.

« Ah ! ma chère, dit-il avec sa simplicité ordinaire, je vois que vous êtes maintenant tout-à-fait
bien ; vous avez déjà assez de notre tranquille
existence ! »

Mes souvenirs du dîner du Major, incidents et
personnes, sont, en général, singulièrement confus.
Je me rappelle que nous fûmes très-gais, et aussi à
l'aise, aussi familiers les uns avec les autres, que si
nous avions été de vieux amis. Je me rappelle que
Madame Mirliflore était incontestablement supérieure à toutes les femmes présentes, tant pour le
parfait éclat de sa toilette que pour le plaisir qu'elle
prit au magnifique dîner qui nous était offert. Je
me rappelle que la jeune prima-donna du Major,
fut plus remarquable que jamais par ses grands
yeux ronds, sa toilette tapageuse, et sa voix stridente de future reine du chant. Je me rappelle

que le Major ne cessa de baiser nos mains, de nous
presser de goûter à ses mets les plus friands et à
ses vins les plus délicats, de nous faire la cour, de
découvrir des ressemblances entre nous, et de se
maintenir imperturbablement, d'un bout à l'autre
de la soirée, dans son rôle de ci-devant Don Juan.
Je me rappelle que mon bon vieux Benjamin, tout
effarouché, se retira dans un coin, rougissant quand
l'attention se portait sur lui, timide avec Madame
Mirliflore, honteux avec Lady Clarinda, soumis au
Major, goûtant médiocrement la musique, et aspi-
rant, dans le fond de son cœur, à se retrouver au
plus tôt dans son modeste cottage. Là se bornent
mes souvenirs sur les convives de cette joyeuse
réunion, à une exception près. Il s'agit de Lady
Clarinda : l'impression qu'elle m'a laissée est encore
aussi présente à ma pensée que si je m'étais ren-
contrée hier avec elle. Et je puis dire, sans exagération, que je me rappelle encore presque mot pour
mot la mémorable conversation que nous eûmes en
tête-à-tête, vers la fin de la soirée.

Elle était vêtue, je m'en souviens, avec cette extrême simplicité, qui indique un art suprême de se
mettre. Elle portait une robe de mousseline unie
par-dessus une jupe de soie blanche, sans garniture
ni embellissement d'aucune sorte. Son abondante
chevelure brune était, en dépit de la mode, divisée
sur son front et rejetée en arrière, où elle formait
un nœud sans aucun ornement. Un étroit ruban
blanc entourait son cou, attaché par le seul bijou
qu'elle portât : une petite broche en diamants. Elle
était d'une incontestable beauté; mais cette beauté
était du type quelque peu sévère et anguleux qu'on
rencontre si souvent chez les Anglaises de race : le

nez et le menton trop proéminents et trop fortement accentués ; les yeux gris, bien fendus et pleins d'esprit et de dignité, manquaient de tendresse et de mobilité dans l'expression. Ses manières avaient tout le charme qu'une bonne éducation peut donner ; elles étaient empreintes d'une politesse exquise, aisée et cordiale, laissant voir cette parfaite, mais discrète confiance en elle-même qui, en Angleterre, semble être le produit naturel d'un haut rang. Si vous l'aviez prise pour ce qu'elle était en apparence et à la surface, vous auriez dit : Voilà le modèle d'une dame noble, mais parfaitement exempt d'orgueil. Et si vous vous étiez permis, sous l'influence de cette idée, quelque liberté avec elle, elle vous en aurait fait souvenir jusqu'à la fin de vos jours.

Nous nous convînmes admirablement bien. Je lui fus présentée sous le nom de Mme Woodville, comme il avait été convenu préalablement entre le Major et Benjamin. Avant la fin du dîner, nous nous étions promis de nous visiter mutuellement. Je n'attendais qu'une occasion favorable pour amener Lady Clarinda à me parler, comme je le désirais, de Mme Beauly.

Cette occasion se présenta assez tard dans la soirée. J'avais cherché un refuge contre les airs de bravoure de la stridente prima-donna du Major, dans le fond du salon. Comme je l'avais espéré et prévu, après un court moment, Lady Clarinda voyant que je ne me trouvais plus dans le groupe qui entourait le piano, me chercha et vint s'asseoir à côté de moi, dans un endroit où nous ne pouvions ni être vues ni entendre nos amis, qui se trouvaient sur le devant du salon. Là, à ma grande satisfaction, elle se mit spontanément à me parler de Miserrimus Dexter. Quelque chose que j'avais dit de lui, quand son nom avait été accidentellement prononcé pendant le dîner, lui était resté dans la mémoire, et nous amena, par une gradation très-naturelle, à parler de Mme Beauly.

« Enfin ! pensai-je en moi-même, le petit dîner du Major aura sa récompense ! »

Ah ! quelle récompense ! Mon cœur bat encore à coups pressés.... comme dans cette soirée que je n'oublierai jamais.... en cet instant où j'y pense assise devant mon pupitre.

« Ainsi Dexter vous a réellement parlé de Mme Beauly? s'écria Lady Clarinda. Vous ne vous faites pas idée de la surprise que vous me causez.

— Puis-je vous demander pourquoi?

— Il l'a en horreur. La dernière fois que je l'ai vu, il ne voulait pas me permettre de prononcer son nom. C'est une de ses innombrables bizarreries. Si un sentiment ressemblant à la sympathie pouvait entrer dans un cœur comme le sien, il devrait aimer Hélène Beauly. Elle est la personne la plus complètement naturelle que je connaisse. Quand elle est partie, la pauvre chère amie, elle a dit et fait des choses qui étaient de nature à toucher Dexter lui-même. Je serais bien surprise si vous ne vous preniez pas à l'aimer.

— Vous avez eu la bonté, madame, de me permettre de vous faire visite. Peut-être pourrai-je la rencontrer chez vous? »

Lady Clarinda se mit à rire, en secouant négativement la tête.

« J'espère bien, dit-elle, que vous n'attendrez pas cette possibilité. La dernière lubie d'Hélène

était de s'imaginer qu'elle avait la goutte. Elle est
partie.... partie pour je ne sais quels bains merveilleux de Hongrie.... ou de Bohême.... je ne sais plus.
Où ira-t-elle..... que fera-t-elle ensuite? Il m'est
absolument impossible de le dire... Chère madame
Woodville! la chaleur n'est-elle pas trop grande
pour vous?... Vous êtes toute pâle ! »

Je sentais que je devais être pâle, en effet. La
nouvelle que Mme Beauly avait quitté l'Angleterre,
était un coup auquel je n'étais pas préparée, et qui
tout d'abord m'anéantissait.

« Voulez-vous que nous passions dans une autre
pièce ? » demanda Lady Clarinda.

Passer dans une autre pièce, c'eût été mettre fin
à notre conversation, et je ne l'aurais voulu pour
rien au monde. Il n'était pas impossible que la
femme de chambre de Mme Beauly eût quitté son
service, ou fût restée, elle, en Angleterre. Je n'a-
vais pas à désespérer du résultat de mon enquête,
tant que je ne m'étais pas informée de ce qu'était
devenue cette fille. J'éloignai un peu ma chaise du
feu, et je pris un écran à main sur la table qui était
près de moi ; il pouvait cacher mon visage, si quelque nouvelle déception m'attendait.

« Vous êtes trop bonne, madame, dis-je à Lady
Clarinda, je ne souffre pas ; seulement, j'étais un
peu trop près du feu. Je serai très-bien ici. Quant à
Mme Beauly vous me surprenez. D'après ce que
m'avait dit M. Dexter, je m'étais imaginé...

— Oh ! fit-elle, ne croyez donc pas un mot de ce
que vous dit Dexter ! Il prend plaisir à mystifier les
gens, et il vous aura sans aucun doute trompée à
dessein. Si tout ce que j'entends dire est vrai, il doit
plus en savoir sur les étranges frasques et fantaisies

d'Hélène, que la plupart de ceux qui la connaissent. Il l'a prise sur le fait, dans une de ses aventures, qu'elle a eue en Écosse, et qui me rappelle cette histoire d'un des plus charmants opéras d'Auber... comment s'appelle-t-il?... ah! j'oublierai bientôt jusqu'à mon nom!... Vous savez?... l'opéra où deux nonnes s'échappent de leur couvent pour aller au bal?... Écoutez!... oh! c'est bizarre! justement, cette dondon chante en ce moment l'air des castagnettes du second acte. Major! s'il vous plaît?... quel est donc l'opéra dont votre jeune personne chante un air? »

Le Major fut scandalisé de l'interruption. Il accourut vers nous, du fond du salon, en faisant tout bas :

« Chut!... chut!... ma chère Lady Clarinda... le *Domino noir!* »

Et il regagna à la hâte sa place près du piano.

« C'est ça! dit Lady Clarinda. Quelle étourdie je suis! Mais, ma chère, il est singulier que vous ne vous en soyez pas souvenue non plus. »

Je m'en étais parfaitement souvenue, mais je ne me serais pas avisée d'interrompre Lady Clarinda. Si, comme je le croyais, l'aventure à laquelle elle pensait avait quelque rapport avec les mystérieuses allures de Mme Beauly, dans la matinée du 21 Octobre, j'étais sur le point de découvrir le secret dont la recherche était désormais le seul but de ma vie. Je tins mon écran de façon à dissimuler mon visage, et, de la voix la plus ferme que je pus trouver :

« Continuez, dis-je, je vous en prie; qu'est-ce que c'est donc que cette aventure? »

Lady Clarinda parut flattée de mon empressement à entendre son récit.

« J'espère, dit-elle, que mon histoire sera digne
de l'intérêt que vous avez la bonté d'y prendre. Si
vous connaissiez Hélène, vous l'y retrouveriez tout
entière. Cette histoire, je la tiens... vous le devinez
peut-être... de sa femme de chambre. Hélène, en
partant pour la Hongrie, a pris pour la servir une
femme qui parle plusieurs langues, et m'a laissé sa
femme de chambre. Un vrai trésor! Je serais en-
chantée de la garder toujours à mon service. Elle
n'a qu'un défaut : son nom... que je déteste; elle
s'appelle... Phébé! Bref, Phébé et sa maîtresse
étaient dans un domaine situé près d'Édimbourg, et
appelé... je crois... Gleninch. Ce domaine appartenait
à Macallan, qui a passé depuis devant les assises...
vous vous rappelez bien sûr cela... sous l'accusation d'avoir empoisonné sa femme. Mauvaise affaire!
Mais, tranquillisez-vous, mon histoire n'a aucun rapport avec le crime; elle ne concerne qu'Hélène
Beauly. Un soir, pendant son séjour à Gleninch,
Hélène fut engagée à dîner avec quelques amis d'Angleterre qui étaient venus visiter Édimbourg. La
même nuit avait lieu, aussi à Édimbourg, un bal
masqué, donné par... J'ai oublié le nom de la personne. Ce bal était un événement presque sans pré-
cédent en Écosse, et on en parlait à Édimbourg
d'une manière assez peu favorable. Toutes les va-
riétés du monde qui s'amuse s'y étaient donné
rendez-vous : des femmes d'une vertu douteuse, des
gentlemen placés sur la limite extrême de la société...
et ainsi du reste. Les amis d'Hélène étaient parvenus à se procurer des cartes, et, en dépit des objections, s'y rendirent dans le plus strict incognito, se
fiant à leurs masques et à leurs dominos. Hélène
elle-même fut entraînée par eux; elle y mit pour

seule condition qu'elle laisserait ignorer son escapade à Gleninch, M. Macallan étant l'un des plus rigides désapprobateurs de ce bal. Pas une femme respectable, disait-il, ne pouvait se montrer dans une telle réunion, sans y risquer sa réputation! Hélène, dans un accès de caprice, imagina un moyen d'aller à ce bal, sans être découverte; ingénieux moyen de comédie d'intrigue. Elle se rendit au dîner dans la voiture de Gleninch, après avoir eu soin d'envoyer Phébé à Édimbourg avant elle. Ce n'était pas un grand dîner; mais une petite réunion d'amis, où il n'y avait pas une seule toilette de soirée. Quand arriva l'heure de retourner à Gleninch, que pensez-vous que fit Hélène? Elle renvoya sa femme de chambre dans sa voiture, au lieu d'y prendre place elle-même. Phébé portait le manteau, le chapeau, le voile de sa maîtresse. Il lui fut recommandé de monter directement à la chambre d'Hélène, dès qu'elle serait arrivée au château, après avoir laissé, en passant, sur la table de la salle du rez-de-chaussée, un billet, écrit naturellement par Hélène, dans lequel elle s'excusait sur sa fatigue d'être allée se coucher sans souhaiter le bonsoir à son hôte. La maîtresse et la femme de chambre demeuraient au même étage, et les domestiques du château ne pouvaient naturellement découvrir la supercherie. Phébé arriva sans encombre jusqu'à la chambre de sa maîtresse. Là, ses instructions lui recommandaient d'attendre tranquillement l'heure où le silence régnerait dans le château pour le reste de la nuit, et alors, de gagner sans bruit sa propre chambre. En attendant ce moment, la jeune fille s'endormit. Elle ne se réveilla qu'à deux heures du matin. Elle sortit sur la pointe du pied de la chambre de sa maîtresse et en ferma derrière elle la porte. Au moment où elle arrivait au bout du corridor, elle crut entendre un léger bruit. Elle attendit, à l'étage supérieur, qu'elle pût continuer sa retraite sans crainte d'être surprise; puis elle regarda par-dessus la rampe. C'était Dexter qui s'en allait, sautant sur ses mains... l'avez-vous jamais vu se livrer à cet exercice?... c'est le plus grotesque et le plus horrible spectacle que vous puissiez imaginer!.... C'était donc Dexter, sautant de place en place, regardant à travers les trous de serrure, cherchant à savoir sans nul doute, quelle était la personne qui sortait ainsi de sa chambre à deux heures du matin. Évidemment, il prit Phébé pour Hélène, d'autant plus que la suivante avait oublié de quitter le manteau de sa maîtresse. Il faisait grand jour, lorsque Hélène revint d'Édimbourg dans une voiture de place, avec un manteau et un chapeau empruntés à ses amies. Elle laissa la voiture sur la route et rentra dans la maison par la porte du jardin, sans être aperçue par Dexter ni par personne autre. N'était-ce pas un tour habile et hardi, et comme je vous le disais une nouvelle édition du *Domino noir?* Vous serez peut-être étonnée, comme je le fus, que Dexter n'ait rien dit de ce qu'il avait vu, dans sa promenade nocturne. Il en aurait parlé, sans nul doute; mais il en fut empêché par le terrible événement qui survint dans la maison, durant cette même matinée... Ma chère madame Woodville, la chaleur de ce salon est certainement trop forte pour vous. Prenez mon flacon. Permettez que j'ouvre la fenêtre. »

Je ne pus que répondre :

« Pas un mot de cela, je vous prie Permettez que je reste au grand air. »

Je sortis, sans qu'on s'en aperçût, sur le perron, et m'assis, pour me remettre, sur les marches, où personne ne pouvait me voir. Au bout d'un moment, je sentis une main se poser doucement sur mon épaule, et je vis le bon Benjamin qui me regardait tristement. Lady Clarinda avait eu l'obligeance de l'avertir de mon malaise, et l'avait aidé à quitter sans bruit le salon, tandis que l'attention du Major était encore absorbée par la musique.

« Ma chère enfant, me dit Benjamin à voix basse, qu'est-ce qui vous est donc arrivé ?

— Ramenez-moi au cottage, et vous le saurez. »

Ce fut tout ce qu'il me fut possible de répondre.

XXXII.

UN ÉCHANTILLON DE MA SAGESSE.

La scène doit changer quand je me déplace. Elle s'est passée pendant un temps à Londres ; elle se passe aujourd'hui à Édimbourg.

Deux jours s'étaient écoulés depuis le dîner du Major Fitz-David. Je me retrouvai en état de respirer librement, après l'entière destruction de mes plans d'avenir et des espérances que j'avais fondées sur leur succès. J'avais eu trois fois tort : tort, en soupçonnant à la hâte une femme innocente; tort, en communiquant à un autre mes soupçons avant d'avoir au préalable essayé de vérifier s'ils étaient fondés; tort, enfin, en acceptant les hypothèses et les conclusions hasardées de Miserrimus

Dexter, comme autant d'indubitables vérités. J'étais
si honteuse de ma folie quand je songeais au passé,
si absolument découragée, si fortement ébranlée
dans ma confiance en moi en songeant à l'avenir
qu'une fois dans cette voie j'acceptais tout avis raisonnable qui m'était offert.

« Ma chère, me dit le bon vieux Benjamin en revenant de notre dîner et après avoir causé à fond de
mon désappointement, j'ai beau songer à ce que
vous m'avez dit, je ne puis me faire à votre M. Dexter.
Promettez-moi de ne pas retourner chez lui sans
avoir préalablement consulté quelque personne plus
à même que moi de vous guider dans cette tâche
périlleuse. »

Je lui en fis la promesse à une condition.

« Si je ne puis réussir à trouver cette personne,
lui dis-je, voudrez-vous m'assister? »

Benjamin promit de m'aider de tout son cœur.

Le lendemain matin en me peignant je songeai à
mes affaires et me rappelai une résolution oubliée
que j'avais prise alors que pour la première fois je
lisais le procès de mon mari. Je veux parler de la
résolution... au cas où Miserrimus Dexter viendrait à
me manquer... de m'adresser à l'un des deux agents
ou solicitors, comme vous voudrez les appeler, qui
avaient préparé la défense d'Eustache, entre autres
M. Playmore. Ce gentleman, on doit se le rappeler,
s'était spécialement recommandé à ma confiance
par son amicale intervention lorsque les officiers du
shériff recherchaient les papiers de mon mari. En
me reportant à la déposition d'Isaïe Schoolcraft, je
trouvai que M. Playmore avait été appelé pour
assister et conseiller Eustache par Miserrimus Dexter.
Ce n'était donc pas seulement un ami sur lequel je

pouvais compter, mais un ami qui était aussi personnellement lié avec Miserrimus Dexter. Pouvait-il
y avoir un homme à qui m'adresser qui fût plus à
même que lui de m'éclairer dans les ténèbres qui
m'enveloppaient. Benjamin, à qui je posai cette question, convint que j'avais fait en cette circonstance
un très-bon choix et me vint tout de suite en aide. Il
découvrit, par l'intermédiaire de son homme de loi,
l'adresse des agents de M. Playmore à Londres; et
il obtint de ces agents une lettre d'introduction pour
moi auprès de M. Playmore lui-même. Je n'avais
rien à cacher à mon nouveau conseil et je fus dési-
gnée dans la lettre comme la seconde femme d'Eustache Macallan.

Dès le même soir nous nous mîmes en route, Benjamin ne voulant pas me laisser voyager seule, par
le convoi de nuit pour Édimbourg.

J'avais préalablement écrit dans la journée à Miserrimus Dexter. Je lui disais simplement que j'étais
obligée, d'une façon inattendue, à quitter Londres
pour quelques jours, et qu'à mon retour j'irais lui
faire connaître le résultat de mon entrevue avec
Lady Clarinda.

La réponse caractéristique que voici fut rapportée
au cottage par Ariel :

« Madame Valéria,

« Je suis homme de perception rapide, et je puis
« lire, entre les lignes de votre lettre, ce qui n'y est
« pas écrit. Lady Clarinda a ébranlé votre confiance
« en moi. C'est bien ! je m'engage à ébranler votre
« confiance en Lady Clarinda. Du reste, je ne vous
« en veux pas. J'attends avec calme l'honneur et le
« bonheur de votre visite. Faites-moi savoir par le

« télégraphe si les truffes vous plaisent toujours, ou
« si vous préférez quelque chose de plus doux et de
« plus léger.

    « Croyez-moi toujours votre allié et admirateur,
« votre poëte et cuisinier,

                             « DEXTER. »

Arrivés à Edimbourg, nous eûmes, Benjamin et
moi, une petite discussion. Il s'agissait de savoir si
j'irais avec lui ou seule chez M. Playmore. J'étais
d'avis de m'y rendre seule.

    « Mon expérience du monde n'est pas bien grande,
lui dis-je ; mais j'ai observé que, neuf fois sur dix,
un homme fait à une femme qui vient seule à lui
des concessions qu'il hésiterait à faire si un autre
homme était présent. Je ne sais pourquoi cela est
ainsi, mais je sais que cela est. Si je vois que les
choses ne vont pas comme je voudrais avec M. Playmore, je lui demanderai une seconde entrevue, et
cette fois vous m'accompagnerez. Ne me croyez pas
entière dans mon opinion. Laissez-moi risquer seule
cet essai, et nous verrons ce qui en arrivera. »

Benjamin se rendit à mes raisons, avec sa défé-
rence ordinaire. J'envoyai ma lettre d'introduction
au cabinet de M. Playmore, dont l'habitation parti-
culière était dans le voisinage de Gleninch. Mon
messager me rapporta une réponse polie m'invitant
à le venir voir dans l'après-midi. A l'heure fixée, je
sonnais à sa porte.

XXXIII.

UN ÉCHANTILLON DE MA FOLIE.

L'inconcevable soumission des Écossais à la tyrannie de leur Église officielle, a eu cette conséquence forcée qu'on se méprend sur leur caractère national.

Quand on pense à ce qu'est l'institution du dimanche en Écosse, on la trouve sans parallèle, dans la Chrétienté, pour sa déraisonnable et sauvage austérité. On voit une nation permettre à ses prêtres de la priver, un jour par semaine, de tous ses avantages sociaux; il lui est interdit, ce jour-là, de voyager, d'envoyer un télégramme, de manger un plat chaud, de lire un journal; en un mot de faire usage d'aucune de ses libertés, deux seules exceptées, la liberté de se rendre à l'église et la liberté de boire. On voit cet assujettissement, et on en conclut, non sans raison, qu'un peuple qui subit un pareil joug est le plus stupide, le plus austère, et le plus triste des peuples de la terre. C'est ainsi qu'on juge les Écossais quand on les regarde à distance. Mais combien on s'en fait une autre idée, si on les voit de plus près, et si on apprend à les connaître par l'expérience d'une pratique personnelle! Il n'est pas de peuple plus gai, plus sociable, plus hospitalier, plus libéral dans ses idées, sur toute la surface du globe civilisé, que ce même peuple qui se soumet au dimanche écossais! Pendant six jours de la semaine, les Écossais vivent dans une atmosphère de gaieté tranquille et de bon sens naturel, qu'on est heureux de respirer. Mais, le septième jour, ces mêmes hommes entendront sérieusement un de leurs ministres prêcher qu'une promenade, le dimanche, est un acte coupable, et ils écouteront sans lui rire au nez de telles niaiseries !

Je ne suis pas assez habile pour pouvoir expliquer cette anomalie dans notre caractère national, je dois seulement la constater par forme de préparation nécessaire à l'apparition, dans mon véridique récit, d'un personnage qu'on ne rencontre guère dans les ouvrages d'imagination : un Écossais d'un caractère gai.

Sous tous les autres rapports, je trouvai que M. Playmore n'avait rien de positivement remarquable : il n'était ni vieux ni jeune, ni beau ni laid ; il ne rappelait en rien l'idée qu'on se fait généralement d'un homme de loi ; il parlait un très-bon anglais, avec aussi peu d'accent écossais que possible.

« J'ai l'honneur d'être un ancien ami de M. Macallan, me dit-il en me serrant cordialement la main, et je suis vraiment heureux de faire la connaissance de la femme de M. Macallan. Voulez-vous vous asseoir près du jour? Vous êtes assez jeune pour ne pas craindre de prendre place ici, devant la fenêtre. Est-ce votre première visite à Édimbourg? Permettez-moi, je vous prie, de vous la rendre aussi agréable que possible. Je serai heureux de vous présenter Mme Playmore. Nous sommes à Édimbourg pour quelque temps. L'opéra italien y donne des représentations. Voulez-vous avoir la bonté de laisser de côté toute cérémonie et de dîner avec nous? Nous irons ensuite à l'Opéra.

— Vous êtes bien bon, répondis-je; mais je suis en ce moment sous le coup de préoccupations qui feraient de moi une triste compagnie pour Mme Playmore. La lettre que je vous ai fait remettre vous dit, je pense, que j'ai à vous consulter sur une affaire d'une sérieuse importance.

— En vérité? répliqua-t-il. Je dois vous avouer franchement que je n'ai pas lu la lettre en entier. J'ai vu seulement votre nom, et j'ai appris du porteur que vous désiriez me voir ici. Je vous ai envoyé ma réponse à votre hôtel. Puis je me suis occupé d'autre chose. Pardonnez-moi, je vous prie. S'agit-il d'une consultation qui concerne ma profession? Je souhaite sincèrement, dans votre intérêt, qu'il n'en soit pas ainsi.

— Pas précisément, monsieur Playmore. Je me trouve dans une situation très-pénible, et je viens vous demander vos conseils, au milieu de circonstances peu ordinaires. Je vous surprendrai beaucoup quand vous entendrez ce que j'ai à vous dire, et je crains bien de vous prendre plus de temps que je n'ai le droit de vous en demander.

— Mes conseils et mon temps, reprit-il, sont entièrement à votre disposition. Dites-moi en quoi je puis vous être utile, et ne craignez pas d'entrer dans tous les détails que vous croirez nécessaires. »

La bienveillance de son langage égalait celle de ses manières. Je parlai donc en toute liberté et en toute franchise, et je lui racontai, sans la moindre réserve, toute mon étrange histoire.

Rien de plus sincère que sa mobile physionomie; je pus y suivre, comme dans un livre ouvert, les diverses impressions que mon récit produisait sur son esprit. Il eut un air vraiment peiné quand je

contai ma séparation d'avec mon mari. Il ouvrit des
yeux étonnés et assez admiratifs devant ma ferme
résolution de faire réformer le verdict écossais.
Mes préventions et mes soupçons injustes à l'égard
de Mme Beauly le firent sourire. Mais ce fut quand
j'arrivai à mon entrevue avec Miserrimus Dexter
que je produisis mon plus grand effet. Il m'écouta
avec une attention sérieuse et un intérêt profond ;
il eut des frémissements subits et des froncements
de sourcil significatifs. Je l'entendis murmurer, à
plusieurs reprises, comme s'il eût oublié ma présence :

« Est-il possible !... Oh ! oh ! ceci est grave !... La
dissimulation peut-elle aller si loin ?.. »

Je pris la liberté de l'interrompre. Je n'entendais
nullement lui permettre de garder ses pensées pour
lui-même.

« Il me semble que vous êtes surpris ? » lui dis-je.

Il tressaillit au son de ma voix.

« Je vous demande mille pardons ! s'écria-t-il. Je
ne suis pas seulement surpris ; vous m'avez ouvert
un point de vue entièrement nouveau. J'entrevois
une possibilité, une probabilité réellement frap-
pante...

— Relativement à l'empoisonnement de Gleninch ?
demandai-je.

— Oui.... oui !... et qui ne s'était jamais offerte,
jusqu'à présent, à mon esprit. »

Il reprit, avec son enjouement accoutumé : .

« Voilà qui est nouveau et curieux : à présent,
c'est le client qui conseille l'homme de loi ! Voyons,
ma chère madame Eustache, il faut pourtant s'entendre : est-ce vous qui avez besoin de mon avis,
ou moi qui dois vous demander le vôtre ?

— Puis-je savoir quelle est votre idée ? répondis-je.

— Pas tout de suite, si vous le permettez. Excusez ma réserve professionnelle. Je n'ai pas à faire l'homme de loi avec vous, et je voudrais éviter d'en prendre le rôle. Mais l'homme de loi l'emporte et refuse de s'effacer. J'hésite véritablement à vous découvrir, sans plus ample information, ce qui me passe à travers l'esprit. Accordez-moi une grâce : permettez que nous revenions sur une partie du terrain parcouru, et laissez-moi vous adresser quelques questions.

— Je suis prête à y répondre. Où devons-nous remonter ?

— A votre visite à Dexter, en compagnie de votre belle-mère. Quand vous avez demandé tout d'abord à Dexter s'il avait quelques idées à lui au sujet de la mort de Mme Eustache Macallan, il vous a regardée... vous ai-je bien comprise... avec surprise et défiance ?

— Oui, avec une grande défiance.

— Et son visage s'est rasséréné quand vous lui avez dit que votre question vous était simplement suggérée par ce que vous aviez lu dans le compte-rendu du procès ?

— Oui. »

M. Playmore prit une feuille de papier dans le tiroir de son pupitre, plongea sa plume dans son encrier, réfléchit un instant, et plaça un fauteuil pour moi près de lui.

« L'homme de loi disparaît, dit-il, et l'homme du monde prend sa place. Plus de mystère professionnel entre vous et moi. En ma qualité d'ancien ami de votre mari, madame Macallan, vous m'inspirez un très-vif intérêt. Je me crois sérieusement obligé à

vous donner un avertissement avant qu'il soit trop
tard ; et je ne le ferai que dans une bonne intention, en courant un risque que peu d'hommes vou-
draient courir. Personnellement et professionnelle-
ment, je vais me confier à vous... quoique je sois
Écossais et homme de loi ! Asseyez-vous là, et lisez
par-dessus mon épaule, pendant que je prendrai
mes notes. Vous verrez ce qui se passera dans mon
esprit, en lisant au fur et à mesure ce que j'écrirai. »

Je m'assis près de lui et, sans la moindre hésitation et le moindre trouble, je regardai, en vertu de
sa permission, par-dessus son épaule.

Il commença à écrire :

« L'EMPOISONNEMENT DE GLENINCH. Questions :
« Quelle est l'attitude de Miserrimus Dexter, eu égard
« à l'empoisonnement? Que paraît-il savoir à ce sujet?

« Il a des idées qu'il tient secrètes. Il tremble à la
« pensée qu'elles aient été découvertes, ou que, sans
« le vouloir, il les ait lui-même trahies. Il est visi-
« blement soulagé quand il est convaincu que cela
« n'est pas. »

La plume s'arrêta, et M. Playmore, relevant la
tête, me dit :

« Venons maintenant à la visite que vous avez
faite seule à Dexter, et à la façon dont il a reçu vos
premières ouvertures, relatives au verdict écossais. »

Je répétai cette partie de mon récit, et M. Playmore, la résumant et la commentant à mesure, écrivait pendant que je parlais :

« Une personne intéressée dans l'affaire déclare
« à Dexter qu'elle refuse d'accepter comme définitif

« le verdict écossais, et qu'elle se propose de rouvrir
« l'enquête. Que fait Dexter devant cette perspective ?

« Il manifeste tous les symptômes d'une extrême
« terreur. Il se regarde lui-même comme en danger.
« Il devient fou, dans un moment, et, dans le moment
« suivant, il se montre humble comme un esclave. Il
« doit, il veut savoir ce que la personne qui le jette
« dans ce trouble, entend véritablement dire en par-
« lant ainsi. Il demande, en pâlissant, si c'est qu'elle
« soupçonne quelqu'un d'avoir commis le crime.
« *Parenthèse :* Une petite somme d'argent disparaît
« dans une maison, les domestiques sont tous appe-
« lés et informés du détournement ; que penser en
« particulier du domestique qui le premier s'écrie :
« Est-ce qu'on me soupçonnerait ? »

M. Playmore déposa de nouveau sa plume en me
regardant.

« Ai-je raison ? » me demanda-t-il.

Je commençais à comprendre, en frémissant, où
il voulait en venir.

« Je vous en prie, dis-je, expliquez-moi... »

Il leva le doigt et m'arrêta.

« Pas encore, reprit-il ; je vous demande seulement : Ai-je raison jusqu'ici ?

— Parfaitement raison.

— Bien. Maintenant continuez, achevez votre
récit... votre témoignage. »

Et, comme sous ma dictée, M. Playmore reprit la
rédaction de ses notes.

« Dexter acquiert la certitude que, si quelqu'un
« est soupçonné, ce n'est pas lui du moins qu'on soup-
« çonne. Il s'étend alors sur son fauteuil ; il pousse

« un long soupir, et demande qu'on le laisse seul un
« instant, sous prétexte que ce sujet le surexcite.
« Quand le visiteur revient, Dexter a bu du vin dans
« l'intervalle. Le visiteur se dit convaincu que
« Mme Eustache Macallan est morte empoisonnée.
« Dexter retombe sur son fauteuil, comme pris d'une
« soudaine faiblesse. Quelle est cette sensation d'hor-
« reur qui s'est emparée de lui? N'est-ce pas celle
« qu'on éprouve au souvenir d'un crime? Comment
« expliquer autrement cette défaillance? Et cette dé-
« faillance, comment en sort-il? Il passe d'un extrê-
« me à l'autre. Rien n'égale sa joie quand il découvre
« que les soupçons du visiteur se portent unique-
« ment sur une personne absente. Alors, mais alors
« seulement, il parle, il s'empresse, il s'explique.
« Il déclare hautement que tout d'abord ses soup-
« çons à lui se sont fixés et arrêtés sur la même
« personne que soupçonne le visiteur. Tels sont les
« faits. A quelle conclusion nous amènent-ils?... »

M. Playmore s'arrêta. Nous redressâmes la tête
ensemble, et nous nous regardâmes en silence. Il
était très-ému; j'étais toute tremblante.

« Je vous comprends, monsieur Playmore, dis-je,
avec impétuosité. Vous pensez que Miserrimus
Dexter?... »

Son doigt m'arrêta d'un signe.

« Qu'est-ce que Dexter vous a dit, quand il a
été assez bon pour confirmer vos soupçons sur
Mme Beauly?

— Il m'a dit : Il n'y a pas pour moi de doute.
Mme Beauly a empoisonné Mme Eustache Macallan.

— Eh bien ! moi, je répète, avec une légère variante : Il n'y a pas pour moi de doute ; Miserrimus Dexter a empoisonné Mme Eustache Macallan.

— Monsieur Playmore, vous ne railleriez pas sur un sujet pareil ?

— Je n'ai jamais parlé plus sérieusement. Votre brusque visite à Dexter, et votre imprudence inouïe à le prendre pour confident, ont jeté plus de lumière sur cette affaire ténébreuse que toutes les enquêtes, tous les témoignages et tous les interrogatoires. Une femme qui ne voit que sa passion et qui, contre toute raison et tout bon sens, ne suit que son idée fixe, a fait plus que tous les avocats et tous les magistrats. Cela n'est absolument pas croyable, et cependant cela est vrai ! »

« Non ! non ! ce n'est pas possible ! m'écriai-je.

— Qu'est-ce qui n'est pas possible ? demanda-t-il froidement.

— Que Dexter ait empoisonné la première femme de mon mari.

— Et pourquoi cela est-il impossible, s'il vous plaît ? »

Je commençais à me révolter contre les suppositions de M. Playmore, qui, avec la réflexion, me paraissaient bien précipitées.

« Voyons, repris-je, rappelez-vous donc dans leur ensemble toutes les circonstances de mon entretien avec Dexter. Je vous ai dit de quelle façon il parlait de Mme Eustache Macallan ; c'était dans les termes d'un respect et d'une adoration que toute femme serait fière d'inspirer. Il vit dans la pensée de la morte. S'il m'a reçue amicalement, c'est grâce à quelques traits de ressemblance qu'il s'est imaginé découvrir entre mon visage et le sien. J'ai vu, oui.... j'ai vu des larmes couler de ses yeux ! j'ai entendu sa

voix défaillir, quand il m'a parlé d'elle. Il peut être
le plus faux des hommes en toute autre chose, mais
il était sincère dans ce qu'il a dit d'elle. Il ne m'a
pas abusée là-dessus. Non, non, il y a des signes
auxquels une femme ne se trompe jamais, quand un
homme lui parle de ce qui lui tient réellement au
cœur. Ces signes, je les ai surpris. Je suis fâchée
d'opposer mon opinion à la vôtre, monsieur Playmore, mais je ne puis, en vérité, m'en empêcher ;
et, pardonnez-moi, je ne puis m'empêcher de vous
le dire avec cette vivacité ! »

M. Playmore sembla plutôt satisfait qu'offensé de
la façon hardie dont je m'exprimais.

« Ma chère madame Eustache, dit-il, vous n'avez
aucune raison de vous fâcher contre moi ; je partage
entièrement votre manière de voir... avec cette différence que j'en tire une conclusion absolument
opposée.

— Je ne vous comprends pas.

— Vous allez me comprendre. Vous définissez les
sentiments de Dexter pour la défunte Mme Eustache
comme un mélange de respect et d'adoration. Je
vous dirai qu'il y avait, dans son cœur, un sentiment
plus vif encore que ceux-là. Il l'aimait d'amour. Je
tiens mon renseignement de la pauvre femme elle-
même, qui m'a honoré de sa confiance et de son
amitié pendant une grande partie de sa vie. Avant
qu'elle épousât M. Macallan... auquel elle crut devoir taire ce ridicule détail... Miserrimus Dexter lui
avait fait la cour... et, tout difforme qu'il était...
l'avait sérieusement demandée en mariage.

— Et, vis-à-vis de cela, m'écriai-je, vous dites
qu'il l'a empoisonnée !

— Oui. Je ne vois pas d'autre conclusion possible,

après ce qui est arrivé pendant votre visite chez lui. Comment se fait-il, demanda M. Playmore, que Miserrimus Dexter soit tombé en défaillance à votre premier mot? Qu'est-ce donc qui a pu l'effrayer ainsi? »

J'essayai de trouver une réponse. Je m'embarquai même dans une phrase, sans savoir au juste où j'allais arriver.

« M. Dexter est l'ancien et fidèle ami de mon mari, commençai-je. Quand il a entendu dire que je n'acceptais pas le verdict du jury, il a pu craindre que...

— Il a pu craindre que votre mari n'ait à supporter les conséquences possibles d'une nouvelle enquête, dit M. Playmore, en finissant ironiquement ma phrase. Oh! oh! madame Macallan, voilà qui ne s'accorde guère avec votre foi profonde dans l'innocence de votre mari! Délivrez votre esprit d'une erreur, continua-t-il sérieusement, qui doit fatalement vous égarer, si vous persistez dans vos intentions actuelles. Miserrimus Dexter, vous pouvez en croire ma parole, a cessé d'être l'ami de votre mari, le jour où votre mari a épousé sa première femme. Dexter, j'en conviens, a gardé les apparences de l'amitié... en public comme en particulier. Sa déposition en faveur de son ami, durant le procès, a été telle que chacun l'attendait des sentiments dont il faisait profession envers lui. Je n'en ai pas moins la ferme persuasion qu'il ne faut pas ici s'en tenir à la surface, et que M. Macallan n'a pas de plus mortel ennemi que Miserrimus Dexter. »

Je ne trouvai rien à répondre. Je sentais que M. Playmore était dans le vrai. Mon mari avait courtisé et obtenu la femme qui avait refusé d'épouser Dexter. Dexter était-il homme à pardonner cette injure?.... Mon expérience me répondait : non!

« Rappelez-vous ce que je vous ai dit, reprit M. Playmore. Et maintenant, revenons à votre rôle personnel dans cette triste affaire, et cherchons ensemble quelle chance nous avons de parvenir à la découverte de la vérité. Être convaincu, comme je le suis, que Miserrimus Dexter est l'homme qui aurait dû passer en jugement pour le meurtre commis à Gleninch et mettre la main sur une preuve évidente qui, à cette distance où nous sommes de la perpétration du crime, pourrait seule justifier une accusation publique contre Miserrimus Dexter; ce sont là deux choses bien différentes. La question est maintenant réduite à ces simples termes : l'acquittement d'Eustache dépend entièrement de la démonstration publique de la culpabilité de Dexter. Comment atteindrez-vous ce résultat? Vous ne pouvez pas fournir la moindre preuve contre lui. Vous ne pouvez convaincre Dexter qu'avec ses propres aveux... Écoutez-vous ce que je vous dis?

— Oui, sans doute; oui, je vous écoute, je vous entends. Mais je résiste encore... avec tout le respect dû à la supériorité de votre savoir et de votre expérience... je résiste encore à accepter votre terrible conclusion, et à la prendre pour point de départ de ce qui me reste à faire. »

M. Playmore eut un sourire de contentement.

« Vous admettez pourtant, chère madame, que Dexter vous a dissimulé une bonne partie de la vérité? Il y a quelque chose qu'il vous dissimule.

— Oui. J'admets cela.

— Soit! Ce qui s'applique à votre manière d'en-

visager l'affaire s'applique aussi à la mienne. Il vous
refuse l'aveu de sa culpabilité, selon moi; selon
vous il vous refuse les renseignements qui pourraient prouver la culpabilité d'une autre personne.
Mais, aveu ou renseignements, comment maintenant les obtiendrez-vous de lui? Quelle influence
pourra agir sur lui quand vous le reverrez?

— J'essayerai encore de la persuasion.

— Et si la persuasion échoue... qu'est-ce que
vous ferez?.... Lui tendrez-vous un piége?.... Tâ-
cherez-vous de l'intimider?....

— Si vous voulez relire vos notes, monsieur Playmore, vous y verrez que j'ai réussi à l'effrayer déjà...
quoique je ne sois qu'une femme et que je n'en
eusse pas l'intention.

— Bien! ce que vous avez fait une fois, vous pensez que vous pourrez le faire encore. Très-bien!
Comme vous paraissez résolue à en courir la chance,
il ne sera pas mal que vous ayez, du caractère et
du tempérament de Dexter, une connaissance plus
étendue. Avant que vous ne retourniez à Londres,
adressons-nous, s'il vous plaît, à quelqu'un qui
pourra vous fournir ces utiles renseignements. »

Je tressaillis et regardai autour de moi, comme si
la personne qui devait nous aider à mieux connaître
Dexter était là, près de nous.

« Ne vous alarmez pas, dit Playmore; l'oracle est
muet, et il est ici. »

Il ouvrit un des tiroirs de son pupitre, y prit un
paquet de lettres et en détacha une.

« Quand nous préparions, dit-il, la défense de
votre mari, nous hésitions beaucoup à comprendre
Miserremus Dexter dans la liste de nos témoins.
Nous n'avions pas le moindre soupçon contre lui...

j'ai à peine besoin de vous le dire. Mais nous avions
peur qu'il ne s'abandonnât à quelqu'une de ses ex-
centricités. L'impression que produirait sur lui sa
comparution en cour d'assises, pouvait lui faire
perdre complètement l'esprit. Nous eûmes alors recours aux lumières d'un médecin. Sous un prétexte
que j'ai oublié, nous le présentâmes à Dexter, et
nous en reçûmes en temps utile le rapport que
voici. »

Il déplia cette pièce, et, soulignant de l'ongle un
passage, il me la tendit.

Je lus ce qui suit :

« Pour résumer mes observations, je crois que
« l'aberration mentale est à l'état latent chez le sujet,
« bien qu'aucun symptôme extérieur ne s'en soit jus-
« qu'ici manifesté à mes yeux. Vous pouvez, je pense,
« le faire comparaître devant la Cour, sans crainte
« des conséquences. Il pourra dire et faire des choses
« bizarres. Mais sa volonté est assez forte pour maî-
« triser sa déraison, et vous pouvez vous fier à la
« haute estime qu'il a de lui-même pour le produire
« devant la Cour comme un témoin ayant la pleine
« intelligence des choses qu'il entend et qu'il dit.

« Quant à l'avenir, je ne saurais naturellement
« rien affirmer de positif; je ne puis que vous faire
« connaître mes conjectures actuelles.

« Qu'il doive finir par devenir fou, s'il vit, je
« n'en doute pas, ou j'en doute peu. La question de
« savoir à quelle époque la folie s'emparera tout à
« fait de son esprit, dépend entièrement de l'état de
« sa santé. Son système nerveux est excessivement
« irritable; et il y a des symptômes qui prouvent que
« sa manière de vivre a déjà ébranlé sa constitution.

« Mais s'il renonce à ses pernicieuses habitudes, s'il
« se résigne à rester chaque jour plusieurs heures en
« repos et au grand air, il peut vivre encore bien des
« années, comme un homme sain d'esprit et de corps.
« Si, au contraire, il s'obstine dans sa dangereuse so-
« litude et dans ses fiévreuses évocations, ou si quel-
« que fatal incident vient surexciter encore ses nerfs,
« sa raison sombrera tout à coup et fera place à la
« folie ou à l'imbécillité. Quand cette catastrophe se
« produira, ses amis, je le crois, ne devront con-
« server aucune espérance de guérison. L'équilibre
« une fois rompu ne se rétablira jamais plus dans
« tout le reste de sa vie. »

Ainsi se terminait le rapport du docteur. M. Playmore le remit dans son tiroir.

« Vous venez, dit-il, de lire la consultation de
l'une de nos célébrités médicales les plus auto-
risées. Dexter vous fait-il l'effet d'un homme qui
doive recouvrer la raison? Ne voyez-vous ni danger
ni obstacles de votre côté? »

Mon silence lui répondit.

« Retournerez-vous chez Dexter? continua-t-il. Et
supposez-vous que le docteur exagère le péril en pareil cas?.... Que ferez-vous?.... La dernière fois que
vous l'avez vu, vous avez eu l'immense avantage de
le prendre par surprise. Il a laissé voir sa peur,
sa joie, tous ses sentiments éveillés en sursaut et
surexcités. Pouvez-vous le prendre encore par surprise? Non! Désormais il s'attend à vous revoir, il
sera sur la défensive. En admettant qu'il ne vous
arrive rien de pis, vous aurez à lutter contre sa ruse.
Êtes-vous de force à l'emporter dans ce combat?
vous qu'il aurait déjà réussi à tromper, sans les

éclaircissements décisifs de Lady Clarinda au sujet de Mme Beauly ? »

Que répondre à cela? J'essayai cependant de me défendre encore.

« Il m'a dit la vérité, répliquai-je, en ce sens qu'il avait vu réellement ce qu'il me disait avoir vu dans le corridor, à Gleninch.

— Il vous a dit la vérité, parce qu'il était assez fin pour voir que la vérité l'aiderait à accroître vos soupçons. Vous ne croyez réellement pas que ces soupçons, il les partage?

— Pourquoi non ? Il était aussi ignorant de ce que Mme Beauly avait réellement fait durant cette nuit, que je l'étais moi-même... avant d'avoir rencontré Lady Clarinda. Reste à savoir s'il ne sera pas aussi étonné que je l'ai été, quand je lui répéterai ce que Lady Clarinda m'a appris. »

Cette vigoureuse réponse produisit un effet que je n'attendais pas.

A ma grande surprise, M. Playmore coupa court à la discussion. Il sembla désespérer de me convaincre, et il l'avoua indirectement dans sa réplique.

« Allons! fit-il, je vois que tout ce que je pourrai vous dire ne vous ramènera pas à mon opinion...

— Je n'ai ni votre habileté, ni votre expérience, répondis-je. J'en suis fâchée, mais je ne puis penser comme vous.

— Vous êtes donc absolument déterminée à revoir Miserrimus Dexter ?

— Je m'y suis engagée.

— Réfléchissez encore. Vous m'avez fait l'honneur de me venir demander mon avis. Eh bien, sérieusement, je vous conseille de renoncer à tenir cet engagement. J'irai même plus loin. Je vous *conjure* de ne pas revoir Dexter. »

C'est précisément ainsi que m'avait parlé ma belle-mère; c'est précisément ainsi que m'avaient parlé Benjamin et le Major Fitz-David. Tout le monde était contre moi. Et je résistais encore ! Quand j'y pense à présent, je m'étonne de mon opiniâtreté. Je suis presque honteuse d'avoir à confesser que je ne répliquai rien à M. Playmore. Il attendit un moment ma réponse, fixant sur moi un regard anxieux. Ce regard ne fit que m'irriter. Je me levai, et demeurai devant lui, les yeux attachés sur le parquet.

Il se leva à son tour. Il était clair que la conférence était rompue.

« C'est bon ! dit-il d'un ton à la fois triste et enjoué; je comprends qu'il est déraisonnable de ma part d'espérer qu'une jeune femme comme vous puisse partager l'opinion d'un vieil homme de loi comme moi. Laissez-moi seulement vous rappeler que notre conversation doit rester, quant à présent, strictement confidentielle... maintenant, changeons de sujet. Y a-t-il quelque chose que je puisse faire ici pour vous ?.... Êtes-vous seule à Édimbourg ?....

— Non. J'y suis venue avec un vieil ami qui me connaît depuis mon enfance.

— Et comptez-vous passer ici la journée de demain?

— Je le pense.

— Voulez-vous m'accorder une faveur ? Veuillez réfléchir sur ce qui s'est passé entre nous, et revenir demain me voir dans la matinée.

— Très-volontiers, monsieur Playmore, si c'est seulement pour venir vous remercier de votre bonté. »

Là-dessus, nous nous séparâmes. Il soupira... le joyeux jurisconsulte soupira.... en m'ouvrant la porte. Les femmes sont d'étranges créatures! ce soupir me fit plus d'impression que tous ses arguments. En passant le seuil de sa porte, je me sentis rougir de l'entêtement avec lequel je lui avais résisté.

XXXIV.

GLENINCH.

Je trouvai Benjamin à l'hôtel; il était plongé dans la lecture d'un petit journal et absorbé dans l'étude d'une des énigmes offertes aux lecteurs. Mon vieil ami était grand amateur de ces devinettes et avait gagné toutes sortes de petits prix par son habileté à arriver à la vraie solution de ces problèmes. En temps ordinaire il eût été inutile d'essayer d'attirer son attention alors qu'il se consacrait à son plaisir favori. Mais l'intérêt qu'il prit à écouter le résultat de mon entrevue avec l'homme de loi fut plus vif que celui qu'il prenait à déchiffrer l'énigme qui était devant lui. Il plia le journal aussitôt que j'entrai et me demanda vivement :

« Quelles nouvelles, Valéria.... quelles nouvelles? »

En lui racontant ce qui s'était passé, il va sans dire que je respectai la confiance que M. Playmore m'avait témoignée. Pas un mot ayant trait aux horribles soupçons de l'homme de loi quant à Miserrimus Dexter ne sortit de mes lèvres.

« Ah! ah! dit Benjamin avec satisfaction; l'homme

de loi pense, comme moi, que vous commettriez une
véritable imprudence en retournant chez M. Dexter. C'est un homme d'un grand bon sens ! Et vous
allez suivre, pour sûr, le conseil de M. Playmore,
quoique vous n'ayez pas voulu entendre le mien?

— Il faut me pardonner, mon vieil ami, dis-je en
répondant à Benjamin ; j'ai bien peur d'en être arrivée, après toutes mes épreuves, à me convaincre
que je ne suis capable de suivre les conseils de personne. En venant ici, j'étais bien résolue, je vous
l'assure, à me laisser guider par M. Playmore ; nous
n'aurions pas fait ce long voyage, si je n'avais pas
eu cette ferme résolution. J'ai fait de mon mieux
pour me montrer docile et sensée. Mais il y a en
moi quelque chose qui résiste à tous les raisonne-
ments. J'ai bien peur, en un mot, de ne pouvoir
m'empêcher de retourner chez Dexter. »

Benjamin lui-même perdit patience cette fois.

« Toutes les eaux de l'Océan, s'écria-t-il, ne
blanchiraient pas un nègre! Dans votre enfance,
vous étiez bien la plus obstinée petite fille qu'on
pût voir. Ah ! tenez, nous aurions aussi bien fait de
ne pas quitter Londres !

— Non ! repris-je, maintenant que nous sommes
venus à Édimbourg, nous verrons quelque chose d'intéressant... pour moi du moins... que nous n'aurions
jamais vu, si nous n'avions pas quitté Londres.

— Et quoi donc ?

— La maison de mon mari n'est qu'à quelques
milles d'ici. Demain nous irons à Gleninch.

— Là où la pauvre dame a été empoisonnée? demanda Benjamin d'un air de tristesse. C'est de cette
résidence que vous entendez parler?

— Oui. J'ai besoin de voir la chambre dans laquelle elle est morte. J'ai besoin de parcourir toute la maison. »

Benjamin cacha sa tête entre ses mains.

« Je fais tout ce que je peux, dit-il, pour comprendre la nouvelle génération ; mais je n'y arrive pas. La nouvelle génération est décidément au-dessus de mon intelligence. »

J'écrivis à M. Playmore, au sujet de ma visite à Gleninch. La maison où s'était passée la tragédie qui avait flétri la vie de mon mari, avait à mes yeux plus d'intérêt que toutes les maisons du globe habité. La perspective de visiter Gleninch avait été pour beaucoup, il faut le dire, dans ma détermination d'aller consulter l'homme de loi d'Édimbourg. J'envoyai ma lettre à M. Playmore par un messager, et j'en reçus la plus bienveillante réponse. Si je voulais attendre l'après-midi, m'écrivit-il, il se débarrasserait de ses affaires de la journée et viendrait nous chercher dans sa voiture.

L'obstination de Benjamin, malgré son air tranquille, était capable, dans certains cas, de lutter avec la mienne. Il s'était mis dans l'esprit, lui, homme de la génération passée, qu'il n'avait rien à voir à Gleninch. Pas un mot à ce sujet ne sortit de sa bouche, jusqu'au moment où la voiture de M. Playmore s'arrêta devant la porte de l'hôtel. Alors seulement, Benjamin se rappela qu'il avait à Édimbourg un de ses vieux amis.

« Veuillez m'excuser, Valéria, me dit-il ; mon vieil ami, Saunders, m'en voudrait beaucoup si je ne dînais pas avec lui aujourd'hui. »

A part les souvenirs qui pour moi s'y rattachaient, Gleninch n'avait rien en soi qui pût intéresser un voyageur.

La campagne environnante était belle et bien cultivée, mais c'était tout. Le parc, aux yeux d'un Anglais, était sauvage et mal entretenu. La maison datait de soixante-dix à quatre-vingts ans. L'extérieur
était aussi dépourvu d'ornements qu'une manufac-
ture et aussi morne d'aspect qu'une prison. A l'intérieur, du grenier au rez-de-chaussée, la lugubre
désolation d'une habitation abandonnée pesait sur
l'âme. La maison était restée fermée depuis le procès. Un seul couple âgé, le mari et la femme, en
avait les clés et la garde. Le mari secoua silencieusement la tête, en signe de douloureuse désapprobation, quand il nous vit pénétrer dans les apparte-
ments et que M. Playmore lui ordonna d'ouvrir les
portes et les fenêtres et de laisser la lumière pénétrer dans ce sombre et désert intérieur. Le feu était
cependant allumé dans la bibliothèque et dans la
galerie de tableaux, pour préserver de l'humidité les
toiles et les livres ; et en voyant la joyeuse flamme
que projetaient ces deux foyers, on avait de la peine
à ne pas s'imaginer que les hôtes de la maison al-
laient venir s'y réchauffer. En montant à l'étage supérieur, je vis les chambres que le Compte-rendu
du procès m'avait rendues familières. J'entrai dans
le petit cabinet d'étude, où je vis de vieux livres sur
les tablettes, et où manquait toujours la clef égarée
de la porte qui donnait entrée dans la chambre à
coucher. Je regardai le lit dans lequel la malheureuse châtelaine de Gleninch avait souffert et était
morte. Ce lit était resté à sa place et le sofa où la
garde avait cherché quelques moments de repos,
était encore au pied du lit. Le bureau en bois des
Indes dans lequel le chiffon de papier, avec quelques
grains d'arsenic, avait été trouvé, contenait toujours

sa petite collection de curiosités. Je fis mouvoir sur
son pivot la table de malade, sur laquelle Mme Eustache Macallan prenait ses repas et écrivait ses
vers, la pauvre âme ! Cette chambre était sombre
et triste, et l'air en était pesant et comme chargé encore de miasmes mortels. Je fus bien aise d'en sortir.
Je jetai un coup d'œil, en passant, sur la chambre
qu'Eustache avait occupée dans le corridor des chambres d'ami. C'était la chambre à coucher à la porte
de laquelle Miserrimus Dexter avait attendu et épié.
Je revoyais là le parquet de chêne qu'il avait parcouru en sautant sur ses mains, pour suivre les
traces de la femme de chambre revêtue du manteau
de sa maîtresse. Partout où j'allais, le fantôme de la
morte ou celui de l'absent ne cessaient de me poursuivre. Partout où j'allais, l'horrible solitude de la
maison me faisait entendre son effroyable voix
muette qui disait : Je garde le secret du poison !...
je cache le mystère de la mort !

L'oppression que j'éprouvais devint intolérable.
J'aspirai à revoir le ciel pur, à respirer l'air frais
du dehors. Mon compagnon s'en aperçut et me
comprit.

« Venez ! me dit-il, assez de la maison... Allons
faire un tour de jardin. »

Dans le calme demi-obscurité de la soirée, nous
nous mîmes à parcourir les allées bordées d'arbris-
seaux. En errant çà et là, nous parvînmes au jardin
de la cuisine.... dont une petite portion seulement
était cultivée par le vieux gardien et sa femme, pendant que tout le reste n'était qu'un champ couvert de
mauvaises herbes. Au delà du jardin, et séparé par
une palissade en planches peu élevée, s'étendait un
vaste terrain bordé de trois côtés par des arbres.

Dans un coin écarté de ce terrain, mes yeux s'arrê-
tèrent sur quelque chose d'assez commun partout :
un simple tas d'ordures. Son volume et la singulière
place qu'il occupait attirèrent, je ne sais pourquoi,
ma curiosité; je m'arrêtai, et je regardai cet amas
de poussière, de cendres, de débris de faïence, et de
vieille ferraille. Ici, un chapeau hors d'usage, là de
vieilles bottines déchirées; et répandus, tout autour,
des monticules épars de vieux papiers et de vieux
chiffons.

« Qu'est-ce que vous examinez donc là? me demanda M. Playmore.

— Tout bonnement ce tas d'ordures.

— Ah ! fit-il en riant, dans la méticuleuse Angleterre, vous feriez assurément transporter au loin tous
ces débris. En Écosse, nous ne nous en inquiétons
guère, pourvu que leur odeur n'arrive pas jusqu'à
la maison. D'ailleurs en les épluchant, on en utilise
une partie comme fumier pour le jardin. Ici, l'endroit est désert, et ils ont chance d'y rester longtemps. Toute chose, à Gleninch, y compris ce tas
d'ordures, attend que la nouvelle châtelaine vienne
remettre le bon ordre partout. Un de ces jours vous
pouvez être reine ici.... qui sait ?

— Je ne reverrai jamais Gleninch ! dis-je.

— Jamais est un bien long jour et le temps réserve à chacun de nous ses surprises. »

Nous nous éloignâmes et nous marchâmes en silence jusqu'à la porte du parc, où la voiture nous
attendait.

En revenant à Édimbourg, M. Playmore dirigea
la conversation sur des sujets absolument étrangers
à ma visite à Gleninch. Il voyait que j'avais besoin
de détendre ma pensée, et, à force de bonne hu-

meur, il réussit à me distraire. Ce n'est que quand
nous fûmes près de la ville qu'il me parla de mon
retour à Londres.

« Avez-vous fixé le jour de votre départ d'Édimbourg? me demanda-t-il.

— Nous quittons Édimbourg, dis-je, par le train
de demain matin.

— Et vous ne voyez toujours pas de raison pour
modifier l'opinion que vous m'avez exprimée hier?
Est-ce pour cela que vous êtes si pressée de partir?

— J'ai bien peur que oui, monsieur Playmore.
Quand je serai plus vieille, je serai plus sage. En
attendant, je ne puis qu'implorer votre indulgence,
si je commets une grosse bévue en persistant dans
ma manière de voir. »

Il sourit doucement et me serra la main; puis,
tout d'un coup, il changea de manières et me regarda gravement.

« C'est la dernière occasion que j'ai de vous parler
avant votre départ, dit-il; puis-je le faire librement?

— Aussi librement qu'il vous plaira, monsieur
Playmore. Quoi que vous puissiez me dire, vous ne
ferez qu'ajouter à ma reconnaissance pour vos
bontés.

— J'ai à vous dire peu de chose, madame Eustache.... et ce peu commencera par une recommandation de prudence. Vous m'avez dit hier qu'à votre
dernière visite à Miserrimus Dexter, vous étiez allée
seule chez lui. Ne recommencez pas l'épreuve. Prenez quelqu'un avec vous.

— Pensez-vous donc que j'aie à courir quelque
danger, si j'y vais seule?

— Non, dans le sens ordinaire de ce mot. Je pense
seulement que la présence d'un ami peut être utile

pour maintenir dans de justes limites la témérité
de Dexter, qui est l'homme le plus impudent qui
soit. Donc, je le répète, si quelque propos, méritant
d'être rappelé et noté, pouvait dans la conversation
sortir de sa bouche, un ami vous serait utile comme
témoin. A votre place, je me ferais accompagner
par un témoin qui pourrait prendre des notes. Mais
je suis homme de loi, et j'ai l'habitude, en cette
qualité, de faire une montagne d' n grain de sable.
Laissez-moi simplement vous recommander de vous
faire accompagner dans votre prochaine visite chez
Dexter ; et, ajouta-t-il, tenez-vous en garde contre
vous-même, si l'entretien roule sur Mme Beauly.

— Me tenir en garde contre moi-même?.... Que
voulez-vous dire par là ?

— Un peu de pratique m'a appris, ma chère madame Eustache, à pénétrer les petites faiblesses de
la nature humaine. Vous êtes tout naturellement
disposée à la jalousie envers Mme Beauly, et, con-
séquemment, vous n'êtes pas en pleine possession
de votre excellent bon sens, quand Dexter se sert
de cette dame pour vous mettre un bandeau sur
les yeux... Est-ce que j'ai parlé par trop franchement?

— Certainement non ! J'éprouve toujours quelque
humiliation de me sentir jalouse de Mme Beauly.
Ma vanité en souffre terriblement, quand j'y pense.
Mais mon bon sens se rend à l'évidence. Je dois reconnaître que vous avez raison.

— Je suis charmé de voir que, sur un point, du
moins, nous sommes d'accord, ajouta M. Playmore,
non sans un grain d'ironie. Je ne désespère pas encore de vous convaincre sur un autre point, beaucoup plus sérieux, qui nous divise encore. Je vais

plus loin : si vous n'y mettez pas obstacle, je compte
que Dexter lui-même m'aidera. »

Qu'est-ce que cela voulait dire? Comment Miserrimus Dexter pouvait-il l'aider en cela ou en toute
autre chose?

« Vous avez le dessein, continua-t-il, de répéter
à Dexter tout ce que Lady Clarinda vous a dit sur
Mme Beauly? Et vous regardez comme probable
qu'il en sera écrasé, comme vous l'avez été vous-
même? Je vais aventurer, à ce sujet, une petite
prophétie. Je vous prédis que Dexter trompera votre
attente. Bien loin de laisser voir aucun étonnement,
il vous dira hardiment que vous avez été la dupe de
récits faux, inventés à dessein, et mis en avant exprès
par Mme Beauly pour dissimuler son crime. Maintenant, dites-moi.... s'il essaye réellement de faire
revivre ainsi vos soupçons contre cette bien innocente femme, est-ce que cela n'ébranlera pas un
peu votre confiance dans votre propre opinion?

— Cela détruira entièrement ma confiance dans
ma propre opinion, monsieur Playmore.

— Très-bien! J'espère que vous m'écrirez dans
l'un ou l'autre cas, et je crois que nous nous trou-
verons du même avis avant la fin de la semaine.
Gardez vis-à-vis de Dexter un secret absolu sur ce
que je vous ai dit hier. Ne faites même pas mention
de mon nom, quand vous le verrez. Pensant de lui
ce que j'en pense en ce moment, j'aimerais mieux
serrer la main du bourreau que la main de ce
monstre. Que Dieu vous garde! »

Tels furent les adieux de M. Playmore en me laissant à la porte de l'hôtel. Bienveillant, gai, habile...
mais comme il était facilement prévenu, comme il
était horriblement obstiné dans la défense de son

opinion! Et quelle opinion! J'en frémis quand j'y pense.

XXXV.

LA PROPHÉTIE DE M, PLAYMORE.

Le lendemain, Benjamin et moi, nous étions à Londres entre huit et neuf heures du soir. Strictement méthodique dans toutes ses habitudes, Benjamin avait télégraphié d'Édimbourg à sa ménagère de tenir le souper prêt pour dix heures, et d'envoyer au-devant de nous, à la station, le cocher qu'il employait d'ordinaire.

Quand nous arrivâmes à la villa, nous fûmes obligés d'attendre un moment, pour atteindre la porte, qu'embarrassait un poney-chaise. La voiture s'écarta lentement, menée par un homme de mine rébarbative et la pipe à la bouche. N'eût été cet homme, il m'eût semblé que le poney-chaise n'était pas nouveau à mes yeux ; mais je n'y fis pas autrement attention.

La respectable vieille bonne de Benjamin ouvrit la porte du jardin, et poussa, à la vue de son maître, une si bruyante exclamation de joie, qu'elle me fit tressaillir.

« Dieu soit béni, monsieur ! s'écria-t-elle ; je pensais que vous ne reviendriez jamais !

— Tout va bien ? » demanda Benjamin, de son ton calme et imperturbable.

La ménagère, toute tremblante, fit cette énigmatique réponse :

« Je suis sens dessus dessous, monsieur, et incapable de dire si tout va bien ou si tout va mal. Il y a quelques heures, un homme étrange est venu ici et m'a demandé... — Elle s'arrêta, tout effarée, regarda un moment son maître d'un air hagard ; puis s'adressant soudain à moi : Il m'a demandé quand vous seriez de retour, madame. Je lui ai dit ce que mon maître avait télégraphié. Et là-dessus : « Attendez un peu, a dit l'homme ; je vais revenir. » Il est revenu, au bout d'une minute au plus, portant dans ses bras quelque chose... quelque chose qui m'a glacé le sang et m'a fait trembler de la tête aux pieds. Je sais bien que j'aurais dû l'empêcher d'aller plus loin ; mais je ne pouvais pas me tenir sur mes jambes, à plus forte raison le mettre à la porte ! Il est donc entré, sans ou avec votre permission, monsieur Benjamin ; il est entré, avec la *chose* dans ses bras ; il l'a portée dans votre cabinet... Et *cela* y est resté jusqu'à présent.... Et *cela* y est encore ! Je me suis adressée à des agents de police, mais ils n'ont pas voulu venir. Qu'est-ce que je pouvais faire alors ? Ma pauvre tête n'y était plus. Pour vous, n'entrez pas, madame, vous seriez effrayée jusqu'à en perdre la raison ; oui, vous le seriez pour sûr, madame ! »

Je persistai à entrer néanmoins. Je me rappelais à présent le poney-chaise, et je commençais à entrevoir le mystère, inintelligible à la pauvre bonne. J'entrai dans la salle à manger, où le souper était déjà servi, et, par la porte entrebâillée, je jetai un coup d'œil dans le cabinet de Benjamin.

Ce qui était là, c'était bien réellement Miserrimus

Dexter. Miserrimus Dexter était là, vêtu de sa ja-·
quette rose, et à moitié endormi dans le fauteuil de
Benjamin. Aucun couvre-pied ne cachait son horrible difformité. Rien n'avait été sacrifié aux idées
conventionnelles dans son costume. Je pus facilement comprendre que la pauvre vieille bonne eût
tremblé de la tête aux pieds en parlant de lui.

« Valéria! me dit tout bas Benjamin en montrant
des doigts le phénomène étendu dans son fauteuil,
qu'est-ce que cela? Une idole indoue ou un être hu-
main? »

J'ai déjà dit que Miserrimus Dexter avait la finesse
d'oreille d'un chien; il fit voir en ce moment qu'il
en avait aussi le sommeil léger. Si bas que Benjamin
eût parlé, sa voix le réveilla. Il se frotta les yeux
avec le sourire innocent d'un enfant qui sort d'un
sommeil tranquille.

« Comment vous portez-vous, madame Valéria?
dit-il. Je m'étais un peu assoupi. Vous ne savez pas
combien je suis heureux de vous revoir. Qu'est-ce
que ce monsieur? »

Il se frotta de nouveau les yeux et les fixa sur
Benjamin. Ne sachant trop que faire, je présentai
mon visiteur au maître de la maison.

« Pardonnez-moi de ne pas me lever, monsieur,
dit Miserrimus Dexter, je ne puis me tenir debout,
je n'ai pas de jambes! Je crois m'apercevoir que
j'occupe votre fauteuil. Si j'ai commis une indiscré-·
tion, soyez assez bon pour fourrer sous moi votre
parapluie et me jeter par terre; je tomberai sur mes
deux mains, et je ne vous en voudrai pas. Je me
soumettrai à une culbute et à une réprimande. Mais,
je vous en prie, ne m'arrachez pas le cœur en me
mettant à la porte! Cette belle dame, qui est là, se

montre très-cruelle quelquefois, monsieur, quand
un accès lui prend. Elle s'en est allée en voyage, au
moment où j'avais le plus grand besoin d'obtenir
d'elle un court entretien; elle s'en est allée, et m'a
laissé là, dans mon isolement et dans mon anxiété.
Je suis un pauvre estropié, qui ai un cœur chaud,
et en même temps une insatiable curiosité. Une insatiable curiosité, — je ne sais si vous en avez jamais
senti l'aiguillon, — est une malédiction véritable. Je
l'ai maîtrisée jusqu'à ce que j'aie senti que ma cervelle allait entrer en ébullition; alors j'ai fait venir le
jardinier et je lui ai commandé de me conduire ici.
Je suis bien ici!... L'air de votre cabinet me calme,
la vue de Mme Valéria est un baume sur la blessure
de mon cœur. Elle a quelque chose à me dire...
quelque chose que je meurs d'envie d'entendre. Si
elle n'est pas trop fatiguée de son voyage, et si vous
voulez bien lui permettre de m'en instruire, je vous
promets de me retirer aussitôt qu'elle aura fini. Cher
monsieur Benjamin, vous paraissez le refuge des
affligés. Je suis un affligé. Donnez-moi la main en
bon chrétien, et laissez-moi ici. »

Il tendit la main à Benjamin. Ses doux yeux bleus
avaient pris une expression d'humble prière. Complétement stupéfait de l'étonnante harangue qui lui
avait été adressée. Benjamin mit sa main dans la
main qui lui était tendue, de l'air d'un homme qui
rêve.

« Portez-vous bien, monsieur, » dit-il machinalement.

Puis il tourna les yeux vers moi, comme pour
savoir ce qu'il avait à faire.

« Je comprends M. Dexter, lui dis-je tout bas,
laissez-moi avec lui. »

Benjamin jeta un dernier regard d'effarement sur l'objet qui occupait son fauteuil, il salua avec cette politesse instinctive qui ne l'abandonnait jamais, et, toujours de l'air d'un homme qui rêve, il se retira dans la pièce voisine.

Laissés en tête-à-tête, nous nous regardâmes, Dexter et moi, en gardant dans le premier moment le silence.

Était-ce l'effet de cette inépuisable indulgence qu'une femme tient en réserve pour celui qui avoue avoir besoin d'elle? ou bien le souvenir de l'affreux soupçon que M. Playmore avait conçu contre Dexter, prédisposait-il pour l'instant mon cœur à un sentiment de compassion pour le malheureux? tout ce que je sais et tout ce que je peux dire, c'est que j'eus pitié de Miserrimus Dexter. Je lui épargnai les reproches que je n'aurais pas manqué d'adresser à tout autre individu de ma connaissance qui aurait pris la liberté de s'installer ainsi, sans y être invité, dans la maison de Benjamin.

Dexter fut le premier à parler.

« Lady Clarinda a détruit votre confiance en moi ! dit-il tout d'abord, d'une voix étrange.

— Lady Clarinda n'a rien fait de pareil, répliquai-je. elle n'a pas essayé d'influencer mon opinion. J'avais réellement besoin de quitter Londres; ne vous l'ai-je pas dit? »

Il soupira et ferma les yeux d'un air satisfait, comme un homme délivré du poids d'une lourde inquiétude.

« Soyez bonne pour moi! dit-il; ne vous bornez pas à ce peu de mots. J'ai été si malheureux en votre absence! »

Il rouvrit ses yeux, qu'il fixa sur moi avec l'expression du plus vif intérêt.

« N'êtes-vous pas trop fatiguée de votre voyage? continua-t-il. Ah! j'ai soif de savoir ce qui s'est passé au dîner du Major; mais n'est-il pas bien cruel de ma part de vous le dire, quand vous n'avez pris aucun repos depuis votre arrivée? Une seule question pour ce soir j'attendrai à demain pour le reste. Que vous a dit Lady Clarinda sur Mme Beauly? Vous a-t-elle appris tout ce que vous désiriez savoir?

— Tout et plus encore.

— Quoi?... quoi?... quoi?... » s'écria-t-il avec une fébrile impatience.

La prévision de M. Playmore allait-elle, oui ou non, se réaliser? Dexter persisterait-il à vouloir m'abuser, et se garderait-il de laisser voir aucun signe d'étonnement, quand je lui répéterais ce que Lady Clarinda m'avait dit de Mme Beauly? Je résolus de faire subir à la prédiction la plus décisive des épreuves. Sans un seul mot de préface ou de préparation, j'entrai en matière aussi brusquement que possible, et je dis à Dexter :

« La personne que vous avez vue dans le corridor, ce n'était pas Mme Beauly; c'était sa femme de chambre, portant son manteau et son chapeau. Mme Beauly n'était pas même dans la maison; elle était restée à Édimbourg, où elle assitait à un bal masqué. Voilà ce que la femme de chambre a dit à Lady Clarinda, et voilà ce que Lady Clarinda m'a répété. »

J'avais une telle hâte de savoir si M. Playmore avait eu raison, et s'il fallait réellement soupçonner du crime ce malheureux Dexter, que je débitai ma phrase à brûle-pourpoint, tout d'un trait, et aussi rapidement que les mots purent sortir de mes lèvres.

Miserrimus Dexter démentit absolument la prédiction de M. Playmore. Il eut comme un soubresaut.
Ses yeux s'ouvrirent tout grands d'étonnement.

« Répétez-moi cela! s'écria-t-il; je n'ai pas bien
compris du premier coup. Je ne reviens pas de
ma surprise! »

J'étais plus que satisfaite de ce résultat; c'était
pour moi un vrai triomphe. Pour cette fois, j'avais
réellement quelque raison d'être contente de moi.
Je m'étais rangée du côté charitable et miséricor-
dieux dans ma discussion avec M. Playmore, et je
m'en trouvais récompensée. Je pouvais rester dans
la même chambre que Miserrimus Dexter, avec la
pleine et calme assurance que je ne respirais pas le
même air qu'un empoisonneur. Ma visite à Édimbourg n'avait donc pas été perdue.

En répétant à Dexter, conformément à son désir,
ce que je lui avais déjà dit, je pris soin d'ajouter les
détails qui donnaient au récit de Lady Clarinda la
consistance et la certitude. Dexter m'écouta d'un
bout à l'autre avec une attention qui lui permettait
à peine de respirer... répétant çà et là les mots
qu'il venait d'entendre, comme pour les imprimer
plus sûrement, et plus profondément dans sa mémoire.

« Qu'y a-t-il à dire?.... Qu'y a-t-il à faire?.... demanda-t-il avec un regard de découragement. Je
ne puis me refuser à croire cela. Si singulier que
cela soit, du commencement à la fin, cela semble
absolument vrai. »

Qu'aurait pensé M. Playmore, s'il avait entendu
ces mots? Je lui rendais la justice de croire qu'il se
serait senti honteux de lui-même, au fond de son
cœur.

« Il n'y a rien autre chose à dire, répliquai-je, sinon que Mme Beauly est innocente, et que vous et moi nous avons été bien injustes envers elle. N'êtes-vous pas de mon avis ?

— Je suis entièrement de votre avis, me répondit Dexter, sans un instant d'hésitation. Mme Beauly est innocente. La défense, devant la Cour, était après tout, dans le vrai ! »

Puis il croisa les bras avec complaisance, de l'air d'un homme parfaitement satisfait de n'avoir plus à se préoccuper de cette affaire.

Je n'étais pas du tout, moi, de son avis. A ma grande surprise, c'est moi qui étais maintenant la moins raisonnable des deux.

Miserrimus Dexter m'en accordait plus long que je ne lui en avais demandé : il ne se contentait pas de démentir la prédiction de M. Playmore.... il dépassait du tout au tout ma pensée. Je pouvais admettre l'innocence de Mme Beauly ; mais je n'allais pas plus loin. Si la défense devant la Cour avait été, comme il le disait, dans le vrai.... alors adieu à mon espérance de faire reconnaître l'innocence de mon mari ! et je tenais à cette espérance comme à mon amour et à ma vie !

« Parlez pour vous ! m'écriai-je. Mon opinion sur la défense ne saurait varier. »

Dexter tressaillit et fronça ses sourcils, comme si je l'avais désorienté et mécontenté.

« Voulez-vous dire par là que vous êtes résolue à poursuivre votre projet ?

— Assurément ! »

Il se mit si fort en colère qu'il en oublia sa politesse accoutumée.

« Mais c'est absurde !.... c'est impossible !.... s'écria-

t-il avec un geste méprisant. Vous venez de déclarer
vous-même, qu'en soupçonnant Mme Beauly, nous
avions fait injure à une femme innocente. Est-il
quelqu'un autre que nous puissions soupçonner? Il
est ridicule de poser seulement cette question! Il
n'y a pas d'autre alternative que d'accepter les faits
tels qu'ils sont, sans agiter plus longtemps ce problème de l'empoisonnement de Gleninch. C'est un
enfantillage de discuter des conclusions aussi claires.
Renoncez-y!.... Renoncez-y!....

— Vous pouvez vous mettre en fureur contre moi
tant qu'il vous plaira, monsieur Dexter; ni votre
colère, ni vos arguments ne parviendront à me convaincre. »

Il se maîtrisa par un violent effort sur lui-même,
et, retrouva son calme et sa politesse.

« Fort bien! dit-il; permettez-moi de m'absorber
un moment dans mes pensées. J'ai à faire quelque
chose que je n'ai pas fait jusqu'ici.

— Qu'est-ce que cela peut-être, monsieur Dexter?

— Je vais me mettre dans la peau de Mme Beauly,
et penser avec l'esprit de Mme Beauly. Laissez-moi,
s'il vous plaît, me recueillir une minute. »

Que voulait-il dire? Quelle nouvelle métamor-
phose allait-il faire passer devant mes yeux? Quel
jeu de patience que cet être de pièces et de morceaux! Il paraissait maintenant absorbé dans une
méditation profonde, et, l'instant d'avant, il avait
stupéfié Benjamin par les non-sens de son babil
enfantin. On a dit, et avec raison, que, dans tout
caractère d'homme, il y a plusieurs côtés à examiner. Les divers côtés du caractère de Dexter se
succédaient si nombreux et si rapides devant moi que
je n'en étais même plus à pouvoir les compter.

Dexter leva la tête et fixa sur moi un regard pénétrant.

« Je viens, dit-il, de quitter la peau de Mme Beauly, et j'en rapporte ce résultat : nous sommes, vous et moi, deux téméraires, et nous avons été un peu trop prompts vraiment à tirer nos conclusions. »

Il s'arrêta. Je gardai le silence. Était-ce un doute qui commençait à s'élever dans mon esprit sur son compte ? J'attendis et j'écoutai.

« Je crois pleinement, continua-t-il, à la vérité de ce que vous a dit Lady Clarinda. Seulement, je vois, en y réfléchissant, que son récit admet deux interprétations : l'une, à la surface, l'autre, au fond. Je regarde sous la surface, dans votre intérêt, et il me paraît possible que Mme Beauly ait été assez rusée pour aller au-devant du soupçon et se préparer un alibi. »

J'ai honte d'avouer que je ne compris pas le sens de ce mot : alibi. Dexter s'aperçut que je ne suivais plus son raisonnement et s'expliqua plus clairement.

« La femme de chambre, dit-il, a-t-elle été la complice passive de sa maîtresse, ou a-t-elle été la main dont s'est servie sa maîtresse ? Allait-elle administrer la première dose de poison, au moment où elle a traversé devant moi le corridor ? Madame Beauly a-t-elle passé la unit à Édimbourg.... pour avoir sa défense prête dans le cas où le soupçon tomberait sur elle ? »

Le doute vague que je venais de concevoir prenait un corps quand j'entendais Dexter parler ainsi. L'avais-je absous un peu trop tôt de tout soupçon ? Tentait-il indirectement de faire renaître ma défiance contre Mme Beauly, ainsi que l'avait prédit

M. Playmore? Cette fois, je fus obligée de lui répondre. En le faisant, j'employai inconsciemment une des phrases dont l'homme de loi s'était servi devant moi, lors de ma première entrevue avec lui.

« Voilà, dis-je, qui me paraît tiré de loin, monsieur Dexter ! »

Je fus satisfaite de voir qu'il ne tenta pas un instant de défendre avec moi que c'était tiré de loin.

« Quand je dis, ajouta-t-il, que cela est possible, je dépasse peut-être ma propre pensée. N'en parlons plus ! »

Et tout de suite il reprit :

« Cependant, que comptez-vous faire ? Si Madame Beauly n'est pas l'empoisonneuse, qui donc a commis le crime ? Elle est innocente; Eustache est innocent ; est-il une troisième personne que vous puissiez soupçonner? Est-ce moi, voyons, qui l'aurais empoisonnée ? s'écria-t-il; ses yeux lançaient des éclairs, et sa voix s'élevait à son plus haut diapason. Pouvez-vous.... quelqu'un peut-il me soupçonner?.... Je l'aimais, je l'adorais!.... je n'ai plus été le même homme depuis qu'elle est morte ! Écoutez ! je vais vous confier un secret, mais ne le répétez pas à votre mari, vous détruiriez peut-être du coup notre mutuelle amitié. Je l'aurais épousée, avant qu'elle connût Eustache si elle avait voulu accepter ma main. Quand les docteurs sont venus me dire qu'elle avait été empoisonnée.... demandez au Docteur Jérôme ce que j'ai souffert ! Pendant toute cette horrible nuit, je suis resté là, épiant le moment d'arriver jusqu'à elle. Dès que ce fut possible, je suis entré dans sa chambre, et j'ai dit le dernier adieu à l'ange que j'aimais. J'ai sanglotté sur elle. J'ai posé mes lèvres sur son front

pour la première et la dernière fois. J'ai coupé une
petite mèche de ses cheveux. Je la porte sur moi
depuis ce temps. Je la couvre de baisers la nuit et
le jour. Oh ! Dieu ! je revois sa chambre !....je revois
son visage.... Regardez !.... regardez !.... regardez !.... »

Dexter tira de sa poitrine un petit médaillon
attaché à un ruban qui entourait son cou. Il me le
jeta, et fondit en larmes.

Un homme à ma place, aurait su ce qu'il avait à
faire ; je n'étais qu'une femme, et je me laissai aller
à la compassion qui emplissait mon cœur.

Je me levai et traversai la chambre pour aller
jusqu'à Dexter. Je lui rendis son médaillon, et, d'un
geste inconscient, je posai ma main sur l'épaule du
pauvre affligé.

« Je suis incapable de vous soupçonner, monsieur
Dexter, dis-je avec douceur. Une telle idée n'est
jamais entrée dans mon esprit. Je vous plains !.... je
vous plains du fond de mon cœur ! »

Sur ces paroles bien simples, il s'opéra dans cet
être bizarre la transformation la plus brusque et la
plus inattendue à laquelle il m'eût fait encore assister. D'un mouvement que je ne pus ni prévoir, ni
arrêter, le malheureux saisit ma main dans les
siennes, et la couvrit d'ardents baisers. Stupéfaite,
je jetai une exclamation d'horreur.

« Au secours ! » criai-je.

La porte s'ouvrit, Benjamin parut sur la porte.
Dexter abandonna ma main.

Je courus à Benjamin pour l'empêcher d'entrer.
Depuis que je connaissais le vieux serviteur de mon
père, je ne l'avais jamais vu dans une colère semblable. Il était pâle... lui, le vieil homme si patient

et si doux.... il était pâle de fureur. Je n'eus pas trop de toute ma force pour le retenir sur le seuil.

« Vous ne pouvez porter la main sur un estropié ! lui dis-je. Envoyez chercher l'homme qui est dehors et qu'il l'emporte d'ici. »

Je fis sortir Benjamin de la bibliothèque, et je fermai la porte sur lui et sur moi. La bonne était dans la salle à manger. Je l'envoyai appeler le cocher de la voiture.

Quand il arriva, Benjamin ouvrit la porte de son cabinet, et s'y tint, sévère et sans dire un mot. C'était peut-être indigne de moi.... mais je ne pus m'empêcher de jeter un coup d'œil dans l'intérieur.

Miserrimus Dexter était enfoncé dans le fauteuil. Le cocher enleva son maître avec des précautions qui me surprirent.

« Cachez-moi la figure, » lui dit Dexter, d'une voix brisée.

Le cocher ouvrit son grossier paletot de drap pilote et en couvrit la tête de Dexter. Puis il sortit en silence, emportant cette créature difforme dans ses bras, comme une mère emporte son enfant.

XXXVI.

ARIEL.

Je passai une nuit sans sommeil.

L'incroyable audace de Miserrimus Dexter n'avait pas seulement soulevé en moi les indignations et les pudeurs de la femme ; j'en considérais avec chagrin les conséquences, qui étaient pour moi des plus graves. Jusqu'ici le but que j'avais donné à ma vie dépendait de mon entente avec Miserrimus Dexter; et un obstacle insurmontable allait maintenant se dresser sur ma route. Même dans l'intérêt de mon mari devais-je permettre à un homme qui m'avait gravement offensée d'approcher encore de moi... Je n'étais pas prude, mais je repoussais cette pensée.

Je me levai tard, et je m'assis devant mon pupitre en m'efforçant de regagner assez d'énergie pour écrire à M. Playmore.... mais je ne pus en venir à bout.

Vers midi, Benjamin étant sorti pour quelques instants, la gouvernante entra m'annoncer qu'un autre visiteur se présentait pour moi à la grille de la villa.

« C'est une femme, cette fois, madame.... ou quelque chose d'approchant, me dit la digne femme d'un air de confidence. C'est une grande, grosse, gauche, lourde créature, avec un chapeau d'homme sur la tête et une canne d'homme à la main. Elle dit qu'elle est chargée d'un billet pour vous et qu'elle ne veut le remettre à personne qu'à vous-même. Je n'avais rien de mieux à faire que de ne pas la laisser entrer.... n'est-il pas vrai ?

Reconnaissant à l'instant l'original du portrait qu'elle venait de tracer, j'étonnai grandement la gouvernante en consentant à recevoir immédiatement la messagère.

Ariel entra dans la chambre. Elle gardait comme d'habitude son silence stupide; mais je remarquai en elle un changement qui m'étonna. Ses yeux hébétés étaient rouges et injectés de sang. Des traces de larmes à ce qu'il semblait, étaient visibles sur ses grosses joues informes. Elle traversa la chambre, dans la direction de ma chaise, d'un pas moins déterminé que d'habitude.

« Ariel, me demandai-je, serait-elle assez femme pour pleurer ? »

Était-il dans les limites du possible qu'Ariel vînt à moi affectée par un sentiment de chagrin ou de peur ?....

« J'ai appris que vous apportiez quelque chose pour moi, lui dis-je ; ne voulez-vous pas vous asseoir ? »

Elle me tendit une lettre.... sans répondre et sans prendre une chaise. J'ouvris l'enveloppe ; la lettre qu'elle renfermait était écrite par Miserrimus Dexter, et contenait ces lignes :

« Essayez d'avoir pitié de moi, si vous trouvez en
« vous un dernier reste de compassion pour un
« misérable qui a expié cruellement l'erreur d'un
« moment. Si vous pouviez me voir, vous avoue-
« riez vous-même que ma punition a été assez
« rude. Pour l'amour de Dieu, ne m'abandonnez
« pas. Je n'étais pas en possession de moi-même
« lorsque le sentiment que vous avez éveillé en moi
« a été plus fort que ma volonté. Jamais plus je ne
« le laisserai voir ; c'est un secret qui mourra avec
« moi. Puis-je espérer que vous croirez à ma pa-
« role ? Non, je ne vous demande pas de me croire,
« je ne vous demande pas de vous fier à moi dans
« l'avenir. Si vous consentiez jamais à me revoir,
« que ce soit en présence d'une tierce personne
« chargée de vous protéger. Je mérite cela. Je m'y
« soumettrai. J'attendrai que le temps ait calmé vos
« sentiments de colère contre moi. Tout ce que je
« vous demande, aujourd'hui, c'est de me permettre

« d'espérer. Dites à Ariel : « Je lui pardonne, et un
« jour je lui permettrai de me revoir. » Elle se le
« rappellera par amour pour moi. Si vous la ren-
« voyez sans une réponse, ce sera m'envoyer dans
« une maison de fous. Demandez-le lui, si vous ne
« me croyez pas.

« Miserrimus Dexter. »

Après avoir lu cette étrange lettre, je regardai
Ariel.

Elle était debout, et, les yeux fixés sur le plancher, elle me tendait la canne qu'elle tenait à la
main.

« Prenez ce bâton.... furent les premiers mots
qu'elle me dit.

— Pourquoi faire ? » demandai-je.

Après une courte lutte contre son esprit rebelle,
Ariel parvint à traduire lentement sa pensée en paroles.

« Vous êtes irritée contre le Maître, passez votre
colère sur moi... Battez-moi !

— Vous battre, vous, Ariel!

— Mon dos est large, dit la pauvre créature ; je
ne me défendrai pas, je supporterai les coups. Prenez le bâton. Ne le chagrinez pas. Vengez-vous sur
mon dos... Battez-moi ! »

Elle me mit de force la canne dans la main et
tourna vers moi ses pauvres épaules, attendant les
coups. C'était à la fois horrible et touchant à voir.
Des larmes me vinrent aux yeux. J'essayai, avec
douceur et patience, de raisonner avec elle, mais
en pure perte. L'idée d'attirer sur elle le châtiment
qu'avait mérité son Maître était la seule qui se fit
jour dans son esprit. Elle répétait sans cesse :

« Ne le chagrinez pas !... Battez-moi !...

— Qu'entendez-vous par le chagriner ? » demandai-je.

Elle s'efforça d'expliquer sa pensée, mais sans
trouver de mots pour la rendre. Comme un sauvage
aurait pu le faire, elle eut recours à la pantomime
pour expliquer ce qu'elle voulait dire. Elle alla à la
cheminée, se coucha sur le tapis du foyer, et se mit
à regarder le feu avec des yeux égarés. Puis, prenant son front à deux mains, elle balança son corps
de droite et de gauche, les yeux toujours fixés sur
feu.

« Voilà comme il est ! s'écria-t-elle tout à coup.
Des heures et des heures, voilà comme il est ! Il
ne fait attention à personne, et il pleure à cause de
vous. »

Le tableau vivant que me présentait Ariel rappelait à ma mémoire ce qui m'avait été dit sur l'état
de santé de Dexter et l'opinion si nettement exprimée par le docteur sur les dangers qui l'attendaient
dans l'avenir. Si j'avais pu résister à Ariel, j'aurais
dû céder à la crainte vague des conséquences qui
me troublait en secret.

« Cessez !... cessez !... » m'écriai-je.

Mais elle continuait à se balancer devant l'âtre
pour imiter son maître, son front dans ses mains et
ses yeux fixés sur le feu.

« Levez-vous, dis-je, je vous en prie ! Je ne suis
plus fâchée contre lui. Je lui pardonne. »

Elle se releva sur les mains et sur les genoux, et
attendit, les yeux fixés sur mon visage. Dans cette
attitude, qui lui donnait plutôt l'apparence d'un
chien que d'une créature humaine, elle répéta sa
demande ordinaire quand elle voulait fixer dans sa

mémoire des mots qu'elle avait intérêt à retenir :

« Dites encore ! »

Je fis ce qu'elle demandait. Elle ne fut pas satisfaite.

« Dites comme il y a dans la lettre, reprit-elle. Dites comme le Maître m'a dit à moi. »

Je jetai un regard sur la lettre et je répétai alors mot pour mot à Ariel les termes de la réponse que Dexter attendait : « Je lui pardonne, et un jour je lui permettrai de me revoir. »

D'un bond Ariel fut sur ses pieds. Pour la première fois depuis qu'elle était entrée dans la chambre où nous nous trouvions ensemble, son morne visage s'éclaira d'une étincelle de vie.

« C'est ça ! s'écria-t-elle. Écoutez, pour voir si je peux le dire aussi.... si je le sais bien par cœur. »

Je lui fis la leçon comme à un enfant, et, syllabe par syllabe, je fixai dans sa mémoire le message qu'elle avait à reporter.

« Maintenant, reposez-vous, lui dis-je, et laissez-moi vous donner quelque chose à manger et à boire, après votre longue course. »

J'aurais tout aussi utilement adressé la parole à une chaise. Elle ramassa son bâton, et, poussant un farouche cri de joie, elle s'écria :

« Je sais par cœur ! Ça rafraîchira la tête du Maître. Hourra ! »

Puis, s'élançant dans le corridor, elle se précipita dehors comme un animal sauvage s'échappant de sa cage. J'arrivai juste à temps pour la voir ouvrir la grille du jardin et se mettre en route d'un pas qui aurait rendu inutile toute tentative de l'atteindre et de l'arrêter.

Je rentrai au salon, l'esprit occupé d'une question qui aurait rendu perplexes des têtes plus fortes
que la mienne : Un homme désespérément et absolument mauvais pouvait-il inspirer un attachement
aussi dévoué que celui dont Dexter était l'objet de
la part de la femme qui venait de me quitter et du
rude jardinier qui l'avait si doucement emporté la
veille au soir ? Qui pourrait décider cette question ?
Le plus grand misérable trouve toujours un ami....
dans une femme ou dans un chien.

Je repris ma place devant mon pupitre et j'essayai
une seconde fois d'écrire à M. Playmore.

En repassant dans ma mémoire tout ce que
Miserrimus Dexter m'avait dit, comme principal
élément de ma lettre, mon attention s'arrêta, avec
un intérêt tout particulier, sur l'étrange explosion
de sentiments qui l'avait amené à trahir le secret
de sa passion insensée pour la première femme
d'Eustache. Je revis l'effrayante scène dans la
chambre mortuaire.... la difforme créature pleurant
sur le corps de la morte, dans le silence des premières heures d'une sombre matinée. L'affreux
tableau, par une étrange possession, obsédait mon
esprit. En vain je me levai, je marchai dans le
salon, je m'efforçai de donner un autre cours à'mes
pensées. L'image m'était trop présente et trop familière pour qu'il me fût possible de la chasser. J'a-
vais visité la chambre mortuaire, j'avais regardé le
lit; j'avais parcouru le corridor que Dexter avait
traversé pour aller dire à la morte un dernier
adieu.

Le corridor !... Je m'arrêtai. Mes pensées prirent
soudain un autre cours, sans que ma volonté y fût
pour rien.

Quel autre souvenir, en dehors de ce qui concernait Dexter, s'associait dans mon esprit au souvenir du corridor ? Était-ce quelque chose que j'avais vu durant ma visite à Gleninch ? Non. Était-ce quelque chose que j'avais lu ?... Je saisis le compte-rendu du procès pour m'en assurer. Le livre s'ouvrit à la page qui contenait la déposition de la garde. Je relus cette déposition, sans qu'elle me rappelât rien, jusqu'au moment où j'arrivai à ces lignes, tout à la fin de cette déposition :

« Avant l'heure du coucher, je suis remontée au « premier, dans l'intention de faire la toilette de la « morte pour son ensevelissement. La chambre où « était le corps avait été fermée à clé, ainsi que la « porte conduisant à la chambre de M. Macallan et « celle qui s'ouvrait sur le corridor. Les clés de ces « portes avaient été emportées par M. Gale. Deux « domestiques mâles étaient postés en sentinelle « hors de la chambre. Ils devaient être relevés à « quatre heures du matin.... c'est tout ce qu'ils « purent me dire. »

Voilà ce que je cherchais dans ma mémoire à propos du corridor ! Voilà ce dont j'aurais dû me souvenir, quand Miserrimus Dexter m'avait parlé de sa visite à la morte !

Comment.... les portes étant fermées et les clés ayant été emportées par M. Gale.... Dexter avait-il pu pénétrer dans la chambre mortuaire ? Il n'y avait qu'une porte fermée dont M. Gale n'eût pas la clé... la porte de communication entre le cabinet d'étude et la chambre à coucher. La clé manquait. Avait-elle été volée ? Et Dexter était-il le voleur ?

Il pouvait avoir passé près des hommes en sentinelle, pendant qu'ils dormaient, ou après qu'ils
eurent été relevés et quand le passage n'était plus
gardé. Mais comment avait-il pu entrer dans la
chambre, si ce n'est par la porte fermée du cabinet
d'étude? Il devait en avoir eu la clé! Et il devait
l'avoir fait disparaitre plusieurs semaines avant la
mort de Mme Eustache Macallan! Quand la garde
était arrivée pour la première fois à Gleninch, le 7
du mois, la clé manquait déjà; elle en fait mention
dans sa déposition.

A quelles conclusions ces réflexions et ces découvertes me conduisaient-elles? Miserrimus Dexter,
dans un moment d'agitation qui lui ôtait tout con-
trôle sur lui-même, avait-il inconsciemment placé
le fil conducteur entre mes mains? La clé perdue
était-elle le pivot sur lequel tournait tout le mystère de l'empoisonnement commis à Gleninch?

Je revins pour la troisième fois à mon pupitre. La
seule personne en qui je pouvais me confier pour
trouver les réponses à ces questions était M. Playmore. Je lui écrivis une relation complète et minu-
tieuse de tout ce qui était arrivé. Je le priai d'oublier et de pardonner la façon peu gracieuse dont
j'avais reçu l'avis si bienveillant qu'il m'avait donné,
et je lui promis par avance de ne plus rien faire,
sans l'avoir préalablement consulté, dans la nouvelle phase où j'entrais maintenant.

Le temps était beau pour la première fois de l'année ; et, voulant prendre un peu de salutaire exercice, après les surprises et les préoccupations qui
avaient rempli cette matinée, j'allai porter moi-même
à la poste ma lettre à M. Playmore.

A mon retour à la villa, je fus informée qu'une

autre visiteuse m'attendait. Une visiteuse civilisée,
cette fois, qui avait dit son nom. C'était ma belle-
mère.... Mme Macallan.

XXXVII.

AU CHEVET DU BLESSÉ.

Avant qu'elle eût prononcé une parole, je vis, sur
le visage de ma belle-mère, qu'elle apportait de
mauvaises nouvelles.

« Eustache?... » m'écriai-je.

Elle ne me répondit que par un regard de douleur.

« Ah ! repris-je, parlez... parlez vite! Je peux supporter tout, hormis cette angoisse. »

Mme Macallan étendant la main, me montra une
dépêche télégraphique qu'elle avait tenue cachée
dans les plis de son vêtement.

« Je me fie à votre courage, dit-elle; avec vous,
mon enfant, il est inutile de chercher des faux-
fuyants. Lisez ceci. »

Je lus le télégramme. Il était signé par le chirurgien en chef d'une ambulance, et daté d'un petit
village du nord de l'Espagne. Il était ainsi conçu :

« M. Eustache, grièvement blessé, dans une ren-
« contre, par une balle perdue. Pas en danger jus-
« qu'à présent. On prend de lui tous les soins possi-
« bles. Attendez un autre télégramme. »

Je détournai la tête et soutins de mon mieux l'affreuse douleur qui me déchira, à la lecture de cette dépêche. Ah! combien profondément je l'aimais!... il me sembla que je ne l'avais pas su jusqu'à ce moment.

Ma belle-mère passa son bras autour de moi et me serra tendrement sur son cœur. Elle me connaissait assez pour ne pas me parler en ce moment.

Je rassemblai mon courage et lui montrai la dernière ligne du télégramme.

« Est-ce que vous attendrez? demandai-je.

— Pas un jour, répondit-elle. Je vais au Foreign-Office pour un passe-port. J'ai là des amis. On me donnera des lettres, des renseignements, des recommandations. Je pars ce soir par la malle de Calais.

— Vous partez?.... dis-je; est-ce que vous supposez que vous partirez sans moi? Quand vous aurez votre passe-port, demandez le mien. A sept heures, ce soir, je serai chez vous. »

Elle essaya de me faire quelques objections : elle parla des dangers du voyage... Aux premiers mots, je l'arrêtai.

« Ne savez-vous pas, mère, combien je suis obstinée? On peut vous faire attendre au Foreign-Office. Ne perdez donc pas ici ces heures précieuses. »

Elle céda avec une bonne grâce qui n'était pas habituellement dans son caractère.

« Quand mon pauvre Eustache saura-t-il quelle femme il possède? »

Elle ne dit pas autre chose. Elle m'embrassa et partit dans sa voiture.

Mes souvenirs de ce voyage sont singulièrement vagues et imparfaits.

Quand je m'efforce de les rappeler, la mémoire des événements, plus nouveaux et plus intéressants, qui se sont passés à mon retour en Angleterre, se place au-devant de mes aventures en Espagne et les rejette dans un lointain plein d'ombre, où elles m'apparaissent comme arrivées il y a nombre d'années. Il me souvient confusément de retards et d'inquiétudes qui mirent à l'épreuve notre patience et notre courage. Parmi les amis que nous avons trouvés, grâce à nos lettres de recommandation, je me rappelle un secrétaire d'ambassade et un messager de la Reine, qui nous assistèrent et nous protégèrent dans une circonstance critique de notre voyage. Je vois passer dans mon esprit une longue succession d'hommes, également remarquables par leurs manteaux sales et leur linge blanc, par leur courtoisie raffinée vis-à-vis des femmes et leur cruauté sauvage pour les chevaux. Le dernier, le plus important de ces souvenirs, le seul vivant et présent à jamais, c'est celui de la misérable chambre d'une sordide auberge de village, dans laquelle nous trouvâmes notre pauvre bien-aimé, gisant entre la vie et la mort, insensible à tout ce qui se passait dans l'étroit petit monde qui entourait son chevet.

Il n'y avait rien de romanesque ou de singulier dans l'accident qui avait mis en danger la vie de mon mari.

Il s'était aventuré trop près du théâtre d'un combat — une misérable affaire — pour porter secours à un pauvre diable qui était resté blessé sur le terrain.... mortellement blessé, comme l'événement le prouva. Une balle atteignit Eustache en plein corps. Ses collègues de l'ambulance le retirèrent au risque de la vie et l'emportèrent à leur quartier. Il était leur benjamin à tous : patient, charmant, brave, il ne lui manquait qu'un peu plus de jugement pour être la plus précieuse recrue qu'eût faite leur vaillante confrérie.

En me faisant ce récit, le chirurgien ajouta, avec bonté et délicatesse, quelques mots sur les précautions que j'aurais à garder.

La fièvre causée par la blessure avait, comme d'habitude, amené avec elle le délire. L'esprit de mon pauvre mari, autant qu'on en pouvait juger par ses paroles incohérentes, était uniquement rempli de l'image de sa femme. L'infirmier qui le soignait en avait entendu assez, pendant les instants qu'il avait passés auprès de lui, pour convaincre le chirurgien que toute reconnaissance soudaine de ma personne aurait pour le blessé, s'il revenait à lui, les plus funestes conséquences. Dans l'état des choses, je pouvais prendre mon tour de garde auprès de lui et le soigner, sans qu'il y eût la plus petite chance qu'il s'en aperçût. Et cela pouvait durer des semaines. Mais, quand le jour viendrait où il serait déclaré hors de danger.... si ce bienheureux jour arrivait jamais.... je devais quitter son chevet, et attendre, pour me montrer, que le chirurgien m'en donnât la permission.

Ma belle-mère et moi, nous nous relevions l'une l'autre régulièrement, la nuit comme le jour, dans la chambre du malade.

Pendant ses heures de délire.... heures qui revenaient avec une impitoyable régularité.... mon nom était toujours sur les lèvres enfiévrées de mon pauvre adoré. L'idée qui le dominait était cette unique et effroyable pensée, que j'avais en vain combattue dans notre dernière entrevue. En présence du verdict prononcé par le jury, il était impossible que même sa femme pût réellement et

sincèrement être convaincue de son innocence !
Tous les rêves insensés qu'évoquait son imagination
désordonnée étaient inspirés par cette persuasion
obstinée. Il se figurait que je vivais encore avec lui,
dans ces affreuses conditions. Quoi qu'il pût faire,
je lui rappelais toujours la terrible·épreuve par
laquelle il avait passé. Il jouait son propre personnage et il jouait le mien. Il m'offrait une tasse de
thé, et je lui disais : « Nous avons eu une discussion
« hier, Eustache ; la tasse est-elle empoisonnée ?» Il
m'embrassait en gage de réconciliation, et je me
mettais à rire, et je lui disais : « Nous sommes au
« matin, mon amour ; mourrai-je ce soir à neuf heu-
« res ? » J'étais malade et alitée, et il me présentait
une médecine ; je le regardais d'un œil soupçonneux, en lui disant : « Vous aimez une autre femme ;
« y a-t-il dans la médecine quelque chose que le mé-
« decin ne connaisse pas ?» Tel était l'horrible drame
qui se jouait continuellement dans son cerveau.
C'est par centaines et centaines de fois que je le lui
ai entendu répéter, presque toujours dans les mêmes
termes. Dans d'autres crises, ses pensées se portaient sur mon projet désespéré de prouver son
innocence. Quelquefois il en riait, quelquefois il
s'en affligeait. Ou bien il imaginait des ruses pour
mettre, sans que je m'en aperçusse, des obstacles sur mon chemin. Il était particulièrement dur
pour moi quand il inventait ses stratagèmes et ses
empêchements. Il recommandait énergiquement
aux personnes imaginaires dont il se croyait en-
touré de ne pas hésiter à me faire souffrir, à me
torturer. « Ne faites pas attention si vous l'irritez,
« ne faites pas attention si vous la faites pleurer. C'est
« pour son bien ; c'est pour la sauver du danger dont

« la pauvre insensée ne se doute pas. Il ne faut pas
« avoir pitié d'elle quand elle vous dit qu'elle fait cela
« pour moi. Elle va se faire insulter, elle va se faire
« abuser, elle va se compromettre, sans le savoir.
« Arrêtez-la ! Arrêtez-la ! » C'était une faiblesse de ma
part, je le sais bien, je n'aurais pas dû oublier un
instant qu'il n'avait pas sa raison ; il n'en est pas
moins vrai que beaucoup de ces heures passées au
chevet de mon mari, furent pour moi des heures de
mortification et de douleur dont le pauvre ami était
l'unique et innocente cause.

Les semaines s'écoulaient, et il était toujours bal-
lotté entre la vie et la mort.

Je laissais passer les jours sans en garder le
compte, et je ne peux pas me remémorer maintenant la date exacte où se manifesta le premier changement favorable. Je me rappelle seulement que ce
fut au lever du soleil, par un beau matin d'hiver,
que nous fûmes enfin soulagées du lourd poids de
l'incertitude. Le chirurgien se trouvait auprès du lit,
quand son malade s'éveilla. La première chose que
fit le docteur, après avoir examiné Eustache, fut de
me prévenir par un signe de garder le silence, et de
me tenir hors de vue. Ma belle-mère et moi nous
savions toutes les deux ce que cela signifiait. Le
cœur plein, nous remerciâmes ensemble Dieu, qui
nous rendait, à moi mon mari, à elle son fils.

Le soir du même jour, me trouvant seule avec
ma belle-mère, nous nous hasardâmes à parler de
l'avenir... pour la première fois depuis que nous
avions quitté l'Angleterre.

« Le chirurgien m'informe, me dit Mme Macallan,
qu'Eustache est trop faible pour pouvoir supporter,
d'ici à quelques jours, rien qui ressemble à une

émotion ou à une surprise. Nous avons du temps pour examiner s'il convient de lui apprendre qu'il doit la vie autant à vos soins qu'aux miens. Votre cœur peut-il vous permettre de le quitter, Valéria, maintenant que la miséricorde de Dieu nous l'a rendu?

— Si je ne consultais que mon cœur, répondis-je, je ne le quitterais jamais plus. »

Mme Macallan me regarda avec une expression de grave surprise.

« Que pouvez-vous avoir à consulter en dehors de votre cœur? demanda-t-elle.

— Si lui et moi nous vivons, répliquai-je, j'ai à penser au bonheur de sa vie et au bonheur de la mienne durant les années à venir. Je puis supporter beaucoup, mère, mais je ne saurais supporter la douleur de le voir me quitter une seconde fois.

— Vous lui faites tort, Valéria.... je crois fermement que vous lui faites tort.... en admettant la possibilité qu'il lui vienne l'idée de vous quitter encore !

— Chère madame Macallan, avez-vous donc déjà oublié ce que nous lui avons entendu dire de moi pendant que nous veillions à son chevet?

— Nous avons entendu les divagations d'un homme en délire. Ne serait-il pas bien dur de rendre Eustache responsable de ce qu'il a dit, alors qu'il n'avait pas sa raison?

— Il est plus dur encore de résister à sa mère, alors qu'elle plaide pour lui. O la meilleure des amies ! je ne rends pas Eustache responsable de ce qu'il a dit sous l'empire de la fièvre; mais je vois là un avertissement. Les plus folles paroles que nous ayons entendu sortir de ses lèvres, ne sont toutes que l'écho fidèle de celles qu'il m'a dites à moi, alors qu'il était en pleine possession de la force et de la santé. Quel espoir puis-je conserver qu'il revienne à la vie avec d'autres dispositions d'esprit à mon sujet ? L'absence n'a pas changé ses idées. Dans le délire de la fièvre, comme en pleine santé, il garde sur moi le même doute affreux. Je ne vois qu'un moyen de le ramener à moi, c'est de détruire dans leur racine les raisons qu'il a de m'abandonner. Essayer encore de lui persuader que je crois à son innocence, serait inutile; il faut lui démontrer que cette croyance n'est plus nécessaire, il faut lui prouver que son innocence ne peut plus faire doute ni pour moi ni pour personne.

— Valéria!.... Valéria!.... vous perdez du temps et des paroles. Vous avez tenté l'expérience et vous savez aussi bien que moi que vous vous proposez l'impossible. »

Je n'avais rien à répondre à cela. Je ne pouvais rien dire de plus que ce que j'avais déjà dit.

« Voyons, admettons que vous retourniez chez Dexter poussée par la compassion pour un fou et un pauvre malheureux qui vous a grossièrement injuriée, vous ne pouvez y aller qu'accompagnée, bien entendu, par moi ou par quelque personne sûre. Vous pouvez rester assez longtemps seulement pour égayer l'imagination extravagante de cette créature et pour calmer pendant un moment sa cervelle détraquée. Supposons même que Dexter soit encore capable de vous aider dans quelque moment lucide, cela peut-il durer ? Pouvez-vous rester longtemps avec cet homme sur le pied d'une estime réciproque et d'une confiante familiarité... en le traitant en un mot comme un ami intime ? Répondez-moi honnêtement: Pourriez-vous vous résoudre à cela après ce qui s'est passé chez M. Benjamin ? »

J'avais raconté à ma belle-mère ma dernière entrevue avec Miserrimus Dexter, à cause de la confiance naturelle qu'elle m'inspirait comme parente et comme compagne de route; et voilà l'usage qu'elle faisait de mon renseignement! Je n'avais sans doute aucun droit de la blâmer. Le but justifie les moyens. Je n'avais qu'un choix à faire dans tous les cas; me fâcher ou lui répondre. Je lui répondis. J'avouais que je ne pourrais de nouveau permettre à Miserrimus Dexter de me traiter avec familiarité, comme un confident ou comme un ami intime.

Mme Macallan se servit sans pitié de l'avantage qu'elle venait de remporter.

« Eh bien! dit-elle, cette dernière ressource venant à vous manquer, quelle chance vous resterait-il?... Quel moyen emploieriez-vous? »

Je ne savais pourquoi, mais il ne m'était pas possible de trouver une seule réponse à ces questions. Je me sentais tout étrange. Je ne me retrouvais plus. Encouragée par mon silence, Mme Macallan frappa le dernier coup qui devait achever sa victoire.

« Mon pauvre Eustache est faible et fantasque, dit-elle, mais il n'est pas ingrat. Mon enfant! vous lui avez rendu le bien pour le mal; vous lui avez prouvé combien votre amour est sincère et dévoué, en souffrant pour lui toutes les peines, en vous exposant à tous les dangers. Ayez confiance en moi, ayez confiance en lui! Il ne pourra vous résister. Laissez-lui voir votre visage chéri, qu'il a toujours devant les yeux, même dans ses rêves, et qu'il contemple avec tant d'amour et de bonheur, ma fille.... et il sera de nouveau à vous, à vous pour la vie! »

Elle se leva, elle posa ses lèvres sur mon front,

sa voix prit un accent de tendresse qui m'était inconnu.

« Dites oui, Valéria, et vous serez pour moi. comme pour lui, plus chère encore que vous ne l'avez jamais été! »

Mon cœur passa de son côté, mon énergie était à bout. Aucune lettre de M. Playmore n'était venue me guider et m'encourager. J'avais résisté si longtemps et si vainement, j'avais fait tant d'efforts, j'avais tant souffert, j'avais rencontré de si amères déceptions, de si cruelles douleurs! Et puis Eustache était là, dans la chambre voisine, luttant péniblement pour revenir à la connaissance et à la vie... Comment aurais-je pu persister? En disant oui, si Eustache confirmait la confiance que sa mère avait en lui, je disais adieu à la plus chère ambition, au plus doux et au plus noble espoir de ma vie. Je le savais... et je dis oui.

C'en était donc fait, il allait falloir renoncer au grand combat, et entrer dans la voie de la résignation, en m'avouant vaincue!...

Ma belle-mère et moi nous couchions ensemble sous l'unique abri que l'auberge pouvait nous offrir, une sorte de grenier sous les combles de la maison. La nuit qui suivit notre conversation fut cruellement froide. Nous sentions l'âpreté de la température sous nos robes de chambre et nos manteaux de voyage étendus sur nous. Ma belle-mère dormait; mais le sommeil ne vint pas pour moi. J'étais trop inquiète, trop malheureuse en pensant au changement survenu dans ma position, et trop tourmentée par mes doutes sur la façon dont mon mari me recevrait, pour qu'il me fût possible de dormir.

Quelques heures s'étaient écoulées, et j'étais toujours absorbée dans mes tristes pensées, quand, tout à coup, j'eus conscience d'une nouvelle, d'une étrange sensation, qui m'étonna et m'inquiéta. Je me dressai sur mon séant, dans le lit, respirant à peine et toute troublée. Ce mouvement éveilla ma belle-mère.

« Êtes-vous malade? me demanda-t-elle; qu'avez-vous? »

J'essayai de lui exprimer, aussi bien que possible, ce que je ressentais. Avant même que j'eusse fini, elle parut comprendre. Elle m'attira tendrement dans ses bras et me pressa contre sa poitrine.

« Ma pauvre innocente enfant! dit-elle; est-il possible que vous ne vous doutiez pas de ce que c'est? Faut-il réellement que je vous le dise? »

Alors tout bas, elle murmura quelques mots à mon oreille. Ah! de ma vie oublierai-je la tempête de sentiments que ces quelques mots éveillèrent en moi, le singulier mélange de bonheur, de crainte, de surprise, de soulagement, d'orgueil, et d'humilité qui remplit tout mon être et, à partir de ce moment, fit de moi une nouvelle femme. Maintenant, je le savais. Si Dieu m'accordait quelques mois encore d'existence, je pouvais espérer la plus pure, la plus sacrée de toutes les joies humaines... la joie d'être mère.

Je ne sais comment le reste de la nuit se passa, mes souvenirs ne me reviennent qu'au moment de la matinée, où j'allai respirer l'air glacial de l'hiver dans la plaine marécageuse qui se trouvait derrière l'auberge.

J'ai dit que je me sentais une femme nouvelle. Le matin me trouva avec une nouvelle résolution et une nouvelle énergie. Quand je songeais maintenant à l'avenir, ce n'était plus seulement à mon mari que j'avais à penser. L'honneur de son nom ne nous intéressait plus seuls, lui et moi; il allait bientôt devenir le plus précieux héritage qu'il laisserait à son enfant. Qu'avais-je fait, grand Dieu! dans l'ignorance de cette situation nouvelle? J'avais renoncé à l'espoir de laver son nom de la tache, si légère qu'elle fût, qui y était imprimée! Notre enfant serait exposé à entendre des méchants lui dire : « Ton « père a passé en jugement pour le plus vil de tous « les assassinats, et il n'a jamais été absolument ac- « quitté des charges qui pesaient sur lui. » Pouvais-je affronter les glorieux périls de l'enfantement avec cette possibilité constamment présente à mon esprit? Non!... non! pas avant d'avoir tenté de nouveaux efforts pour sonder et pénétrer la conscience de Misserrimus Dexter. Non!... non! pas avant d'avoir recommencé la lutte et fait briller à la lumière du jour, la vérité qui justifierait l'époux et le père!

Je revins à la maison, ranimée et déterminée. J'ouvris mon cœur à mon amie, à ma mère, et je lui dis franchement le changement qui s'était opéré en moi depuis la dernière fois que nous avions parlé d'Eustache.

Elle fut plus que contrariée, elle se montra presque offensée. Quoi! un secours providentiel se présentait; le bonheur qui allait nous venir établirait un nouveau lien entre mon mari et moi; toute autre considération devant celle-là n'était que folie pure. Si je quittais en ce moment Eustache, il deviendrait un être sans cœur et sans raison; je regretterais jusqu'à la fin de mes jours d'avoir laissé échapper la plus heureuse chance que pût m'offrir ma vie d'épouse.

J'eus à livrer un rude combat. Bien des doutes
cruels vinrent m'assaillir. Mais, cette fois, je demeurai ferme. L'honneur du père, l'héritage de l'enfant,
j'avais sans cesse ces deux pensées présentes à mon
esprit. Quelquefois l'appui que je cherchais me faisait défaut, et alors, comme une pauvre insensée,
je me laissais aller à une explosion de larmes, dont
j'avais toujours honte ensuite. Mais mon obstination naturelle, pour parler comme ma belle-mère,
finit par prendre le dessus. De temps en temps, je
jetais des regards furtifs sur Eustache pendant qu'il
dormait et cela aussi me venait en aide. Ces courtes
échappées près de mon mari, quoiqu'elles fissent
parfois tristement saigner mon cœur, me laissaient
néanmoins plus forte. Explique qui pourra cette
contradiction.

Je fis une concession à ma belle-mère. Je con-
sentis à attendre deux jours avant de prendre mes
dispositions pour mon retour en Angleterre. Elle
pouvait espérer que je changerais d'avis dans l'intervalle.

Bien me prit de lui avoir cédé dans cette mesure.
Le second jour, c'est-à-dire la veille de mon départ,
le chirurgien en chef de l'ambulance envoya chercher au bureau de poste de la ville voisine les lettres
qui pouvaient être à son adresse ou confiées à ses
soins. Le messager rapporta une lettre pour moi.
Je crus reconnaître l'écriture, et je ne me trompais
pas. La réponse de M. Playmore me parvenait enfin !

Si un changement de résolution avait pu entrer
dans mes idées, la lettre de cet excellent ami serait
arrivée à temps pour m'en préserver. Je détache de
cette lettre les passages essentiels, et qui montrent
quel encouragement j'y pouvais trouver dans un

moment où j'avais tant besoin d'être réconfortée
par des paroles amicales.

« ...Laissez-moi vous dire, » écrivait M. Playmore,
« ce que j'ai fait pour vérifier la conclusion qu'indique votre lettre. »

« J'ai retrouvé l'un des domestiques mis en senti-
« nelle dans le corridor, durant la nuit qui a suivi
« la mort de la première femme de M. Eustache,
« à Gleninch. Cet homme se rappelle parfaitement
« que Miserrimus Dexter apparut soudainement
« devant lui et devant ses camarades, longtemps
« après que le silence de la nuit régnait partout dans
« la maison. Dexter leur dit : « Vous ne verrez, je
« suppose, aucun inconvénient à ce que j'aille lire
« dans le cabinet d'étude. Je ne puis dormir, après
« ce qui est arrivé, et j'ai besoin de distraire mon es-
« prit de manière ou d'autre. » Ces hommes n'avaient
« pas d'ordre pour empêcher personne d'entrer dans
« le cabinet d'étude. Ils savaient que la porte de
« communication avec la chambre à coucher était
« fermée et que les clés des deux autres portes qui
« y donnaient accès étaient en la possession de
« M. Gale. Ils laissèrent donc Dexter entrer dans le
« cabinet d'étude. Il ferma la porte, la porte qui
« s'ouvrait sur le corridor, et resta là pendant
« quelque temps. Ce temps, il le passa, pour les
« domestiques en sentinelle, dans le cabinet d'étude ;
« mais, pour nous, dans la chambre mortuaire. Cela
« résulte avec évidence de ce qui lui est échappé
« dans son entrevue avec vous. Maintenant, il ne
« pouvait entrer dans la chambre, comme vous
« l'avez à bon droit supposé, que par un seul moyen,
« la possession de la clé perdue. Combien de temps

« resta-t-il là? C'est ce que je n'ai pu découvrir.
« Mais ce point est de peu d'importance. Le domes-
« tique se rappelle qu'il sortit du cabinet d'étude,
« pâle comme un mort, et qu'il passa devant eux
« sans dire un mot, pour reprendre le chemin de sa
« chambre.

« Tels sont les faits. La conclusion à laquelle ils
« conduisent est grave au plus haut degré. Ils justi-
« fient tout ce que je vous ai confié dans mon cabi-
« net, à Édimbourg. Vous vous rappelez ce qui a été
« dit entre nous. Je n'ai pas besoin d'y revenir encore.

« En ce qui vous concerne, vous avez innocem-
« ment éveillé chez Miserrimus Dexter un sentiment
« que je n'essaierai pas de caractériser. Il y a quel-
« que chose, je l'ai constaté moi-même, dans vos
« traits et surtout dans votre démarche, qui peut
« rappeler la défunte Mme Eustache à ceux qui
« l'ont bien connue. Ces rapports lointains ont dû
« nécessairement produire de l'effet sur l'esprit
« malade de Dexter. Sans nous étendre sur ce sujet,
« permettez-moi seulement de vous rappeler qu'il
« s'est montré, comme conséquence de l'influence
« que vous exercez sur lui, incapable, dans ses
« moments d'agitation, de réfléchir avant de parler
« quand il se trouve en votre présence. Il n'est pas
« simplement possible, il est grandement probable
« qu'il se trahira encore plus sérieusement qu'il ne
« l'a fait déjà, si vous lui en donnez l'occasion. Je
« vous devais, sachant quel intérêt vous guide, de
« m'expliquer nettement sur ce point. Je ne fais
« aucun doute que vous ne vous soyez rapprochée
« d'un grand pas du but que vous vous proposez
« d'atteindre.

« Je vois dans votre lettre et dans mes découvertes

« la preuve palpable que Dexter doit avoir eu avec
« la défunte de certains rapports que nous igno-
« rons, rapports innocents, j'en suis certain, du moins
« en ce qui la concerne, et cela non-seulement au
« moment de la mort, mais quelques semaines au-
« paravant. Je ne saurais dissimuler, ni à moi-
« même ni à vous, la ferme persuasion où je suis,
« que si vous réussissez à connaître la nature de
« ces relations, vous arriverez, selon toutes les pro-
« babilités humaines, à prouver l'innocence de votre
« mari. C'est mon devoir d'honnête homme d'en
« convenir avec nous ; c'est mon devoir d'honnête
« homme aussi d'ajouter que, même avec la récom-
« pense que vous avez en vue, je ne puis en cons-
« cience vous conseiller de risquer tout ce que vous
« avez à risquer en voyant Miserrimus Dexter. Dans
« cette difficile et délicate matière, je ne puis ni ne
« veux assumer aucune responsabilité. La décision
« finale ne peut être laissée qu'à vous-même. La
« seule faveur que je vous supplie de m'accorder,
« c'est de me faire connaître, aussitôt que vous
« serez fixée, la résolution que vous aurez prise. »

Les difficultés que mon digne correspondant pres-
sentait, n'étaient pas des difficultés à mes yeux. Je
ne possédais pas, en matière judiciaire, l'esprit
pratique de M. Playmore, et mon parti de revoir
Miserrimus Dexter était pris, quoiqu'il en pût adve-
nir, avant que j'eusse terminé la lecture de la lettre.

La malle-poste pour la France traversait la fron-
tière le lendemain. Il y avait pour moi une place à
prendre, sous la protection du conducteur. Sans
consulter âme qui vive, téméraire et allant comme
toujours tête baissée... je la pris.

XXXVIII.

RETOUR.

Si j'avais voyagé dans ma voiture, la fin de ce
récit n'aurait jamais été écrite. Avant que j'eusse
roulé une heure sur la route, j'aurais appelé le
cocher et je lui aurais donné l'ordre de rebrousser
chemin.

Qui peut répondre d'être toujours résolu?

En posant cette question, je parle des femmes
et non des hommes. J'avais été résolue en fer-
mant l'oreille aux doutes et aux avertissements de
M. Playmore; j'avais été résolue, en tenant tête
à ma belle-mère; résolue encore en prenant place
dans la malle-poste française. Il n'y avait pas dix
minutes que j'avais quitté l'auberge, que mon courage faiblissait.

Je me disais : « Malheureuse, tu abandonnes ton
mari ! » et pendant des heures, si j'avais pu faire
arrêter la voiture, je l'eusse fait. Je haïssais le conducteur, le meilleur des hommes. Je haïssais les
petits chevaux espagnols qui m'emportaient, les
plus gentils animaux qui aient jamais fait tinter les
clochettes de leurs colliers. Je haïssais le brillant
soleil qui donnait au chemin un air de fête, et l'air
pur qui bon gré mal gré me forçait à respirer avec
délices. Jamais voyage ne me parut plus pénible
que ce calme et charmant voyage. Une seule chose
m'aida à supporter avec résignation la douleur qui

me torturait : c'était une boucle de cheveux dérobée sur la tête d'Eustache. Nous nous étions levé·s à une heure du matin; Eustache était encore profondément endormi. J'avais pu me glisser dans sa chambre, l'embrasser en pleurant, et couper une mèche de ses cheveux sans avoir été vue. Comment avais-je trouvé en moi assez de résolution pour le quitter? c'est ce dont je ne puis encore me rendre bien compte en ce moment. Je pense que ma belle-mère m'y avait aidée, sans intention de le faire. Elle était entrée dans la chambre, la tête haute, l'œil sec, et m'avait dit avec une impitoyable fermeté d'accent : « Si vous persistez à vouloir partir, Valéria, la voiture est là. » Toute femme ayant une étincelle de fierté dans le cœur eût persisté à vouloir. J'avais donc persisté... et j'étais partie.

Et maintenant j'en avais regret. Pauvre humanité !

Le temps a la réputation d'être le plus grand consolateur des mortels affligés. Dans mon opinion, on lui fait plus d'honneur qu'il n'en mérite. La distance accomplit la même œuvre bienfaisante, plus promptement et plus efficacement encore, si le changement de lieux lui vient en aide. Sur la route de Paris, je devins capable d'envisager raisonnablement ma position.

Je me répétai alors que, malgré la confiance de sa mère, mon mari aurait bien pu m'accueillir beaucoup plus rapidement qu'elle ne l'imaginait. Il y avait peut-être pour moi des inconvénients à retourner chez Miserrimus Dexter ; mais n'était-il pas non moins imprudent de revenir, sans y être invitée, près d'un mari qui avait déclaré le bonheur impossible entre nous et notre vie commune à jamais close et finie. Qui sait, d'ailleurs, si l'avenir ne justifierait pas ma persévérance, non-seulement à mes yeux, mais aux siens? Qui sait s'il ne dirait pas un jour : « Oui, elle s'est mêlée de ce qui ne la regardait pas; « elle s'est montrée obstinée, quand elle aurait dû « entendre la raison; elle m'a quitté dans un mo- « ment où toute autre femme serait restée près de « moi... mais le résultat l'absout, le résultat lui a « donné raison. »

Je restai un jour à Paris, d'où j'écrivis trois lettres.

La première à Benjamin, qui l'avertissait de mon arrivée pour le lendemain soir. La deuxième à M. Playmore, le prévenant, en temps utile, que mon intention était de faire un nouvel effort pour percer le mystère de Gleninch. La troisième, quelques lignes seulement, était pour Eustache. Je lui avouais que j'avais pris ma part des soins qui lui avaient été donnés pendant la période dangereuse de sa maladie; je lui confessais l'unique raison qui m'avait décidée à le quitter; je le priais de suspendre son jugement sur moi jusqu'à ce que le temps eût prouvé que je l'aimais plus tendrement que jamais. J'adressai cette lettre sous enveloppe à ma belle-mère, laissant à sa discrétion le choix du moment où elle la remettrait à son fils. Tout ce que je demandais d'une façon formelle à Mme Macallan, c'était de ne pas faire savoir à Eustache quel nouveau lien il y avait entre nous. Bien qu'il eût séparé sa vie de la mienne, je tenais à ce qu'il n'apprît pas cette nouvelle d'une autre bouche que de la mienne. Pourquoi j'y tenais?... Peu importe. Il est certains points délicats que je dois garder pour moi seule.

Mes lettres écrites, j'avais fait tout ce que je devais

faire. J'étais libre de risquer ma dernière carte
dans la partie, la douteuse et hasardeuse partie, dont
les chances actuelles n'étaient ni tout à fait pour
moi, ni tout à fait contre moi.

XXXIX.

PRÈS DE RETOURNER CHEZ DEXTER

« Je le déclare à la face du ciel, Valéria, je crois
que la folie de ce monstre est contagieuse... et que
vous l'avez gagnée ! »

Telle fut l'opinion exprimée sur moi par Benjamin
à mon arrivée à la villa, lorsque je lui eus fait part
de mon intention de retourner, accompagnée par
lui, chez Miserrimus Dexter.

Absolument résolue à en venir à mes fins, je pouvais mettre à l'épreuve l'influence de mes plus doux
moyens de persuasion. Je suppliai mon bon vieil
ami d'avoir pour moi un peu d'indulgence.

« Rappelez-vous ce que je vous ai déjà dit, ajoutai-je ; il est d'une très-sérieuse importance pour
moi de revoir Dexter. »

Je ne réussis qu'à jeter de l'huile sur le feu.

« Le revoir ! s'écria-t-il avec indignation. Revoir
celui qui vous a grossièrement offensée sous mon
toit, dans cette chambre même ? Suis-je vraiment
éveillé ?... Je dois dormir et rêver ! »

C'était mal à moi, je le sais, mais la vertueuse
indignation de Benjamin était vertueuse à un tel
excès qu'elle éveilla en moi mon esprit de malice.

Je ne pus résister à la tentation· de heurter le sentiment des convenances de Benjamin, en envisa-
geant à mon tour la chose à un point de vue auda-
cieusement libéral.

« Doucement, mon bon ami, doucement! dis-je;
ne devons-nous pas avoir quelque indulgence pour
un homme qui souffre des infirmités et qui vit de la
vie de Dexter. Je commence à me demander si moi-
même je n'ai pas pris les choses avec une certaine
exagération de pruderie. Une femme qui se respecte,
et dont le cœur tout entier est avec son mari n'est
pas si gravement offensée parce qu'une misérable
créature infirme couvre sa main de baisers un peu
trop vifs. D'ailleurs, je lui ai pardonné, vous devez
lui pardonner aussi. Il n'y a pas à craindre qu'il
s'oublie de nouveau, quand vous serez là avec moi.
Sa maison est une véritable curiosité, et je suis sûre
qu'elle vous intéressera. Les peintures seules valent
le voyage. Je lui écrirai aujourd'hui, et nous irons
le voir ensemble demain. Nous nous devons à nous-
mêmes, si nous ne le devons pas à M. Dexter, de lui
rendre sa visite. Regardez autour de nous, Benjamin, vous verrez que la bienveillance envers tous
est la grande vertu du temps où nous vivons. Le
pauvre M. Dexter doit avoir le bénéfice des principes en faveur. Allons! allons! marchez avec votre
siècle! ouvrez votre esprit aux idées nouvelles. »

Sans même répondre à ma courtoise invitation,
le vieux Benjamin se précipita sur le temps où nous
vivons, comme un taureau sur un morceau d'étoffe
rouge.

« Ah! ah! s'écria-t-il, les idées nouvelles! Fort
bien! Par tous les moyens, Valéria, allons aux nouvelles idées! L'ancienne morale est dans le faux,

les anciennes voies sont impraticables. Marchons avec le temps où nous vivons ! Rien ne manque au temps où nous vivons. La femme en Angleterre et le mari en Espagne, mariés ou non mariés, vivant ou ne vivant pas ensemble, c'est tout un, selon les nouvelles idées. J'irai chez Dexter avec vous, Valéria, je serai digne de la génération au milieu de laquelle je vis. Quand nous en aurons fini avec Dexter, ne faisons pas les choses à demi, allons nous gorger de la science nouvelle à quelque conférence. Allons écouter le nouveau professeur, l'homme qui était derrière le rideau lors de la Création, et qui sait depuis A jusqu'à Z comment le monde a été fait, et combien il a fallu de temps pour le faire. Il y a aussi son autre confrère; n'allons pas oublier le moderne Salomon qui laisse bien loin derrière lui l'ancien et ses proverbes ; le philosophe tout battant neuf qui considère les consolations de la religion comme d'inoffensifs joujoux et qui est assez bon pour dire qu'il aurait peut-être été plus heureux s'il avait été assez enfant pour jouer lui-même avec eux. Oh! les nouvelles idées ! qu'elles sont consolantes, comme elles élèvent l'âme! quelles belles découvertes ont été faites par les nouvelles idées! Nous étions tous des singes avant d'être des hommes, et des molécules avant d'être des singes !... Tout est bien, tout n'est rien. J'irai avec vous, Valéria, je suis prêt. Le plus tôt sera le mieux. Allons chez Dexter! allons chez Dexter!

— Je suis on ne peut plus charmée, dis-je, que vous consentiez à m'accompagner, mais ne faisons pas les choses avec précipitation. Demain, à trois heures de l'après-midi, il sera temps de nous rendre chez Dexter. Je vais lui écrire à l'instant et le prier de nous attendre. Où allez-vous?

— Je vais débarbouiller mon esprit du *cant*, dit gravement Benjamin, je vais à la bibliothèque.

— Qu'allez-vous lire?

— Je vais lire le *Chat botté*, le *Petit Poucet*, ou quelque autre ouvrage où je serai certain de ne rien trouver des idées avancées du siècle dans lequel nous vivons. »

Sur ce dernier trait lancé aux idées nouvelles, mon vieil ami me quitta pour quelques instants.

Après avoir envoyé mon billet, je me trouvai ramenée, avec une certaine inquiétude, à songer à l'état de santé de Miserrimus Dexter. Comment avait-il passé le temps qui s'était écoulé depuis mon départ pour l'Espagne? N'y avait-il personne autour de moi qui pût m'en donner des nouvelles? M'en enquérir auprès de Benjamin, c'était provoquer une nouvelle discussion... Pendant que je réfléchissais ainsi, la vieille gouvernante entra pour quelque soin de ménage dans la pièce où je me trouvais. Je me hasardai à lui demander si, depuis que j'étais partie, elle n'avait rien appris sur l'extraordinaire personnage qui l'avait si sérieusement effrayée dans une précédente occasion.

La gouvernante secoua la tête. Elle me parut juger d'assez mauvais goût toute allusion à un pareil sujet.

« Une semaine environ après votre départ, madame, dit-elle avec une extrême sévérité de manières et un soin excessif dans le choix de ses mots, la personne que vous mentionnez a eu l'impudeur d'envoyer une lettre pour vous. Le messager a été informé, par les ordres de mon maître, que vous étiez en voyage, et a été renvoyé, lui et sa lettre. Peu de temps après, madame, comme je prenais le thé avec la gouvernante de Mme Macallan, il m'est arrivé d'éntendre de nouveau parler de ce personnage. Il s'était rendu, dans sa voiture, chez Mme Macallan, pour s'informer de vous. Comment parvient-il à s'asseoir, sans jambes pour le tenir en équilibre? voilà ce qui dépasse mon intelligence... Mais ce n'est pas de cela qu'il s'agit. Qu'il ait des jambes ou non, la gouvernante de Mme Macallan l'a vu, et elle dit, comme je l'ai dit moi-même, qu'elle ne l'oubliera jamais jusqu'à son dernier soupir. Elle l'a informé, quand elle est revenue à elle, de la blessure de M. Eustache et de votre départ, en compagnie de Mme Macallan, pour aller le soigner. L'être alors s'en est allé, — m'a dit la gouvernante, — avec des larmes plein les yeux et des jurons plein la bouche; c'était affreusement choquant. Voilà tout ce que je sais sur cette personne, madame, et j'espère que vous m'excuserez si je m'aventure à dire qu'un tel sujet, pour de bonnes raisons, m'est extrêmement désagréable. »

Elle me fit une cérémonieuse révérence et sortit.

Restée seule, je me sentis plus perplexe et plus incertaine que jamais, en songeant à l'épreuve que j'allais tenter le lendemain. Toute part faite à l'exagération, ce qu'on me rapportait de la sortie de Miserrimus, quittant la maison de Mme Macallan, me faisait conjecturer qu'il n'avait pas supporté très-patiemment mon absence, et qu'il était toujours loin de donner à ses nerfs le repos dont ils avaient tant besoin.

Le lendemain matin m'apporta la réponse de M. Playmore à la lettre que je lui avais adressée de Paris.

Il écrivait très-brièvement, n'approuvant ni ne

blâmant ma décision, mais revenant avec instance sur sa recommandation de me faire accompagner par un témoin compétent, lors de mon entrevue avec Dexter. La partie la plus intéressante de sa lettre se trouvait à la fin.

« Vous devez vous préparer, » écrivait M. Playmore, « à trouver M. Dexter bien changé. Un de mes « amis est allé le voir pour affaire, et il a été frappé de « l'altération qu'il a observée en lui. Votre présence « produira sûrement son effet dans un sens ou dans « un autre. Je n'ai pas d'instructions à vous donner « sur la façon de vous y prendre avec lui; vous « devez vous laisser guider par les circonstances. « Votre tact personnel vous dira s'il est sage ou non « de l'encourager à parler de la défunte femme de « M. Eustache. Les chances pour qu'il se trahisse « se bornent toutes, je pense, à ce sujet de conver- « sation. Tenez-vous-y donc, si c'est possible. »

La lettre avait un post-scriptum ainsi conçu :

« Demandez à M. Benjamin s'il était assez près de « la porte de la bibliothèque pour entendre M. Dex- « ter quand il vous a parlé de son entrée dans la « chambre à coucher, la nuit de la mort de Mme Eus- « tache Macallan. »

J'adressai la question à Benjamin quand nous nous trouvâmes réunis pour le lunch, avant notre départ pour le faubourg éloigné qu'habitait Miserrimus Dexter. Mon vieil ami paraissait toujours aussi hostile à la démarche projetée. Il fut plus grave et plus avare de ses paroles qu'il n'en avait l'habitude.

« Je n'ai pas coutume d'écouter aux portes, répondit-il; mais il y a des gens qui ont des voix qu'on est obligé d'entendre. M. Dexter est de ces gens.

— Dois-je conclure de là que vous l'avez entendu? demandai-je.

— La porte et la muraille n'ont pu étouffer sa voix, répondit Benjamin. J'ai entendu ce qu'il disait... et j'ai pensé que c'était infâme. Voilà.

— J'ai besoin aujourd'hui que vous fassiez plus que de l'entendre, osai-je lui dire. Il se peut que j'aie besoin que vous preniez note de notre conversation, pendant que M. Dexter me parlera. Vous aviez l'habitude d'écrire les lettres de mon père sous sa dictée. Avez-vous un de vos petits agendas à sacrifier? »

Benjamin leva les yeux de son assiette avec une expression de sévère surprise.

« Écrire sous la dictée d'un grand négociant, qui mène une importante correspondance, est une chose, Valéria, et c'en est une autre que de coucher sur le papier les sottises d'un monstrueux et méchant fou qu'on devrait garder en cage. Votre excellent père, Valéria, ne m'aurait jamais demandé cela.

— Pardonnez-moi, Benjamin, mais je suis réellement dans la nécessité de vous le demander. Vous pouvez m'être d'une excessive utilité. Allons, cédez encore cette fois, mon bon et cher ami, par affection pour moi. »

Benjamin reporta ses regards sur son assiette avec une touchante résignation, qui me fit comprendre que j'avais obtenu gain de cause.

« J'ai été toute ma vie attaché aux cordons de son tablier, l'entendis-je grommeler pour lui-même; et il est trop tard aujourd'hui pour rompre ma chaîne. »

Il releva de nouveau la tête et me regarda.

« Je croyais m'être définitivement retiré des affaires; mais il paraît qu'il faut que je redevienne
commis; c'est bien. Quel est le nouveau genre de
travail qu'on attend de moi, cette fois? »

On vint annoncer que le fiacre attendait devant la
porte de la villa, au moment où il m'adressait cette
question. Je me levai, je pris son bras, et je déposai
un baiser reconnaissant sur sa vieille joue rosée.

« Rien que deux choses, lui dis-je : Vous asseoir
derrière M. Dexter, de manière à ce qu'il ne puisse
vous voir, mais en ayant soin, en même temps, de
vous placer de façon à ce que vous puissiez me
voir, moi.

— Moins je verrai M. Dexter, plus j'en serai satisfait, marmotta Benjamin. Qu'aurai-je à faire, après
avoir pris place derrière M. Dexter?

— Vous attendrez que je vous fasse un signe, et,
quand vous m'aurez vu vous faire ce signe, vous
commencerez à prendre par écrit sur votre agenda
ce que dira M. Dexter... puis vous continuerez jusqu'à ce que je vous fasse un autre signe qui vous
indiquera que vous devez cesser d'écrire.

— Bien, dit Benjamin; quel est le signe pour commencer, et quel est le signe pour cesser? »

Je n'étais pas préparée à répondre à sa question.
Je lui demandai de m'aider en m'ouvrant une idée.
Non! Benjamin ne voulait prendre à ceci aucune
part active. Il était résigné au rôle d'instrument
passif; c'était toute la concession qu'il pouvait me
faire.

Abandonnée à mes seules ressources, je ne trouvais pas facile d'imaginer un système télégraphique
qui pût suffisamment avertir Benjamin sans éveiller

les soupçons de Dexter. Je me regardais dans la glace pour voir si je ne découvrirais pas dans ma toilette quelque chose qui me suggérerait une idée; mes boucles d'oreilles me la fournirent.

« J'aurai soin, dis-je, de m'asseoir dans un fauteuil. Quand vous me verrez appuyer mon coude sur le bras du fauteuil et porter ma main à ma boucle d'oreille, comme pour jouer avec... mettez par écrit ce qu'il dira et continuez jusqu'à ce que... voyons... jusqu'à ce que vous m'entendiez déplacer mon fauteuil. A ce bruit, arrêtez-vous. Est-ce compris?

— C'est compris. »

Nous partîmes pour la maison de Dexter

LX.

NÉMÉSIS APPARAÎT ENFIN!

Ce fut, cette fois, le jardinier qui nous ouvrit la porte. Il avait évidemment reçu ses instructions en prévision de notre arrivée.

« Madame Valéria? demanda-t-il.

— Oui.

— Et un ami?

— Et un ami.

— Montez, je vous prie; vous connaissez la maison? »

En traversant le vestibule, je m'arrêtai un moment et je jetai un coup d'œil sur la canne favorite de Benjamin, qu'il tenait à la main.

« Votre canne ne pourra que vous embarrasser, dis-je. Ne feriez-vous pas mieux de la laisser ici?

— Ma canne peut être utile là-haut, répondit Benjamin d'un ton bourru; je n'ai pas oublié ce qui est arrivé dans la bibliothèque. »

Je n'avais pas le temps de discuter avec lui, je lui montrai le chemin en montant l'escalier.

Quand j'arrivai au premier palier, je tressaillis en entendant un cri qui semblait partir de la chambre au-dessus. Cela ressemblait à un cri de douleur, et ce cri se répéta deux fois avant notre entrée dans l'antichambre circulaire. Je fus la première à m'avancer vers la pièce intérieure et à voir le multiface Miserrimus Dexter sous un nouvel aspect de son caractère.

L'infortunée Ariel était debout près d'une table où une assiette de gâteaux était placée devant elle. Autour de chacun de ses poignets était nouée une corde dont les bouts, à une distance de quelques mètres, étaient entre les mains de Dexter.

« Essaye encore, ma belle! entendais-je dire à Dexter au moment où je m'arrêtai sur le seuil de la porte. Prends un gâteau! »

A ces mots impliquant un ordre, Ariel obéit en tendant un bras vers l'assiette. Mais au moment où elle touchait un gâteau du bout de ses doigts, sa main fut prestement écartée par une secousse imprimée à la corde, avec une violence si sauvage et si cruellement diabolique, que je fus tentée de saisir la canne de Benjamin et de la casser sur le dos de Dexter. Ariel supporta cette fois la douleur avec l'impassibilité muette d'une Spartiate; la position dans laquelle elle se trouvait lui permettait de me voir la première et elle m'avait aperçue. Ses dents étaient serrées et sa face était rouge de l'effort qu'elle fit pour se contenir; mais elle ne laissa pas, en ma présence, échapper même un soupir.

« Lâchez cette corde! m'écriai-je avec indignation, rendez-lui la liberté, monsieur Dexter, où je quitte à l'instant cette maison. »

Au son de ma voix, Dexter poussa un cri de joie strident. Il me dévora des yeux avec une ardente expression de bonheur.

« Entrez!... entrez!... cria-t-il. Voyez où j'en suis réduit pour tromper les insupportables tortures de l'attente. Voyez comme je tue le temps quand vous n'êtes pas là. Entrez!... entrez!... J'étais dans mes méchantes humeurs, il faut que je dompte quelque chose. J'étais en train de dompter Ariel. Regardez-la. Elle n'a rien mangé de toute la journée, et elle n'a pas été assez vive pour saisir jusqu'à présent un seul morceau de gâteau. Vous n'avez pas d'ailleurs à vous apitoyer sur elle. Ariel n'a pas de nerfs... je ne lui fais aucun mal.

— Ariel n'a pas de nerfs, répéta Ariel, en me blâmant de m'interposer entre elle et son Maître, il ne me fait aucun mal. »

J'entendis Benjamin remuer sa canne derrière moi.

« Lâchez cette corde! répétai-je plus violemment encore. Lâchez-la... ou je vous quitte à l'instant. »

Ma violence fit tressaillir Miserrimus Dexter.

« Quelle voix merveilleuse! s'écria-t-il en déliant les cordes. Prends les gâteaux, » ajouta-t-il en s'adressant à Ariel du ton d'un potentat.

Ariel passa devant moi, les cordes dénouées pendaient à ses poignets, elle tenait l'assiette de gâteaux à la main. Elle me fit un signe de tête pour me narguer.

« Ariel n'a pas de nerfs, répéta-t-elle encore avec
fierté. Il ne me fait aucun mal.

— Vous voyez! dit Miserrimus Dexter; il n'y a pas
de mal, et j'ai lâché la corde dès que vous me l'avez
dit. Ne commencez pas par être dure pour moi, après
votre longue absence, madame Valéria. »

Il cessa de parler. Benjamin, debout et en silence
sur le seuil de la porte, attira son intention pour la
première fois.

« Qui est celui-ci ? » demanda-t-il.

Et il fit rouler sa chaise vers la porte, d'un air
soupçonneux.

« Ah! je sais ! s'écria-t-il, avant que j'eusse pu répondre. Celui-ci est le bienveillant gentleman qui
me paraissait le refuge des affligés la première
fois que je le vis. Vous avez changé depuis lors à
votre désavantage, monsieur. Vous avez pris un
nouveau rôle... vous personnifiez la justice venge-
resse. Votre nouveau protecteur, madame Valéria?... Je comprends! »

Il salua très-bas Benjamin avec une farouche
ironie,

« Votre humble serviteur, monsieur le représentant
de la justice! Je vous ai mérité... et je me soumets à
vous. Entrez, monsieur. Je ferai en sorte que votre
nouvelle fonction soit une sinécure. Cette dame est
la lumière de ma vie. Surprenez-moi à lui manquer
de respect, si vous pouvez! »

Il tourna le dossier de sa chaise roulante devant
Benjamin, jusqu'à ce qu'il fût parvenu à la place où
je me tenais.

« Votre main, lumière de ma vie ? murmura-t-il
de sa voix la plus douce, votre main... rien que pour
faire voir que vous m'avez pardonné! »

Je lui donnai ma main.

« Un seul respectueux baiser! reprit-il d'un ton suppliant, rien qu'un! »

Il baisa ma main religieusement, puis la laissa en poussant un profond soupir.

« Ah! pauvre Dexter, dit-il, pris de pitié pour lui-même dans toute la sincérité de son égoïsme, un cœur si chaud! Consumé dans la solitude, raillé pour sa difformité! Triste!... triste!... Ah! pauvre Dexter!... »

Il se tourna de nouveau du côté de Benjamin avec un retour de sa sauvagerie sarcastique.

« Une belle journée, monsieur! dit-il, bien agréable après les pluies continues que nous venons d'avoir. Puis-je vous offrir quelques rafraîchissements? Ne voulez-vous pas vous asseoir? Un représentant de la justice, quand il n'est pas plus grand que vous, fait mieux dans une chaise.

— Et un singe fait mieux dans une cage! » répliqua Benjamin, rendu furieux par l'allusion faite à l'exiguité de sa taille.

Cette réplique ne produisit aucun effet sur Miserrimus Dexter, il la laissa passer sans paraître l'avoir entendue. Il avait encore changé, il était pensif et abattu, ses yeux étaient fixés sur moi avec une attention mêlée de tristesse et de ravissement. Je pris le fauteuil le plus proche, après avoir préalablement lancé un coup d'œil à Benjamin, qui me comprit sur le-champ. Il se plaça derrière Dexter de manière à avoir les yeux sur mon fauteuil. Ariel dévorait silencieusement ses gâteaux, accroupie sur un escabeau aux pieds de Dexter, et les yeux fixés sur lui comme un chien fidèle. Il se fit un moment de silence et de calme. Je pus alors observer Miserrimus Dexter sans être dérangée, pour la première fois depuis mon arrivée.

Je ne fus pas surprise.... mais positivement alarmée par le déplorable changement qui s'était produit en lui depuis la dernière fois que je l'avais vu. La lettre de M. Playmore ne m'avait pas préparée à des ravages semblables.

Ses traits étaient tirés et fatigués ; tout le visage semblait étrangement amaigri et amoindri ; la limpidité des yeux avait disparu, ils étaient tout injectés de sang ; son regard était fixe et comme égaré ; ses mains naguère si potelées étaient toutes ridées maintenant et tremblaient sur la couverture. La pâleur de son teint, exagérée peut-être par le velours noir de la jaquette qu'il portait, lui donnait quelque chose de maladif et de terreux. Les belles lignes de sa figure s'étaient défaites, la multitude de petites rides qu'il avait aux coins des yeux s'étaient creusées. Sa tête s'enfonçait dans ses épaules, quand il se penchait en avant sur sa chaise. Des années, et non des mois, semblaient avoir passé sur sa tête depuis que je m'étais absentée. Me rappelant le rapport médical que M. Playmore m'avait donné à lire, me rappelant cette déclaration motivée du docteur : « La raison de Dexter dépend de l'équilibre de son système nerveux, » je dus me dire que, s'il pouvait me rester encore quelque chance d'arriver à la découverte de la vérité, j'avais bien fait de hâter mon retour. Sachant ce que je savais, craignant ce que je craignais, je sentais que la fin du pauvre malheureux était proche. Je sentais, quand nos yeux se rencontraient, que j'avais devant moi un homme condamné.

J'avoue que j'eus pitié de lui.

Oh! assurément, la compassion ne s'accordait
guère avec le motif qui m'amenait dans sa maison ;
elle ne s'accordait guère avec le doute qui restait
dans mon esprit sur la présomption de M. Playmore le déclarant coupable du meurtre de la première femme d'Eustache. Je savais Dexter cruel, je
le croyais fourbe. Et pourtant j'avais pitié de lui.
N'y a-t-il pas un fonds commun de méchanceté en
nous tous? La suppression ou le développement de
ces instincts mauvais ne sont-ils pas une pure question d'éducation et de tentation? N'y a-t-il pas
quelque chose comme une tacite reconnaissance de
cette perversité native, quand nous nous sentons
émus de pitié pour un coupable, quand nous nous
joignons à la foule pour suivre un procès criminel,
quand nous pressons la main de quelque scélérat
condamné au dernier supplice? Il ne m'appartient
pas de décider ces questions obscures. Tout ce que
je puis dire, c'est que j'avais pitié de Dexter, et
qu'il s'en aperçut.

« Merci! me dit-il soudain ; vous me voyez malade, et vous avez compassion de moi, chère et
bonne Valéria !

— Le nom de cette dame, monsieur, est Mme Eustache Macallan, dit sévèrement Benjamin derrière
lui. La première fois que vous lui adresserez la parole, rappelez-vous que vous n'avez rien à voir avec
son nom de baptême. »

La remontrance de Benjamin passa inaperçue et
comme si elle n'avait pas été entendue. Selon toute
apparence, Miserrimus Dexter avait complétement
oublié sa présence.

« Vous m'avez rempli de joie par votre vue, continua-t-il ; ajoutez encore à mon bonheur en me

laissant entendre votre voix. Parlez-moi de vous.
Dites-moi ce que vous avez fait depuis que vous
avez quitté l'Angleterre. »

Il était utile à mon but d'engager la conversation,
et ce moyen était tout aussi bon qu'un autre. Je lui
dis en détail tout ce qui avait rempli le temps de
mon absence.

« Ainsi, dit-il amèrement, vous êtes toujours folle
d'Eustache?

— Je l'aime plus tendrement que jamais. »

Il leva les bras et cacha son visage dans ses mains.
Après un court silence, il se remit à parler d'une
voix étouffée, et le visage toujours caché dans ses
mains.

« Et vous avez laissé Eustache en Espagne?.... et
vous êtes revenue seule en Angleterre?.... Qu'est-ce
qui vous a fait faire cela ?

— Qu'est-ce qui m'a fait venir ici la première
fois, et pour quel dessein vous ai-je demandé votre
aide, monsieur Dexter ? »

Il laissa tomber ses mains et me regarda. Je vis
dans ses yeux, non pas seulement de la surprise,
mais une expression d'angoisse.

« Est-ce possible, s'écria-t-il, que vous ne vouliez
pas oublier ce funeste sujet ? Êtes-vous donc toujours déterminée à pénétrer le mystère de Gleninch?

— J'y suis toujours déterminée, monsieur Dexter,
et j'espère toujours que vous consentirez à m'aider
dans ma tâche. »

Son ancienne méfiance, que je me rappelais trop
bien, vint de nouveau assombrir son visage.

« En quoi puis-je vous aider? demanda-t-il. Puis-
je changer les faits ? »

Il s'arrêta. Son visage s'éclaircit de nouveau,

comme si quelque soudain sentiment de soulagement lui était venu.

« Je vais essayer pourtant de vous aider, continuat-il; je vous ai dit que l'absence de Mme Beauly pouvait être une ruse pour détourner les soupçons. Je vous ai dit que le poison pouvait avoir été administré par la femme de chambre de Mme Beauly. Ne le croyez-vous pas aujourd'hui?... Ne voyez-vous rien à tirer de cette supposition? »

Ce retour à Mme Beauly me donnait un prétexte de l'amener au véritable sujet qui m'intéressait.

« Non, répondis-je, je ne vois là aucune solution. La femme de chambre avait-elle donc quelque raison d'être l'ennemie de la défunte Mme Eustache?

— Personne n'avait de raison pour être son ennemi! s'écria-t-il avec véhémence. Elle était toute bonté, toute douceur. Elle n'avait jamais offensé une créature vivante, ni en pensée ni en action. Elle était une sainte sur cette terre. Respect à sa mémoire! Laissons la martyre en paix dans son cercueil? »

De nouveau, il couvrit son visage avec ses mains, et tout son corps frémit dans le paroxysme de l'émotion que j'avais excitée en lui.

Ariel, tout à coup, et avec précaution, quitta son escabeau et s'approcha de moi.

« Voyez-vous mes dix griffes, me dit-elle tout bas en me montrant ses mains, tourmentez encore le Maître.... et vous sentirez les dix griffes à votre gorge! »

Benjamin se leva, il avait vu l'action sans entendre les paroles. Je lui fis signe de rester à sa place. Ariel retourna à son escabeau et leva les yeux vers son maître.

« Ne pleurez pas, dit-elle, allons ! voilà les cordes, domptez-moi encore ; faites-moi encore crier de douleur. »

Il ne répondit rien. Il ne bougea pas.

Ariel fit faire des efforts inouïs à son intelligence engourdie pour trouver un moyen d'attirer son attention. Je vis le travail de son esprit dans la contraction de ses sourcils, pendant que son regard atone se fixait sur moi. Tout à coup elle frappa joyeusement ses mains l'une contre l'autre. Elle triomphait, elle avait trouvé une idée.

« Maître ! dit-elle, il y a bien longtemps que vous ne m'avez conté une histoire. Faites-moi crier, ah ! Faites-moi avoir peur ! Maître ! une belle, une longue histoire ! Avec du sang, avec des crimes. »

Ariel, par hasard, rencontrait le vrai moyen d'exciter et de réveiller la bizarre imagination de Dexter. Je me rappelais quelle haute idée il avait de son talent pour les récits et les drames. Je savais que l'un de ses amusements favoris était d'étonner Ariel en lui disant des histoires qu'elle ne pouvait comprendre. Allait-il se lancer dans les fantaisies du roman ou se rappellerait-il que mon opiniâtreté de caractère le menaçait toujours de rouvrir l'enquête sur la tragédie de Gleninch, et chercherait-il dans son esprit rusé le moyen de me tromper par quelque nouveau stratagème ? Ce dernier parti, d'après l'expérience que j'avais de son caractère, était celui que je m'attendais à lui voir prendre. Mais, à ma grande surprise et à ma grande inquiétude, mes prévisions se trouvèrent en défaut. Ariel réussit à chasser de son esprit le sujet qui l'occupait tout entier au moment où elle avait parlé. Il découvrit son visage. Un sourire très-sincère de contentement

de lui-même s'épanouit sur sa face décharnée. Il
était maintenant assez faible pour qu'Ariel elle-même
arrivât à flatter sa vanité. J'eus un moment d'appré-
hension : n'avais-je pas attendu trop tard pour faire
ma visite? Ce doute me fit froid de la tête aux pieds.

Miserrimus Dexter adressa la parole, non pas à
moi, mais à Ariel :

« Pauvre diablesse! dit-il en lui caressant la tête
avec complaisance, tu n'entends pas un mot de mes
histoires, et pourtant je puis faire passer un frisson
par tout ton grand corps de grossière essence; je
tiens sous le charme ton esprit plein de ténèbres, et
je te fais palpiter de joie et de crainte à mes récits....
pauvre diablesse! »

Il se renversa, d'un air satisfait, sur le dossier de
sa chaise, et ramena son regard vers moi. Ma vue
allait-elle rappeler à son souvenir les paroles que
nous venions d'échanger quelques minutes aupara-
vant? Non! c'était le même sourire de satisfaction
vaniteuse qu'il avait adressé à Ariel.

« J'excelle dans les récits dramatiques, madame
Valéria, me dit-il, et cette créature que vous voyez-
là, sur son escabeau, en est la preuve vivante. C'est
une véritable étude psychologique de la voir écouter
mes histoires. Il est on ne peut plus curieux de suivre les efforts désespérés que fait cette malheureuse
à moitié folle, pour me comprendre. Vous allez en
avoir un échantillon. Je n'avais pas l'esprit à moi
pendant que vous étiez absente.... il y a des semaines que je ne lui ai rien conté. Je vais lui dire un
conte. Ne supposez pas que cela me coûte le moindre effort. Mon esprit d'invention est inépuisable.
Vous allez vous amuser.... vous êtes naturellement
sérieuse.... mais, pour sûr, vous vous amuserez. Moi

aussi, je suis naturellement sérieux, et elle me fait toujours rire. »

Ariel battit des mains.

« Je le fais toujours rire! » dit-elle avec un fier regard de supériorité sur moi.

J'étais embarrassée, sérieusement embarrassée. Que faire? L'accès que j'avais provoqué, en l'amenant à parler de la défunte Mme Eustache, m'avertissait d'être prudente et de guetter le moment opportun, avant de revenir sur ce sujet. Quel tour imprimer à la conversation pour l'amener peu à peu à trahir les secrets qu'il voulait me tenir cachés? Dans cet état d'incertitude, une seule chose me semblait claire : lui laisser dire son histoire serait évidemment perdre un temps précieux. Malgré le souvenir vivace des dix griffes d'Ariel, je me décidai à décourager Dexter de sa nouvelle fantaisie, en profitant de toutes les occasions, et en usant de tous les moyens.

« Maintenant, madame Valéria, commença-t-il, la voix haute et avec fierté, écoutez; et toi, Ariel, mets ton cerveau en ébullition. J'improvise une œuvre poétique, une œuvre de fiction. Nous commencerons par la bonne vieille formule des contes de fées : Il était une fois... »

Je me tenais prête à l'interrompre, quand il s'interrompit lui-même. Il s'arrêta en jetant autour de lui un regard étonné. Il porta la main à la tête et la passa à plusieurs reprises sur son front; puis il fit entendre un petit rire étouffé et ces mots inquiétants :

« On dirait que j'ai besoin de me réveiller!... »

Sa raison avait-elle fui? Il n'en avait donné aucun signe jusqu'au moment où j'avais malheu-

reusement évoqué le souvenir de l'ancienne châtelaine de Gleninch. La faiblesse que j'avais remar-
quée déjà et l'état d'égarement dans lequel je le
voyais maintenant n'étaient-ils attribuables qu'à un
trouble passager dans ses facultés? En d'autres
termes n'avais-je assisté à rien de plus sérieux qu'à
un premier avertissement qui était donné à lui et à
nous? Reviendrait-il promptement à lui si nous
avions de la patience et si nous en donnions le
temps? Benjamin, indifférent jusque-là, redressa la
tête et se pencha sur sa chaise pour chercher à voir
Dexter. Ariel elle-même semblait surprise et alarmée, et n'avait plus de sombres regards à me lancer.

Qu'allait faire Dexter?.... qu'allait-il dire?.... Nous
attendions tous pleins d'anxiété.

« Ma harpe ! s'écria-t-il; la musique me réveillera. »

Ariel lui apporta sa harpe.

« Maître, fit-elle, qu'est-ce que vous avez donc? »
Il lui fit signe de la main de garder le silence.

« Ode à l'invention ! annonça-t-il fièrement, en
s'adressant à moi. Paroles et musique improvisées
par Miserrimus Dexter. Silence ! Attention ! »

Ses doigts errèrent faiblement sur les cordes sans
éveiller en lui une mélodie, sans lui suggérer une
idée. Au bout de quelques instants ses mains re-
tombèrent, son front se pencha légèrement en avant,
il resta appuyé sur la harpe. Je me levai et je m'approchai de lui. Était-il endormi? Était-il évanoui?

Je touchai son bras et je l'interpellai par son nom.

Ariel aussitôt se plaça entre lui et moi, en me
lançant un regard menaçant. Au même moment,
Miserrimus Dexter releva la tête; ma voix était ar-

rivée à son oreille. Il me regarda avec une curieuse et contemplative tranquillité dans les yeux que je ne lui avais jamais vue.

« Emporte la harpe, » dit-il à Ariel d'une voix languissante comme celle d'un homme très-fatigué.

Cette créature à moitié folle.... par pure stupidité ou par secrète malice, c'est ce que je ne pourrais dire.... l'irrita une seconde fois.

« Pourquoi, Maître? demanda-t-elle en tenant la harpe dans ses bras. Qu'est-ce qui vous arrête? Et l'histoire?

— Nous n'avons que faire de l'histoire, dis-je en m'interposant. J'ai beaucoup de choses à dire à M. Dexter, que je n'ai pu lui dire encore. »

Ariel leva sa lourde main.

« Vous attraperez quelque bon coup ! » dit-elle.

Elle avança sur moi. Mais la voix de son Maître l'arrêta net.

« Emporte la harpe, folle que tu es ! répéta-t-il d'un ton sévère, et attends, pour l'histoire, qu'il me plaise de la dire. »

Elle reporta avec soumission la harpe à sa place dans l'un des coins de la chambre. Miserrimus Dexter rapprocha quelque peu sa chaise de la mienne.

« Je sais ce qui me réveillera, me dit-il comme en confidence : c'est un peu d'exercice. Je n'ai pas pris d'exercice dans ces derniers temps. Attendez... vous allez voir. »

Il mit ses mains sur le mécanisme de la chaise roulante et la lança dans la chambre. En ce moment encore, le changement de mauvais augure qui s'était opéré en lui apparut sous un nouvel aspect. L'allure qu'il imprimait à sa machine n'était plus cette course furieuse que je me rappelais. La chaise marchait, mais elle marchait lentement ; c'est péniblement qu'il la faisait aller et venir par la chambre, et il s'arrêta presque aussitôt ; la respiration lui manquait.

Nous le suivions ; Ariel, près de lui, et Benjamin, à côté de moi. Il dit à Benjamin et à Ariel, avec impatience, de se reculer et de me laisser seule auprès de lui.

« C'est la pratique qui me fait défaut, me dit-il d'une voix affaiblie ; je n'avais plus le cœur de faire siffler les roues et trembler le parquet pendant que vous étiez loin. »

Qui n'aurait pas eu pitié de lui ? qui se serait rappelé ses méfaits en ce moment ? Ariel, sous sa dure écorce, paraissait elle-même émue ; elle se mit à pleurer et à gémir. Son cri fatal se fit encore entendre, sur un ton larmoyant.

« Qu'est-ce qu'il y a donc, Maître ?.... Et l'histoire ?....

— Ne faites pas attention à elle, dis-je à l'oreille de Dexter. Vous avez besoin de prendre l'air. Faites appeler le jardinier ; nous irons faire une promenade dans votre voiture. »

Mes efforts furent vains. Ariel voulait attirer à toute force son attention ; de nouveau elle répéta :

« Et l'histoire ?.... l'histoire ?.... »

L'énergie endormie se réveilla chez Dexter.

« Misérable ! démon ! s'écria-t-il en faisant tourner sa chaise de manière à la voir en face. L'histoire ?.... L'histoire ?.... Tout à l'heure. Je la dirai ; je vais la dire.... Du vin ! allons ! gémissante idiote, donne-moi du vin. Pourquoi n'y ai-je pas pensé tout d'a-

bord? Le royal Bourgogne! voilà ce dont j'ai besoin, Valéria, pour rallumer les flammes de mon
invention à son feu généreux! Des verres pour tout
le monde! Honneur au roi des vignobles!.... honneur au royal Clos-Vougeot! »

Ariel ouvrit l'armoire dans l'alcôve et apporta
le vin et des grands verres de Venise. Dexter vida
d'un trait son verre plein de Bourgogne, et nous
força tous à boire avec lui ou à faire semblant de
boire. Ariel n'avait pas été oubliée cette fois, et elle
vida son verre comme son Maître avait vidé le sien.
La puissance du vin produisit à l'instant son effet
sur sa faible tête; elle commença à chanter une
chanson improvisée par elle, à l'imitation de son
Maître. Ce n'était que la répétition, la répétition
sans fin, de sa sollicitation obstinée.

« Dites-nous l'histoire, Maître!.... Maître, dites-
nous l'histoire!... »

Absorbé dans la contemplation du vin, le Maître,
silencieusement, remplit une seconde fois son verre.
Benjamin profita d'un moment où il n'avait pas les
yeux sur nous, pour me dire tout bas :

« Pour une fois, écoutez mon conseil, Valéria;
partons!

— Encore un effort, répondis-je, le dernier effort! »

Ariel reprit son refrain.

« Dites-nous l'histoire, Maître!... Maître, dites-
nous l'histoire!.... »

Miserrimus leva les yeux de dessus son verre. Le
généreux stimulant commençait à produire son effet.
Je vis les couleurs revenir à son visage. Je vis la
flamme de l'intelligence se rallumer dans ses yeux.
Le Bourgogne l'avait réveillé, le Bourgogne me ren-

dait ce service et me donnait cette dernière chance

« Et à présent l'histoire ! cria-t-il.

— Non, pas d'histoire, monsieur Dexter ! lui dis-je ; j'ai à vous parler, et je ne suis pas en humeur d'écouter une histoire.

— Pas en humeur?... répéta-t-il avec une lueur de son ancienne ironie. Je vois, je comprends : vous me cherchez une excuse ; vous vous figurez que mes facultés inventives sont parties, et vous n'êtes pas assez franche pour dire votre pensée. Je vous montrerai que vous êtes dans l'erreur. Je vous montrerai que Dexter est toujours lui-même. Silence, Ariel ! ou je te fais sortir d'ici ! Je tiens mon histoire ; je l'ai là tout entière, madame Valéria ! Scènes, caractères, tout est complet... »

Il se toucha le front et m'adressa un malicieux sourire, en ajoutant :

« ... Et l'histoire a tout ce qu'il faut pour vous intéresser, ma belle ; c'est l'histoire d'une maîtresse et de sa femme de chambre ; venez près du feu, et écoutez. »

L'histoire d'une maîtresse et de sa femme de chambre? Y avait-il là une intention quelconque? Et cette intention était-elle de revenir sous une forme déguisée à Mme Beauly et à sa femme de chambre?

Le titre et le regard qui lui avait échappé en l'annonçant ravivèrent l'espérance qui était près de s'éteindre en moi. Il s'était remis enfin. Il avait repris possession de sa prévoyance et de sa ruse naturelles. Sous prétexte de raconter son histoire à Ariel, il essayait évidemment de me dérouter pour la seconde fois. La conclusion était irrésistible. Pour me servir de ses propres expressions.... Dexter était redevenu lui-même.

Je pris le bras de Benjamin pour suivre Dexter
du côté de la cheminée, qui se trouvait au milieu
la pièce.

« Une chance encore m'est offerte, dis-je tout
bas, à mon vieil ami, n'oubliez pas les signaux con-
venus. »

Nous reprîmes les places où nous étions d'abord.
Ariel me lança un nouveau regard de menace. Le
vin qu'elle avait bu lui avait laissé juste assez de
sens pour guetter toute nouvelle interruption de
ma part. J'eus soin que rien de semblable n'arrivât.
J'étais maintenant aussi impatiente qu'Ariel d'entendre l'histoire. Le sujet que Dexter avait choisi
était plein de piéges pour le narrateur. A tout moment, dans l'entraînement du récit, les souvenirs
des événements réels pouvaient se refléter dans son
récit fictif. A tout moment, il pouvait se trahir.

Il regarda autour de lui et commença gaîment.

« Mon public est-il assis?.... dit-il, mon public est-
il prêt?.... Votre visage un peu plus tourné de mon
côté, ajouta-t-il de sa voix la plus douce. Sûrement,
ce n'est pas trop demander? Vous laissez tomber
votre regard sur les plus infimes créatures qui ram-
pent sur la terre; ne le détournez pas de moi!
Laissez-moi satisfaire la soif d'admiration dont je
suis consumé. Voyons, un sourire de pitié à l'homme
dont vous avez détruit le bonheur! Merci, lumière
de ma vie, merci! »

Il m'envoya un baiser du bout des doigts et se
renversa sur le dossier de sa chaise, comme pour
se mettre à son aise.

« L'histoire, reprit-il, voilà enfin l'histoire. Sous
quelle forme, se demanda-t-il, vous présenterai-je
mon récit? Sous la forme dramatique. C'est la plus

ancienne, la meilleure, et la plus rapide façon de
conter une histoire. Le titre d'abord : un titre court,
un titre saisissant : LA MAITRESSE ET LA FEMME DE
CHAMBRE. Le lieu de la scène : le pays des aventures.... l'Italie. Le temps : le siècle des aventures....
le quinzième siècle. Ah! regardez Ariel, elle n'en
sait pas plus sur le quinzième siècle que le chat de
la cuisine, et pourtant elle est intéressée déjà. Heureuse Ariel! »

Ariel me regarda, avec la double ivresse du vin
et du triomphe.

« Je n'en sais pas plus que le chat de la cuisine !
répéta-t-elle avec un rire épanoui de vanité satisfaite. Je suis l'heureuse Ariel! Et vous, qu'êtes-vous? »

Miserrimus se mit à rire aux éclats.

« Ne vous l'avais-je pas dit? s'écria-t-il; n'est-ce
pas amusant? PERSONNAGES DU DRAME : il n'y en
a que trois, ce sont trois femmes : ANGELICA, *noble
dame, noble par l'esprit et par la naissance;* ROSE-
MONDA, *beau démon sous la forme d'une femme;*
BEPPA, *son infortunée femme de chambre.* SCÈNE
PREMIÈRE : *Sombre chambre voûtée dans un château.
C'est le soir. Les hiboux glapissent dans le bois; les
crapauds coassent dans le marais.* Regardez Ariel!
elle a la chair de poule, elle frémit de tous ses
membres. Admirable Ariel! »

Ma rivale dans la faveur du Maître me lança un
regard de défi.

« Admirable Ariel! » répéta-t-elle d'une voix
alourdie par la somnolence.

Miserrimus s'arrêta pour se verser un verre de
Bourgogne, qu'il plaça à la portée de sa main, sur
une tablette adaptée à sa chaise. Je l'observai attentivement pendant qu'il buvait à petites gorgées. Son

visage se colora, ses yeux brillèrent de plus en plus.
Il replaça son verre en faisant claquer joyeusement
ses lèvres et continua :

« *Sont en présence, dans la chambre voûtée :* Rosemonda *et* Beppa. *Rosemonda parle :* — Beppa?
— Madame ? — Qui est couché et malade dans la
chambre au-dessus de nous? — Madame, c'est la
noble dame Angelica. *Après un silence, Rosemonda
reprend :* — Quels sentiments te témoigne Angelica? — Madame, elle est douce et bonne pour moi
comme pour tous ceux qui l'appprochent. — Lui
as-tu donné quelquefois des soins, Beppa? — Oui,
madame, quand la garde était fatiguée. — A-t-elle
pris ses médicaments de ta main ? — Une ou deux
fois, madame, quand je me trouvais là. — Beppa,
prends cette clef et ouvre le coffret qui est là, sur
la table. *Beppa obéit.* — Vois-tu une fiole verte
dans ce coffret? — Je la vois, madame. — Prends-
la. *Beppa prend la fiole.* — Tu vois le liquide que
contient cette fiole; sais-tu ce que c'est? — Non,
madame. — C'est du poison. *Beppa tressaille, elle
éloigne le poison, et serait violemment tentée de le
jeter loin d'elle. Sa maîtresse lui fait signe de le
garder dans sa main, et prend de nouveau la parole :* — Beppa, je t'ai dit plusieurs de mes secrets.
Dois-je t'en confier un autre? *Beppa attend ce qu'elle
va ajouter. Sa maîtresse continue :* — Je hais Angelica; sa vie se place entre moi et la joie de mon
cœur; tu tiens sa mort dans ta main. *Beppa tombe
à genoux; c'est une dévote personne, elle fait le
signe de la croix.* — Maîtresse, vous me terrifiez!
maîtresse, qu'ai-je entendu? *Rosemonda s'approche,
et, debout devant elle, abaisse sur elle des regards
irrités, en murmurant d'une voix sombre :* —Beppa,

cette femme doit mourir, et il ne faut pas que je sois soupçonnée. Angelica doit mourir de ta main. »

Dexter s'arrêta de nouveau, non pour boire cette fois le vin par petites gorgées, mais pour vider son verre d'un seul trait.

Le stimulant commençait-il déjà à lui faire défaut?

Je l'observai attentivement lorsqu'il se rejeta sur le dossier de sa chaise.

Son visage était plus coloré que jamais; mais l'éclat de ses yeux commençait à s'éteindre. J'avais remarqué qu'il parlait de plus en plus lentement à mesure qu'il avançait dans sa scène dialoguée. Était-ce à cause de l'effort que lui coûtait déjà l'invention? Le moment était-il venu où le vin avait produit tout l'effet qu'il pouvait produire sur lui?

Nous attendions. Ariel, assise, le regardant, les yeux fixes et la bouche béante; Benjamin, impassible, attentif au signal, son agenda tout ouvert sur ses genoux et caché sous sa main.

Miserrimus reprit.

« *Beppa entend ces terribles paroles, elle joint les mains d'un air suppliant :* — Oh ! madame ! madame ! comme pourrai-je tuer cette bonne et noble dame ? Quelle raison ai-je de lui faire du mal ? *Rosemonda répond :* — Tu as pour raison de m'obéir. *Beppa tombe, le visage sur le plancher, aux pieds de sa maîtresse.* — Madame, je ne puis faire cela !.... je n'ose pas faire cela ! — Tu ne cours aucun risque ; j'ai mon plan pour écarter tout soupçon, tout danger de découverte pour moi, tout danger de découverte pour toi. *Beppa répète :* — Je ne puis pas.... je n'ose pas faire cela ! *Les yeux de Rosemonda lancent des éclairs de colère. Elle prend dans le corsage de sa robe...* »

Dexter s'arrêta au milieu de sa phrase, non comme un homme embarrassé, mais comme un homme qui a perdu toute idée.

Fallait-il l'aider à retrouver le fil de son récit? Ou n'était-il pas plus sage, si cela était possible, de garder le silence?

Je pouvais entrevoir clairement le but de son histoire. Ce but, sous le couvert d'un roman italien, était d'aller au-devant de l'objection sans réplique, que je ne pouvais manquer de lui faire : — Quelle raison aurait eue la femme de chambre de Mme Beauly, pour charger sa conscience d'un meurtre? S'il pouvait indirectement répondre à cette question en découvrant un motif que je serais obligée d'admettre, il arrivait à ses fins. Cette enquête, que je m'étais juré de poursuivre, cette enquête qui, à tout moment pouvait se porter directement sur lui, serait, en ce cas, détournée du vrai coupable pour s'égarer sur une personne à côté. L'innocente femme de chambre pouvait défier mes plus actives perquisitions, et Dexter se trouverait à l'abri derrière elle.

Je me déterminai à lui laisser du temps; pas un mot ne sortit de mes lèvres.

Les minutes se succédèrent. J'attendais avec la plus vive anxiété. Le moment était critique et difficile. Si Dexter réussissait à inventer un motif plausible et à l'exprimer clairement, le dessein qu'il se proposait avec son histoire était atteint, il me prouvait, par ce fait seul, qu'il lui restait une réserve de puissance intellectuelle que n'avait pas su voir l'œil exercé du médecin écossais. Mais la question était : arrivera-t-il au but?

Il y arriva! Non par un moyen bien neuf et bien convaincant, et non sans un effort visiblement pénible. Néanmoins, bien ou mal, il arriva à trouver une raison à l'acte de la femme de chambre.

Après sa longue pause, il poursuivit ainsi :

« *Rosemonda prend dans le corsage de sa robe un papier écrit qu'elle déplie.* — Regarde ceci, dit-elle. *Beppa jette les yeux sur le papier, et, de nouveau, tombe aux pieds de sa maîtresse, dans un paroxysme d'horreur et de désespoir. Rosemonda est en possession d'un honteux secret de la vie passée de sa femme de chambre ; elle peut lui dire :* — Choisis entre ces deux alternatives : ou subis une révélation qui te déshonore et déshonore à jamais tes parents ; ou prends sur toi de m'obéir. *Beppa pourrait accepter le déshonneur s'il ne devait atteindre qu'elle seule. Mais ses parents sont d'honnêtes gens ; elle ne peut déshonorer ses parents. Elle est entraînée vers le dernier refuge qui lui est offert. Il n'y a pas d'espoir d'attendrir le cœur de Rosemonda ; sa seule ressource est de soulever des difficultés. Elle s'efforce de montrer les obstacles qui se dressent entre elle et le crime qu'on veut lui faire commettre.* — Madame ! madame ! comment puis-je faire cela, pendant que la garde est là et peut me voir? *Rosemonda réplique :* — Quelquefois la garde s'endort ; quelquefois la garde s'absente. *Beppa insiste :* — Madame ! la porte est toujours fermée et la garde emporte la clef... »

La clef ! Je pensai aussitôt à la clef perdue à Gleninch. Dexter y avait-il pensé également? Il s'était évidemment arrêté quand le mot lui était échappé. Je me déterminai à donner le signal convenu. J'appuyai mon coude sur le bras de mon fauteuil et je me mis à jouer avec ma boucle d'oreille. Benjamin prit aussitôt son crayon et disposa son agenda de manière à ce qu'Ariel ne pût rien voir, s'il lui arrivait de porter son regard de son côté.

Nous attendîmes jusqu'à ce qu'il plût à Miserrimus de continuer. Il se passa un assez long intervalle. Il porta encore la main à son front. Un voile de plus en plus épais semblait obscurcir ses yeux. Quand il reprit la parole, ce ne fut pas pour reprendre son récit; ce fut pour faire une question.

« Où en étais-je resté ? » demanda-t-il.

Mon espérance s'évanouissait aussi vite qu'elle était née. Je lui répondis néanmoins, sans laisser paraître aucun changement dans mes manières :

« Vous en êtes resté au moment où Beppa parlait à Rosemonda.

— Oui, oui, s'écria-t-il ; mais que lui disait-elle ?

— Elle disait : « La porte est toujours fermée et la garde emporte la clef. »

Il se pencha vivement en avant sur sa chaise.

« Non ! fit-il avec véhémence. Vous vous trompez. La clef ?... C'est absurde ! Je n'ai pas dit : la clef !

— Je le croyais, monsieur Dexter.

— Jamais ! Je ne l'ai pas dit. J'ai dit autre chose. Vous aurez oublié ! »

Je me retins de discuter avec Dexter dans la crainte de ce qui pouvait s'en suivre. Nous attendîmes de nouveau. Benjamin, triste et docile, avait mis par écrit les questions et les réponses échangées entre moi et Dexter. Il tenait machinalement son agenda ouvert et son crayon à la main, tout prêt à poursuivre. Ariel, lourdement soumise à l'influence du vin tant que la voix de Dexter arrivait à son oreille, se sentait mal à l'aise quand le silence s'établissait. Elle promena autour d'elle des yeux inquiets, et son regard s'arrêta sur son Maître.

Il était assis, silencieux, sa main à sa tête, cherchant à rassembler ses pensées vagabondes, essayant de trouver une lueur dans l'obscurité qui
l'environnait.

« Maître! s'écria-t-elle, d'un ton plaintif, et l'histoire? »

Dexter tressaillit comme s'il avait été brusquement arraché au sommeil; il secoua la tête avec
impatience comme s'il cherchait à se débarrasser
de quelque oppression qui pesait sur lui.

« Patience!.... patience!.... dit-il, l'histoire va
reprendre. »

Il s'y mit en désespéré, ramassant le premier fil
qui pouvait le remettre sur la voie, sans s'arrêter à
chercher si c'était le bon ou le mauvais. Il reprit :

« *Beppa, à genoux, fondit en larmes, et dit...* »

Il s'arrêta court, regardant autour de lui avec des
yeux égarés.

« Quel nom ai-je donné à l'autre femme? demanda-
t-il, sans adresser la question ni à moi, ni à quelque
autre des personnes présentes, et comme s'il se le
demandait à lui-même.

— Vous avez appelé l'autre femme Rosemonda, »
dis-je.

Au son de ma voix, ses yeux se tournèrent lentement de mon côté, sans pourtant se fixer sur moi.
Mornes et absorbés, vagues et immobiles, ses yeux
semblaient arrêtés sur un objet perdu au loin. Sa
voix aussi, dans le peu de mots qu'il avait pro-
noncés, était étrangement altérée; il avait laissé
tomber les syllabes lourdement, sans accentuation,
d'un ton monotone. J'avais entendu quelque chose
de semblable quand je veillais au chevet de mon
mari dans ses moments de délire, et que son esprit

affaibli n'avait pas conscience de ses paroles. La fin de Dexter était-elle donc si proche?

« Je l'ai appelée Rosemonda, répéta-t-il, et j'ai appelé l'autre?... »

Il s'arrêta encore.

« Vous avez appelé l'autre Beppa. » lui dis-je.

Ariel le regardait en ouvrant les yeux d'un air étonné. Elle le tira avec impatience par la manche de sa jaquette, pour attirer son attention.

« Est-ce là l'histoire, Maître? » demanda-t-elle.

Il lui répondit sans la regarder, les yeux toujours fixés comme sur quelque objet lointain :

« C'est l'histoire. Mais pourquoi Rosemonda et pourquoi Beppa? Pourquoi pas maîtresse et femme de chambre, c'est bien plus facile de se rappeler, maîtresse et femme de chambre?.... »

Il hésita, il s'agita, comme pour essayer de se redresser sur sa chaise. Puis il sembla revenir à lui.

« Qu'avait pu dire la femme de chambre à sa maîtresse? Quoi?.... quoi?.... quoi?.... » murmura-t-il.

Et il hésita encore. Alors une lueur sembla soudain pénétrer dans son esprit. Était-ce quelque idée nouvelle qui venait de le frapper, où était-ce le fil de sa pensée première qu'il était parvenu à ressaisir? C'est ce qu'il serait impossible de dire. Quoi qu'il en soit, il se mit tout à coup à débiter rapidement ces étranges paroles :

« La lettre, *dit la femme de chambre*, la lettre... Oh! mon cœur! Chaque mot est un poignard. Un poignard dans mon cœur. La lettre! Horrible, horrible lettre! »

De quoi, au nom du ciel, voulait-il parler, que signifiaient ces mots-là?

Était-ce sous l'impression d'un vague et incomplet souvenir des événements passés accomplis à Gleninch, qu'il poursuivait son histoire? Dans le naufrage de ses autres facultés, la mémoire était-elle la dernière à sombrer? La vérité, la terrible vérité se dégagerait-elle, par quelque vague lueur, au milieu des ombres qui envahissaient son cerveau avant l'éclipse totale? Je ne respirais plus. Une horreur sans nom faisait frissonner tout mon corps.

Benjamin, le crayon à la main, me jeta un regard d'avertissement. Ariel était calme et satisfaite.

« Continuez, Maître! dit-elle, j'aime ça!.... j'aime ça!.... Continuez l'histoire. »

Il continua, comme quelqu'un qui parle dans son sommeil.

« *La femme de chambre dit à la maîtresse...* Non, c'est la maîtresse qui dit à la femme de chambre : — Montre-lui la lettre; il le faut!.... il le faut!.... *La femme de chambre dit :* — Non, il ne faut pas faire cela! Il ne faut pas la lui montrer. C'est absurde. Laissons-le souffrir. Nous pouvons le tirer d'affaire, en la montrant. Non. Laissez les choses arriver à la pire extrémité. Alors, montrez-la. *La maîtresse dit...* »

Il fit une nouvelle pause et agita vivement sa main devant ses yeux, comme pour chasser une vision confuse ou un brouillard.

« Qui a dit les derniers mots? reprit-il, la maîtresse ou la femme de chambre? La maîtresse?.... Non, c'est *la femme de chambre qui parle, à voix haute, d'un ton décidé :* — Allons drôles, éloignez-vous de cette table. Le Journal est là. Numéro 9 Calderhaws. Demandez Dandie. Vous n'aurez pas le Journal. Que je vous dise un secret à l'oreille. Le

Journal le fera pendre! Comment osez-vous toucher à mon fauteuil? Mon fauteuil, c'est moi! Comment osez-vous porter la main sur moi? »

Ces derniers mots furent un trait de lumière. Je les avais lus au compte-rendu du procès, dans la déposition des officiers du shériff. Miserrimus avait prononcé ces paroles textuelles, quand il avait vai-nement voulu empêcher les officiers de justice de s'emparer des papiers de mon mari, et quand ils avaient poussé sa chaise roulante hors de la chambre. Il n'y avait plus à en douter, c'était le mystère de Gleninch qui était maintenant l'obsession de sa mémoire. Les dernières lueurs de sa pensée, de plus en plus obscures, se concentraient dans un cercle de plus en plus étroit sur le mystère de Gle-ninch.

Ariel le réveilla encore. Elle était sans pitié pour lui; à toute force elle voulait entendre toute l'his-toire.

« Pourquoi vous arrêtez-vous, Maître? Conti-nuez!..., continuez!.... dites vite ce que la maîtresse dit à la femme de chambre. »

Il fit entendre un rire affaibli et essaya de l'imiter.

« Que dit la maîtresse à la femme de chambre?... » répéta-t-il.

Son rire s'éteignit, et il reprit la parole d'un air de plus en plus égaré et en précipitant de plus en plus son débit.

« *La maîtresse dit à la femme de chambre :* — Nous l'avons tiré du péril; qu'allons-nous faire de la lettre? Brûle-la à l'instant. Pas de feu dans l'âtre, Pas d'allumettes dans la boîte. La maison est sens dessus dessous. Tous les domestiques sont partis. Déchire-la; jettes-en les morceaux aux vieux pa piers. Partie pour toujours. Oh! Sarah!... Sarah!... Sarah!... Partie pour toujours!... »

Ariel battit des mains et chercha à l'imiter à son tour.

« Oh! Sarah!... Sarah!... Sarah!... partie pour toujours!... c'est superbe, Maître! mais qu'est-ce que c'était que cette Sarah ? »

Les lèvres de Dexter s'agitèrent; mais sa voix était si faible que c'est à peine si je pus l'entendre. Il revenait encore à son mélancolique refrain.

« *La femme de chambre dit à la maîtresse...* Non, *la maitresse dit à la femme de chambre...*

Puis il s'arrêta court, et se redressant sur sa chaise, il agita ses mains au-dessus de sa tête et partit d'un éclat de rire terrible.

« Ah!... ah!... ah!... ah!... comme c'est drôle!... Pourquoi ne riez-vous pas?... C'est amusant... amusant... amusant!... Ah!... ah!... ah!... ah!... »

Il retomba sur le dossier de sa chaise. Son bruyant et effrayant éclat de rire s'éteignit dans un sanglot étouffé. Il respira longuement et avec peine; ses yeux sans regard se fixèrent sur le plafond, et il resta les lèvres entr'ouvertes par un sourire idiot. Némésis apparaissait. L'arrêt prononcé contre lui s'accomplissait. La nuit était venue.

Oh! la pitié alors fut en moi la plus forte. Mon enquête, la recherche de la vérité, le but de ma vie, l'horreur même de l'effroyable spectacle que j'avais devant les yeux, tout s'effaça devant le sentiment d'une profonde compassion pour ce malheureux si cruellement frappé. Je me dressai sur mes pieds, ne voyant rien, ne pensant à rien qu'au pauvre être désespéré qui était devant moi. Je m'élançai pour le soutenir, pour le ranimer, pour le rappeler à lui, si la chose était encore possible. Mais, au premier pas que je fis, je sentis une main se poser sur mon épaule et me tirer vivement en arrière.

« Êtes-vous aveugle? s'écria Benjamin en m'entraînant vers la porte. Regardez! »

Je regardai dans la direction qu'il m'indiquait.

Ariel avait été plus prompte que moi. Elle avait redressé son maître sur sa chaise. D'un bras, elle le maintenait; de l'autre, elle brandissait un casse-tête indien qu'elle avait détaché d'un trophée d'armes orientales qui décorait le mur à côté de la cheminée. Cette créature était transformée. Ses yeux brillaient comme ceux d'un animal sauvage, ses dents grinçaient, dans l'accès de frénésie qui s'était emparé d'elle.

« C'est vous qui avez fait cela! me cria-t-elle en brandissant son casse-tête avec fureur autour de sa tête. Approchez, et je vous broie la cervelle, je fais une bouillie de votre chair, je ne vous laisse pas un os entier! »

Benjamin, me tenant toujours d'une main, ouvrit la porte de l'autre. Je le laissai faire tout ce qu'il voulait; Ariel me fascinait, je ne voyais qu'Ariel. Sa fureur s'éteignit quand elle nous vit battre en retraite. Elle laissa tomber son casse-tête; elle entoura Dexter de ses bras, lui appuyant la tête sur sa poitrine, et elle se mit à pleurer et à sangloter sur lui.

« Maître!... Maître!... Elle ne vous tourmentera plus. Liez-moi comme d'habitude. Dites: Ariel, tu es une brute! Redevenez vous-même. »

Benjamin m'entraîna de force dans la chambre voisine. J'entendis un long cri de douleur poussé par la pauvre créature, qui aimait son Maître avec la fidélité d'un chien et le dévouement d'une femme. La lourde porte se referma sur nous. J'étais dans la silencieuse antichambre, pleurant sur l'affreux spectacle auquel je venais d'assister, m'appuyant sur mon bon et vieil ami, sans plus de force et de volonté qu'un enfant.

Benjamin fit tourner la clef dans la serrure.

« Rien ne sert de pleurer, me dit-il doucement ; vous feriez mieux, Valéria, de remercier Dieu d'avoir pu sortir saine et sauve de cette chambre. Allons, venez avec moi. »

Il retira de la serrure la clef qu'il emporta, et me fit descendre dans le vestibule. Après un moment de réflexion, il ouvrit la porte extérieure. Le jardinier était toujours tranquillement à l'ouvrage dans le jardin.

« Votre maître est malade, lui dit Benjamin, et la femme qui le soigne a perdu la tête... Si elle a jamais eu une tête à perdre. Où demeure le docteur le plus voisin ? »

Le dévouement de l'homme se manifesta comme s'était manifesté celui de la femme, sous une forme grossière et violente. Il lança sa bêche au loin, en poussant un formidable juron.

« Le Maître malade !.... s'écria-t-il. Je vais chercher le docteur. Je le ramènerai plus vite que ça !

— Dites au docteur d'amener un homme avec lui, ajouta Benjamin. Il aura besoin d'aide. »

Le jardinier se retourna d'un air courroucé.

« Je suis un homme, dit-il ; personne ne l'aidera que moi. »

Il nous quitta. Je m'assis sur l'une des chaises du vestibule, et je fis tous mes efforts pour reprendre mon calmo. Benjamin marchait do long en largo, plongé dans ses pensées.

« Tous les deux fous do lui ! se disait tout haut à lui-même mon vieil ami. Moitié singe, moitié homme, et tous les deux fous de lui ! C'est inconcevable ! »

Le jardinier revint avec le docteur, un homme calme, au teint brun, à l'air résolu. Benjamin s'avança à leur rencontre.

« J'ai la clef de la galerie, dit-il ; dois-je monter avec vous ? »

Sans répondre, le docteur tira Benjamin à l'écart dans un coin du vestibule. Tous deux causèrent ensemble. A la fin de leur entretien, le docteur dit :

« Donnez-moi la clef ; vous ne seriez d'aucune utilité ; vous ne feriez qu'irriter cette femme. »

Sur ces mots, il fit signe au jardinier. Celui-ci s'apprêtait à le guider et à monter devant lui l'escalier, quand je m'aventurai à arrêter le docteur.

« Puis-je rester dans ce vestibule, monsieur ?... Je suis anxieuse de savoir comment se terminera cet accès. »

Il me regarda un moment avant de répondre.

« Vous feriez mieux de rentrer chez vous, me dit-il. Le jardinier connaît-il votre adresse ?

— Oui, monsieur.

— Très-bien ! je vous ferai savoir des nouvelles par le jardinier. Suivez mon conseil, rentrez chez vous. »

Benjamin mit mon bras sous le sien. Je regardai en arrière et je vis le docteur et le jardinier monter ensemble l'escalier.

« N'écoutons pas le docteur, dis-je à Benjamin tout bas, attendons dans le jardin.

— Désobéir au docteur! par exemple! s'écria Benjamin; j'entends et je veux vous ramener à la maison! »

Je regardai avec étonnement mon vieil ami. Lui, la douceur et la docilité même, quand l'énergie n'était pas nécessaire, il révéla alors une vigueur et une décision que je ne lui soupçonnais pas. Il m'emmena bel et bien à travers le jardin et me fit monter dans notre fiacre, que nous avions gardé et qui nous attendait à la grille.

En chemin, Benjamin tira son agenda.

« Que faut-il faire des insanités que j'ai écrites là? demanda-t-il.

— Avez-vous donc tout transcrit? repris-je un peu étonnée.

— Quand j'accepte une tâche, je l'accomplis, répliqua Benjamin. Vous n'avez pas donné une fois le signal... vous n'avez pas remué votre chaise, et j'ai tout écrit mot pour mot... tout. Que faut-il faire?... Jeter ça par la portière?

— Me le donner!

— Et qu'allez-vous en faire, vous?

— Je n'en sais rien encore. Je le demanderai à M. Playmore. »

LXI.

NOUVEL ASPECT DE M. PLAYMORE.

En effet, par le courrier du soir, et bien que je n'eusse guère ma pensée à moi, j'écrivis à M. Playmore. Je lui rendais compte de ce qui s'était passé et je lui demandais le plus tôt possible son concours et ses conseils.

Les notes prises par Benjamin sur son agenda avaient été en partie écrites sténographiquement, et dans ces conditions ne pouvaient m'être d'une grande utilité. Je priai Benjamin d'en faire deux copies mises au net, et j'enfermai l'une de ces copies dans la lettre à M. Playmore. Quant à l'autre, j'eus soin, en me couchant, de la placer sur ma table de nuit.

Pendant les longues heures de la nuit où se prolongea ma veille, je lus et je relus les derniers mots tombés de la bouche de Miserrimus Dexter. Était-il possible de les entendre dans un sens utile ? Tout d'abord elles semblaient défier toute interprétation raisonnable. Après de longs et vains efforts pour arriver à la solution d'un problème insoluble, je fis ce que j'aurais dû faire tout de suite, je replaçai le papier sur ma table, désespérant d'y rien comprendre. Où étaient maintenant mes chimériques visions, mes volontés, mes espérances ? Évanouies, évaporées. Restait-il la plus faible chance que Dexter revînt à la raison ? Je me rappelais trop bien ce que j'avais vu pour conserver une telle illusion. Les dernières lignes du rapport médical que j'avais lu dans le cabinet de M. Playmore revinrent à ma mémoire, dans le silence de la nuit : « Quand la catastrophe « sera arrivée, ses amis ne devront pas nourrir le « moindre espoir de guérison; l'équilibre une fois « rompu, sera rompu pour la vie. »

La confirmation de la terrible sentence portée sur Dexter par le docteur ne mit pas un long temps à me parvenir. Le lendemain matin, le jardinier m'apportait un billet contenant les informations que le médecin avait promis de m'envoyer.

Miserrimus Dexter et Ariel étaient encore où je les avais laissés la veille, dans la grande galerie. Les soins éclairés ne leur manquaient pas, en attendant la décision du plus proche parent de Dexter, un frère plus jeune que lui, qui habitait la province, et qu'on avait averti par un télégramme. Il n'avait pas été possible de séparer la fidèle Ariel de son maître, à moins d'avoir recours aux moyens coercitifs mis en usage dans les cas de folie furieuse. Le docteur et le jardinier, tous deux hommes robustes, n'avaient pas réussi à venir à bout de la pauvre créature, quand ils avaient essayé de l'éloigner. Dès qu'ils lui eurent permis de retourner près de son Maître, sa frénésie s'apaisa. Elle restait parfaitement calme et satisfaite, du moment qu'on la laissait à ses pieds et les yeux fixés sur lui.

Quelque tristes que fussent ces détails, ceux qui se rapportaient à Dexter lui-même étaient plus navrants encore.

« Mon malade est dans un état absolu d'imbécillité, » disait en termes exprès la lettre du docteur.

Le jardinier, dans son simple récit, me confirma la triste nouvelle. Miserrimus Dexter était absolument inconscient du dévouement d'Ariel, et ne paraissait même pas s'apercevoir de sa présence. Des heures durant il demeurait immobile au fond de son fauteuil, dans un état de complète léthargie. Il montrait l'instinct d'un animal pour la nourriture, et l'avidité d'un animal pour manger et pour boire autant d'aliments et de boisson qu'il en pouvait obtenir et qu'on voulait lui en donner. C'était tout.

« Ce matin, me dit l'honnête jardinier, nous avons

cru qu'il allait se réveiller un peu. Il regardait tout
autour de lui et faisait des drôles de signes avec ses
mains. Mais je ne pouvais comprendre ce qu'il voulait dire. Elle, la pauvre créature, elle l'a compris.
Elle est allée lui chercher sa harpe et lui a mis les
mains dessus. Bah! c'était bien inutile. Il n'a pas
été plus capable d'en jouer que je ne l'aurais été,
moi. Il a fait résonner les cordes au hasard, et puis
il a fait la grimace en se parlant à lui-même. Non, il
ne guérira jamais. Tout le monde peut voir ça, sans
le jugement des docteurs. Il a du plaisir à manger;
après ça, plus rien. Le mieux qui puisse lui arriver,
c'est que le Seigneur le rappelle à lui. C'est tout ce
qu'on peut dire. Adieu, madame. »

Il partit les yeux pleins de larmes, et il me laissa,
je dois l'avouer, avec des larmes dans les yeux.

Mais, une heure plus tard, arrivaient des nouvelles qui me ranimèrent. Je reçus un télégramme de
M. Playmore conçu en ces termes :

« Obligé de partir pour Londres par l'express du
soir. Attendez-moi à déjeuner demain matin. »

Le lendemain, à l'heure dite, l'homme de loi
venait prendre place à notre table. Ses premières
paroles me remplirent de surprise et de joie. Il ne
partageait pas le moins du monde le sentiment de
découragement avec lequel j'envisageais les choses.

« Assurément, dit-il, vous avez encore de sérieux
obstacles à vaincre. Mais je ne serais pas venu ici,
avant de m'occuper des affaires professionnelles qui
m'appellent à Londres, si les notes de M. Benjamin
n'avaient pas produit une très-profonde impression
sur mon esprit. Pour la première fois je dirai que

vous avez en main de réelles chances de succès.
Pour la première fois je me crois en droit, sous certaines restrictions, de vous offrir mon appui. Ce
misérable être, dans l'affaiblissement de son intelligence, a fait ce qu'il n'aurait jamais fait tant qu'il
aurait été en possession de sa raison et de son as-
tuce : il nous a permis d'entrevoir de précieuses
lueurs de la vérité.

— Êtes-vous sûr que ce soit bien la vérité?

— Oui, c'est la vérité, sur deux points importants. Sa mémoire, ainsi que vous le supposiez, est
la dernière faculté qui ait survécu en lui et la dernière qui ait résisté à l'effort qu'il faisait pour dire
son histoire. Je crois que c'est sa mémoire qui a
parlé, sans qu'il en eût conscience, dans tout ce
qu'il a dit, quand, vers la fin de son récit, il lui est
échappé cette allusion à la lettre.

— Mais, qu'est-ce que c'est que cette allusion à
la lettre? demandai-je. Pour ma part, je reste sur
ce point en pleines ténèbres.

— Moi aussi, répondit M. Playmore. Le principal
obstacle, parmi ceux que j'entrevois, gît précisément dans cette lettre. La défunte Mme Eustache
doit y être pour quelque chose. Sans quoi Dexter
n'en aurait pas parlé, comme d'un poignard dans
son cœur; Dexter n'aurait jamais mêlé son nom à ce
qu'il a dit de cette lettre déchirée, dont on aurait
jeté les fragments. Je suis conduit avec quelque certitude à cette première conclusion. Mais je ne puis
aller au delà. Je n'ai pas plus que vous idée de la
personne qui avait écrit cette lettre et de ce que
cette lettre pouvait contenir. S'il y a pour nous une
chance au monde d'arriver à cette découverte,
probablement la plus importante de toutes, nous

aurons à faire nos premières recherches à mille lieues d'ici. Pour parler plus clairement, chère madame, il faudra envoyer en Amérique. »

Cette déclaration, comme bien on pense, me saisit de surprise. Pourquoi fallait-il envoyer en Amérique? J'attendis avec une vive impatience l'explication de M. Playmore.

« Il dépendra de vous, continua-t-il, quand vous aurez entendu ce que j'ai à vous dire, de décider si vous voulez faire la dépense d'envoyer un homme à New-York. Je puis trouver l'homme qui convient pour le but que nous nous proposons, et j'estime la dépense, y compris un télégramme...

— Ne vous inquiétez jamais de la dépense ! m'écriai-je, perdant toute patience devant cette façon éminemment écossaise de donner l'importance et la priorité à la question d'argent. Je n'ai nul souci de la dépense, je ne m'inquiète que de savoir ce que vous avez découvert. »

M. Playmore eut un sourire qui signifiait clairement :

« Elle n'a nul souci de la dépense ! comme c'est bien d'une femme ! »

J'aurais pu répliquer :

« Il pense à la dépense avant tout, comme c'est bien d'un Écossais ! »

Mais, dans l'état des choses, j'étais trop anxieuse pour avoir de l'esprit. Je me contentai de tambouriner avec mes doigts sur la table, et de dire :

« Parlez !... parlez !... »

M. Playmore prit la copie mise au net des notes de Benjamin, et me montra, et me relut ces mots, dans la dernière partie des notes :

« *Qu'allons-nous faire de la lettre? — Brûle-la à*

l'instant. — Pas de feu dans l'âtre. — Pas d'allumet-
tes dans la boîte. — La maison est sens dessus des-
sous. — Tous les domestiques sont partis... »

« Comprenez-vous réellement ce que ces mots
veulent dire? demandai-je.

— En me reportant en arrière dans mes souvenirs, je comprends parfaitement ce que ces mots
veulent dire.

— Et pouvez-vous me les faire comprendre à
moi-même?

— Facilement. Dans ces phrases inintelligibles
Dexter a fidèlement rappelé certains faits. Je n'ai
qu'à vous faire connaître ces faits, et vous serez
aussi éclairée que moi-même. A l'époque du procès,
dit-il, votre mari, chère madame, me surprit et
m'affligea, en insistant pour le renvoi immédiat de
tous les domestiques employés à Gleninch. Je reçus
pour instructions de leur payer un trimestre de
leurs gages d'avance, de leur délivrer d'excellents
certificats que leur moralité et leurs bons services
méritaient d'ailleurs, et de leur notifier de quitter
la maison dans le délai d'une heure. Le motif qui
faisait agir Eustache était celui-là même qui déter-
mina sa conduite envers vous. « Si je dois jamais
« revenir à Gleninch, » me dit-il, « je ne puis me re-
« trouver en face de mes honnêtes serviteurs, quand
« j'aurai passé, comme accusé de meurtre, par l'in-
« famie d'un procès criminel. » Telle était sa raison.
Rien de ce que je pus dire au pauvre garçon ne parvint à ébranler sa résolution. Je congédiai donc les
domestiques. N'ayant qu'une heure devant eux, ils
laissèrent leur ouvrage sans être fait. Les seules
personnes aux soins de qui resta confié Gleninch,
habitaient aux extrémités du parc; c'étaient le con-

cierge, sa femme et sa fille. Le dernier jour du procès, je dis à la fille de faire de son mieux pour
mettre les chambres en état. Elle était pleine de
bonne volonté, mais elle était assez incapable. Il ne
pouvait pas lui entrer dans la tête de préparer les
feux de manière à ce qu'il n'y eût qu'à les allumer,
de regarnir les boîtes d'allumettes, qui étaient
vides, etc. Les mots dits par Dexter avaient trait,
sans aucun doute, à l'état d'abandon de la maison,
quand il est revenu d'Édimbourg à Gleninch, avec
Eustache et sa mère. Qu'il ait déchiré la lettre mystérieuse dans sa chambre à coucher, ne trouvant
sous la main aucun moyen de la brûler, et qu'il en
ait jeté les morceaux dans le panier aux vieux papiers, telle semble être la conclusion la plus naturelle à tirer de ce que nous savons. Dans tous les
cas, on n'a pas laissé à Dexter beaucoup de loisir.
Tout a été fait à la hâte dans cette journée; Eustache et sa mère, accompagnés par Dexter, partirent
pour l'Angleterre, le même soir, par le train de
nuit. C'est moi-même qui fermai la maison et qui
remis les clefs au concierge. Il était entendu qu'il
prendrait soin de tenir en bon état de conservation
les salons de réception du rez-de-chaussée, et que
sa femme et sa fille se partageraient les soins à
donner aux chambres des étages supérieurs. Hier,
au reçu de votre lettre, je me suis rendu tout de
suite à Gleninch, pour questionner la vieille femme
sur les chambres à coucher, et tout spécialement sur
celle de Dexter. Elle s'est rappelé l'époque où la
maison avait été fermée, en l'associant dans son
souvenir à celle où elle avait été retenue au lit par
une attaque de sciatique. Elle est sûre de n'avoir
pas passé le seuil de sa loge pendant une semaine

au moins, après que Gleninch fut laissé sous leur garde, à son mari et à elle. Tout ce qui a été fait pour aérer les chambres et les mettre en bon état de propreté durant sa maladie, c'est sa fille qui l'a fait. C'est elle, elle seule, qui a dû balayer les ordures qui se trouvaient sur le parquet de la chambre de Dexter. Pas un vestige de papier déchiré, je puis le certifier, ne reste aujourd'hui dans aucun coin de cette chambre. Cette fille a-t-elle trouvé les morceaux de la lettre? Et si elle les a trouvés, qu'en a-t-elle fait? Telles sont, si vous le jugez bon, les questions pour lesquelles nous aurions à envoyer, à mille lieues d'ici, quelqu'un qui se chargerait de les transmettre et d'en rapporter la réponse. Et cela par l'excellente raison que la fille du concierge s'est mariée, il y a plus d'un an, et qu'elle est allée avec son mari s'établir à New-York. C'est à vous, maintenant, madame, de décider ce qu'il convient de faire. Dieu me garde de vous influencer en faisant briller à vos yeux de fausses espérances et de vous donner la tentation de gaspiller inutilement votre argent. Dites-vous bien que, même dans le cas où cette femme se rappellerait ce qu'elle a fait des morceaux de papier, il y a cent à parier contre un qu'après un si long temps écoulé, nous ne retrouverons pas la moindre parcelle des papiers. Ne vous hâtez donc pas de prendre une décision. J'ai affaire dans la Cité.... je puis vous donner toute la journée pour réfléchir.

— Envoyez l'homme en Amérique par le premier paquebot, telle est ma décision immédiate, monsieur Playmore; vous n'avez pas besoin d'attendre. »

Il secoua la tête avec une expression de sérieuse désapprobation pour ma vivacité. Dans ma première entrevue avec lui, la question n'avait pas été touchée. C'était maintenant, pour la première fois, que j'avais occasion de faire connaissance avec le côté .purement écossais de son caractère.

« Mais vous ne savez même pas ce que cela vous coûtera ! s'écria-t-il, en tirant son agenda avec l'air d'un homme aussi surpris que scandalisé. Attendez que j'aie fait le total, en monnaie anglaise et américaine.

— Je ne puis attendre. Je suis toute à mon anxiété... toute à mon espérance... toute à cette idée que nous sommes sur la voie de nouvelles découvertes. »

Sans tenir compte de mon interruption, il s'était mis à ses calculs.

« L'homme prendra un billet de seconde classe, un billet d'aller et retour. Très-bien. Son billet comprend la nourriture, et comme, Dieu merci ! c'est un homme sobre, il ne gaspillera pas d'argent en consommation de liqueurs à bord. Arrivé à New-York, il ira se loger dans un hôtel allemand, un hôtel à bon marché, et où je sais de bonne source qu'il pourra avoir la table et le logement à raison de... »

Ma patience était à bout ; je pris mon livre de chèques dans le tiroir de la table, je l'ouvris, et je mis ma signature au bas d'un chèque en blanc, que je lui tendis.

« Remplissez-le pour la somme qui sera nécessaire à cet homme, et, pour l'amour du ciel, revenons à Dexter. »

M. Playmore se renversa dans son fauteuil et leva sa main et ses yeux vers le plafond. Je ne me laissai nullement toucher par ce solennel rappel à la puissance méconnue de l'arithmétique et de l'argent, et

j'insistai pour obtenir de nouveaux éclaircissements.

« Allons! soit! soupira-t-il. Écoutez donc ceci,
reprit-il, en lisant les notes prises par Benjamin :
*Numéro 9, Caldershaws. Demander Dandie. Vous
n'aurez pas le Journal. Que je vous dise un secret à
l'oreille : le Journal le fera pendre.* »

— Oui, c'est singulier, repris-je. Comment Dexter pouvait-il savoir ce qu'il y avait dans le *Journal*
de mon mari? Et que voulait-il dire par numéro 9,
Caldershaws, et le reste? Sont-ce des faits encore?

— Des faits encore, répondit M. Playmore; des
faits mêlés les uns avec les autres, comme vous
pouvez vous en apercevoir, mais des faits de tout
points positifs. Caldershaws, vous devez le savoir,
est un quartier mal famé d'Édimbourg. L'un de mes
clercs, en qui j'ai toute confiance, m'a offert d'aller
s'enquérir de Dandie au n° 9. C'était une affaire épi-
neuse sous tous les rapports. Mon clerc prit avec
lui une personne connue dans le quartier. Le n° 9
se trouve être, ostensiblement, une boutique pour
la vente et l'achat des vieux chiffons et des vieilles
ferrailles; mais Dandie était soupçonné d'exercer secrètement une autre industrie, celle de recéleur d'objets volés. Grâce à l'influence de son compagnon,
appuyée par l'offre d'une banknote... elle pourra
être portée sur la note des dépenses en Amérique...
mon clerc réussit à faire parler cet homme. Sans
entrer dans des détails inutiles, voici, en substance,
le résultat obtenu. Quinze ou vingt jours avant la
date du décès de Mme Eustache, Dandie fit deux
clés sur des empreintes en cire qui lui avaient été
fournies par un client inconnu. Le mystère qu'ob-

servait l'agent de cette négociation inspira quelque
défiance à Dandie. Il fit secrètement-épier cet homme
avant de livrer les clés, et il acquit la certitude que
son véritable client était Miserrimus Dexter. Attendez
encore un peu, je n'ai pas tout dit. Rapprochez ce renseignement de l'incompréhensible connaissance que
Dexter avait du *Journal* de votre mari, et vous arri-
vez à un résultat év'dent : c'est que les empreintes
envoyées à la boutique du marchand de vieilles
ferrailles, dans Caldershaws, avaient été prises par
un voleur sur les clefs du *Journal* même et du tiroir
de la table qui le renfermait. J'ai mes idées à moi
sur les révélations qui sont encore à obtenir si cette
filière est bien suivie. Mais ne vous en préoccupez
pas pour le moment. Dexter, je vous le redis encore,
a sa part de responsabilité dans la mort de la première Mme Eustache. Comment et dans quelle mesure ce malheureux Dexter est-il responsable ? c'est
là une première question à se poser. Je crois que
vous êtes en bonne voie pour résoudre celle-là et
les autres. Bien plus, je vous dis maintenant ce que
je ne me serais pas aventuré à vous accorder jusqu'ici : c'est un devoir pour vous, un devoir tant
envers la justice qu'envers votre mari , de faire
éclater la vérité au grand jour. Quant aux obstacles
que vous pourrez rencontrer, je ne pense pas qu'ils
vous arrêtent. On triomphe, en fin de compte, des
plus grandes difficultés, par l'alliance de la patience,
de la résolution... et de l'économie. »

Après avoir fortement accentué ce dernier mot,
mon digne conseiller, songeant à la fuite du temps
et aux affaires professionnelles qui le réclamaient,
se leva pour prendre congé de moi.

« Un mot encore, lui dis-je, au moment où il me

tendait la main; est-ce que vous pourrez faire en
sorte de voir Miserrimus Dexter avant de repartir
pour Édimbourg? D'après ce que le jardinier m'a
dit, son frère doit être auprès de lui maintenant; ce
serait un soulagement pour moi d'avoir des nouvelles plus récentes de lui, et de les avoir par vous.

— Il entre dans le cercle des affaires qui m'amè-
ment à Londres, de le voir, dit M. Playmore; mais,
songez-y bien, je ne garde pour lui aucun espoir de
rétablissement. Je veux seulement m'assurer que
son frère a les moyens et la volonté de prendre soin
de lui. Quant à ce qui nous intéresse, madame Eustache, croyez bien que ce malheureux homme a dit
tout ce qu'il avait à dire. »

Il ouvrit la porte, s'arrêta, réfléchit, et revint à
moi.

« En ce qui touche la question de l'envoi d'un
agent en Amérique, reprit-il, je me propose d'avoir
l'honneur de vous soumettre un petit devis...

— Oh! monsieur Playmore!

— Un petit devis écrit, madame Eustache, des
dépenses nécessaires ou utiles. Vous serez assez
bonne pour l'examiner, en faisant, en vue de l'éco-
mie, les observations que son examen vous suggé-
rera à vous-même. Et si vous approuvez mes éva-
luations, vous serez assez bonne pour remplir le
chèque en blanc que vous avez signé, en inscrivant
en lettres et en chiffres la somme jugée indispen-
sable... Non, madame, non, reprit-il, ma conscience
ne me permet pas d'emporter une pièce aussi élas-
tique et aussi imprudente que l'est un chèque en
blanc. C'est un mépris complet, sous la forme d'une
petite bande de papier, des premières lois imposées
par la prudence et l'économie, et l'accepter serait

me mettre en contradiction avec les principes qui
ont été la règle de toute mon existence. Je ne puis
me soumettre à une telle contradiction. Adieu, madame Eustache... adieu. »

Il laissa mon chèque sur la table, me fit un profond salut, et se retira. Parmi les étranges manifes-
tations de la bêtise humaine qui s'offrent journelle-
ment à nos regards, assurément une des moins
excusables, est celle qui, à notre époque persiste à
s'étonner de voir les Écossais si bien réussir dans
la vie !

XLII.

NOUVELLES SURPRISES !

Le même soir, je reçus, par les mains d'un clerc,
le devis promis.

C'était un document tout à fait caractéristique.
Les dépenses étaient rigoureusement calculées à un
shilling, à un penny près, et les instructions de
notre infortuné messager, en ce qui touchait ses dépenses personnelles, les réduisaient à une parcimonie
telle, que la vie en Amérique ne pouvait lui être
que péniblement à charge. Par commisération pour
ce pauvre homme, je pris la liberté, dans ma réponse à M. Playmore, d'augmenter un peu les chiffres indiqués comme devant figurer dans le chèque. J'aurais dû mieux savoir à qui j'avais affaire.
M. Playmore me répondit pour m'informer que
notre émissaire était parti, et il m'envoya un reçu

en bonne forme, avec l'argent représentant le sur-
plus de la somme que j'avais cru devoir ajouter à
son évaluation.

En quelques lignes écrites à la hâte, il me faisait
part du résultat de sa visite à Miserrimus Dexter.

Il n'y avait aucune amélioration, aucun changement dans son état. M. Dexter, le frère, était arrivé,
accompagné d'un médecin spécialiste. Le nouveau
docteur s'était refusé à donner une opinion positive,
avant d'avoir eu tout le temps d'examiner et d'étudier le cas qui lui était soumis. En conséquence, il
avait été décidé que Miserrimus serait transporté
dans une maison d'aliénés dont le docteur était le
propriétaire, aussitôt que les dispositions à prendre
pour recevoir le malade auraient été complétées.
La seule difficulté qui se présentait était relative à
la fidèle créature qui n'avait quitté son Maître ni
jour ni nuit, depuis la catastrophe. Ariel n'avait
point d'amis et point d'argent. Il ne fallait pas s'attendre à ce que le propriétaire de l'asile spécial la
reçût, sans le payement de la rétribution accoutumée, et M. Dexter, le frère, n'était pas assez riche
pour se charger de cette dépense. Sa séparation
forcée du seul être qu'elle aimait et son transport
dans un des asiles publics ouverts à la pauvreté,
telle était la perspective qui attendait cette infortunée créature, à moins que quelqu'un n'intervînt
en sa faveur avant la fin de la semaine.

Dans ces circonstances, le bon M. Playmore, faisant céder les droits de l'économie devant ceux de
l'humanité, proposa d'ouvrir une souscription et
offrit de s'inscrire libéralement en tête.

J'aurais écrit en pure perte tout ce qui précède
s'il m'était nécessaire d'ajouter que j'envoyai immé-

diatement une lettre à M. Dexter, le frère, dans laquelle je déclarai prendre à ma charge toutes les dépenses que ne couvrirait pas la souscription, à la condition qu'Ariel suivrait Miserrimus lorsqu'il serait transporté à l'asile. Ce point me fut facilement concédé. Mais on souleva de graves objections quand je demandai qu'il fût permis à Ariel de donner ses soins à son Maître dans l'asile, comme elle le faisait chez lui. Les règlements de l'établissement s'y opposaient; c'était, du reste, la loi constamment suivie partout; etc., etc. Néanmoins, à force de persévérance, et en employant tous les moyens de persuasion, je gagnai assez de terrain pour arriver à une concession raisonnable. Durant certaines heures du jour, et sous certaines restrictions, Ariel aurait le privilége de veiller sur son maître dans sa chambre, et de l'accompagner quand il serait conduit dans sa chaise roulante, pour prendre l'air au jardin. Pour rendre hommage à l'humanité, qu'on me permette d'ajouter que la responsabilité que j'avais acceptée ne fut pas très-onéreuse pour ma bourse. Grâce à Benjamin, qui s'était chargé de la faire circuler, notre liste de souscription eut un plein succès. Les amis, et même des étrangers, ouvrirent leur cœur et leur bourse au récit de la touchante histoire d'Ariel.

Le jour qui suivit la visite de M. Playmore m'apporta des nouvelles d'Espagne, dans une lettre de ma belle-mère. Décrire ce que je ressentis à la lecture des premières lignes serait simplement impossible. Laisons Mme Macallan parler à ma place.

Voici ce qu'elle écrivait :

« Préparez-vous, ma chère Valéria, à une déli-
« cieuse surprise. Eustache a justifié ma confiance
« en lui. Quand il reviendra en Angleterre, il revien-
« dra... si vous le voulez bien... à sa femme.

« Cette résolution, je me hâte de vous en donner
« l'assurance, n'a été provoquée par aucun effort de
« ma part. Elle est toute spontanée et uniquement
« due à la reconnaissance et à l'amour de votre mari.

« Dès qu'il a été en état de m'entendre, je lui ai
« appris que vous étiez venue veiller sur lui et l'en-
« tourer de vos plus doux soins, et, dès qu'il a été en
« état de parler, voici les premiers mots qu'il m'a
« dits : — Si je vis et qu'à mon retour en Angleterre
« j'aille voir Valéria, pensez-vous qu'elle me par-
« donne? Nous ne pouvons, ma chère enfant, que
« vous laisser libre de faire vous-même la réponse
« à cette question. Si vous nous aimez, envoyez-
« nous-la vite, par le retour du courrier.

« Je vous avoue que, moi, j'ai retardé de quelques
« jours l'envoi de ma lettre. Vous ne m'en voudrez
« pas quand vous songerez qu'Eustache est bien
« faible encore et ne parle qu'avec difficulté. Je vou-
« lais lui donner tout le temps de la mûre réflexion
« et vous avertir franchement s'il était survenu quel-
« que changement dans sa résolution.

« Trois jours se sont passés, et il n'a pas varié dans
« son sentiment. Il n'a plus qu'une pensée et qu'un
« rêve : il aspire au moment qui le réunira à vous.

« Mais ce n'est pas là tout ce que vous devez sa-
« voir et tout ce que je dois vous dire.

« Quelque grands que soient les changements
« apportés en lui par le temps et la souffrance, il n'y
« a nul changement dans l'aversion, dans l'horreur,
« devrais-je dire même, avec laquelle il envisage

« votre idée de provoquer une nouvelle enquête sur
« les circonstances qui se rattachent à la mort la-
« mentable de sa première femme. Vous avez beau
« n'être évidemment animée que du désir de servir
« ses intérêts, cette considération ne saurait modi-
« fier en rien sa manière de voir.

« — A-t-elle renoncé à cette idée? Êtes-vous po-
« sitivement sûre qu'elle a renoncé à cette idée?
« telle est la question qu'il ne cesse de m'adresser.

« J'ai répondu... pouvais-je faire autrement dans
« le triste état de santé où il est encore?... j'ai ré-
« pondu de manière à le calmer et à le satisfaire. Je
« lui ai dit : Tranquillisez-vous l'esprit à ce sujet.
« Valéria n'a pas autre chose à faire qu'à renoncer à
« son dessein : les obstacles qu'elle a rencontrés ont
« été reconnus insurmontables, et ont triomphé de
« sa résolution.

« C'était, vous vous le rappelez, ce que je croyais
« réellement devoir arriver, quand nous nous som-
« mes entretenues de ce pénible sujet; et je n'ai
« rien appris de vous, depuis ce temps, qui tende à
« ébranler le moins du monde ma conviction.

« Si j'ai été bien inspirée, comme je prie Dieu que
« cela soit, en prenant le parti que j'ai pris, vous
« n'avez qu'à confirmer mon dire dans votre réponse,
« et tout sera pour le mieux.

« Dans le cas contraire, c'est-à-dire si, par impos-
« sible, vous vouliez persévérer encore dans votre
« projet désespéré, alors ne vous faites pas d'illusion
« sur ce qui devra s'ensuivre; dites-vous bien qu'en
« heurtant le sentiment si profond d'Eustache sur ce
« sujet, vous annulez tous les bons effets qu'ont pro-
« duits dans son cœur sa reconnaissance, son repen-
« tir et son amour; dites-vous bien... c'est ma con-

« viction intime... que vous ne le reverrez jamais

« Je m'exprime avec énergie dans votre intérêt,
« ma chère enfant, et pour votre bien. Lorsque vous
« me répondrez, joignez à votre lettre quelques
« lignes pour Eustache.

« Quant à la date de notre départ, il est encore
« impossible de vous la fixer d'une manière positive.
« Eustache se rétablit très-lentement : le docteur ne
« lui a pas encore permis de quitter son lit; et,
« quand nous nous mettrons en route, nous devrons
« voyager à petites journées. Ce n'est donc pas avant
« six semaines, au plus tôt, que nous pouvons espé-
« rer revoir notre chère Angleterre.

« Affectueusement à vous.

« CATHERINE MACALLAN ».

Après la lecture de cette lettre, je fis pendant
quelque temps des efforts infructueux pour ramener
le calme dans mon esprit. Dans ce même moment,
l'émissaire auquel nous avions confié le soin de
poursuivre notre enquête, traversait l'Océan, en
route vers l'Amérique.

Que fallait-il faire?

J'hésitai. Cela semblera blâmable peut-être. Il est
certain que j'hésitai. Cependant, il n'y avait réellement pas nécessité de me décider à la hâte; j'avais
devant moi toute la journée.

Je sortis et j'allai faire une promenade solitaire
pour retourner dans mon esprit la question sous
toutes ses faces. Je rentrai à la maison, et je conti-
nuai mes réflexions au coin du feu. Offenser et re-
pousser mon bien aimé mari quand il revenait à moi;
quand, de sa propre volonté, il revenait repentant,
c'était ce qu'une femme animée de mes sentiments

ne pouvait dans aucun cas se décider à faire. Et
pourtant, d'un autre côté, comment, ô mon Dieu,
abandonner ma grande entreprise, dans l'instant
même où le sage et prudent M. Playmore entre-
voyait une telle perspective de succès qu'il s'était
offert de lui-même à me prêter son assistance? Placée entre ces deux cruelles alternatives, laquelle
pouvais-je choisir? Je ne choisis ni l'une ni l'autre.
Qu'on veuille bien considérer la faiblesse humaine,
et qu'on ait quelque indulgence pour la mienne!
Deux séduisants esprits malins, la Ruse et le Men-
songe, me prirent doucement par la main et me
dirent tout bas de leurs voix persuasives : « Ne te
« compromets ni dans l'une ni dans l'autre voie;
« écris tout juste ce qu'il faut pour calmer ta belle-
« mère et pour contenter ton mari. Tu as du temps
« devant toi. Le temps peut se faire ton allié et te
« tirer d'embarras. »

Abominables conseils! je les écoutai pourtant,
hélas! moi qui avais été bien élevée et aurais dû
avoir de meilleurs sentiments. Vous qui lisez cette
honteuse confession, vous eussiez été mieux inspirés. Vous n'êtes pas rangés dans la catégorie des
misérables pécheurs du Livre de Prières.

Que j'aie au moins la vertu de dire la vérité! En
écrivant à ma belle-mère, je l'informai qu'il avait été
jugé nécessaire de faire transporter Dexter dans une
maison d'aliénés ;mais je la laissai tirer, elle-même,
les conclusions de ce fait, sans l'éclairer par le moindre renseignement additionnel. Dans le même esprit,
je dis à mon mari une partie de la vérité, rien de
plus. Je lui dis que je lui pardonnais de tout cœur....
ce qui était vrai. Je lui dis qu'il pouvait venir à moi
et que je le recevrais les bras ouverts, ce qui était

encore profondément sincère. Pour le reste, laissez-
moi dire avec Hamlet :

... Le reste est le silence.

Après avoir fait partir ces deux affreuses lettres,
je me sentis incapable de rester en place, et j'éprouvai le besoin de changer d'air. Il fallait attendre huit
ou neuf jours avant de pouvoir espérer un télégramme de New-York. Je résolus de quitter, pour
quelque temps, mon cher et admirable Benjamin, et
d'aller revoir mon ancienne demeure dans le Nord,
le presbytère de mon oncle. Mon voyage en Espagne, pour aller soigner mon mari, avait rétabli
la paix entre moi et mes dignes parents, et j'avais
promis d'aller leur demander l'hospitalité aussitôt
qu'il me serait possible de quitter Londres.

Ce fut, à tout prendre, un temps heureux que
celui que je passai dans ces lieux si pleins de souvenirs. J'allai revoir le sentier du bord de la rivière,
où Eustache et moi nous nous étions rencontrés
pour la première fois. Je me promenai sur la pelouse,
et j'errai dans les allées bordées de massifs d'arbus-
tes, où nous avions tant de fois marché côte à côte,
où nous nous étions si souvent entretenus de nos
inquiétudes, où si souvent nous les avions oubliées
dans un baiser. Comme nos existences avaient été
tristement et étrangement séparées depuis! Comme
il était encore incertain, le sort que nous réservait
l'avenir!

Les gens et les choses au milieu desquelles je
vivais avaient pour mon cœur un effet adoucissant,
elles élevaient mon esprit. Je me reprochais, et me
reprochais amèrement de n'avoir pas écrit plus lon-

guement et plus franchement à Eustache. Pourquoi
avais-je hésité à lui sacrifier mes espérances et mes
intérêts dans mes recherches futures? Il n'avait
point hésité, lui, le pauvre garçon.... sa première
pensée avait été pour sa femme!

J'avais passé une quinzaine de jours chez mon
oncle, sans recevoir de nouvelles de M. Playmore,
quand une lettre arriva enfin, qui me causa un désap-
pointemeht indescriptible. Un télégramme de notre
émissaire nous informait que la fille du concierge
de Gleninch avait quitté New-York avec son mari
et que notre messager s'occupait de retrouver leurs
traces.

Je n'avais pas autre chose à faire qu'à attendre patiemment, avec l'espoir de recevoir de meilleures
nouvelles. Je restai dans le Nord, d'après le conseil
de M. Playmore, de façon à ne pas me trouver à une
grande distance d'Édimbourg, pour le cas où il aurait besoin de communiquer directement avec moi.
Trois longues semaines d'attente s'écoulèrent encore, avant qu'une seconde lettre me parvînt. Cette
fois, il était impossible de dire si les nouvelles
étaient bonnes ou mauvaises, elles étaient simplé-
ment ahurissantes. M. Playmore, lui-même, en de-
meura stupéfait. Voici les quelques mots étranges....
limités dans leur nombre, probablement par raison d'économie.... qui nous parvinrent sous forme
d'un télégramme adressé par notre agent en Amérique :

« — Fouillez le tas d'ordures, a Gleninch ».

XLIII.

ENFIN !

La lettre de M. Playmore, qui contenait le télégramme extraordinaire de notre agent, était loin
d'exprimer les pressentiments de succès que l'honnête jurisconsulte avait laissé entrevoir chez Benjamin.

« Si le télégramme signifie quelque chose, » écrivait-il, « il signifie que les morceaux de la lettre
« déchirée ont été jetés dans le seau de la bonne
« avec la poussière, les cendres, et le reste des ba-
« layures de la chambre, et que ce seau a été vidé
« dans le tas d'ordures de Gleninch. Depuis ce temps,
« la masse des ordures, entassée par le balayage
« périodique des chambres, durant une période de
« trois années, y compris les cendres provenant des
« feux entretenus pendant presque toute l'année
« dans la bibliothèque et la galerie des tableaux,
« doit avoir été versée sur le tas d'ordures et avoir
« enterré les précieux morceaux de papier plus pro-
« fondément de jour en jour. Même si nous avons
« la chance de retrouver ces fragments, pouvons-
« nous, après un temps si long, espérer les retrouver
« dans un état de conservation suffisant, et cela jus-
« tement pour l'écriture ? Je serais charmé d'ap-
« prendre, et s'il se peut par le prochain courrier,
« quelle est là-dessus votre impression. Si vous

« jugez convenable de venir me consulter person-
« nellement à Édimbourg, ce sera du temps d'é-
« pargné dans un moment où le temps est pour
« nous si précieux. Tant que vous résiderez chez
« votre oncle, vous vous trouverez à une distance
« d'Édimbourg qui rend les communications faciles;
« songez-y bien. »

J'y songeai, et très-sérieusement. La première
question que j'avais à examiner était celle qui concernait mon mari.

Le départ de la mère et du fils avait été si longtemps retardé par les ordres du médecin, que les
voyageurs n'avaient pu encore pousser leur voyage
de retour plus loin que Bordeaux, d'où j'avais reçu,
il y avait trois ou quatre jours, les dernières nouvelles de Mme Macallan. Néanmoins, tout en tenant
compte d'un certain temps de repos à Bordeaux, et
de la lenteur avec laquelle ils seraient forcés de
voyager ensuite, je devais m'attendre à les voir
arriver en Angleterre avant que nous ayons pu recevoir une nouvelle lettre de notre agent en Amérique. Comment pourrais-je, dans cette situation,
me rendre auprès de mon conseiller à Édimbourg,
après avoir rejoint mon mari à Londres? le problème n'était pas facile à résoudre. Le parti le plus
sage et le meilleur me parut être de dire franchement à M. Playmore que je n'étais plus maîtresse
de mes mouvements, et que ce qu'il aurait de mieux
à faire serait de m'adresser sa prochaine lettre au
domicile de Benjamin.

En écrivant à M. Playmore, j'avais à lui faire part
de mes idées personnelles, au sujet de la lettre déchirée.

Dans les dernières années de la vie de mon père, j'avais voyagé avec lui en Italie, et j'avais admiré dans le musée de Naples les merveilleux restes du temps passé découverts dans les ruines de Pompéï. En vue de redonner courage à M. Playmore, je lui rappelai que l'éruption qui avait englouti la ville avait conservé pendant plus de seize siècles les objets les plus fragiles, tels que la paille dans laquelle des articles de poterie avaient été empaquetés, les peintures décorant les murailles des maisons, les vêtements portés par les habitants, et, ce qui était plus remarquable que tout, un morceau d'ancien papyrus, encore adhérent aux cendres volcaniques qui l'avaient recouvert. Si ces découvertes avaient été faites après un intervalle de seize cents ans, sous cette énorme couche de poussière et de cendres, nous pouvions certainement garder l'espoir de trouver une préservation pareille, au bout de trois ou quatre années, et sous ce petit monticule de cendres et de poussière. En prenant pour acquis ce qui était peut-être douteux, que les morceaux de la lettre pourraient être retrouvés, ma conviction personnelle était que l'écriture en pouvait être quelque peu décolorée, mais devait certainement demeurer lisible. L'accumulation même des ordures, que déplorait M. Playmore, devait, au contraire, avoir servi à préserver ces fragments de papier de la pluie et de l'humidité. Je terminai ma lettre sur ces modestes avis, me trouvant pour une fois, grâce à mes voyages sur le Continent, en position de remontrer quelque chose à mon savant conseil.

Une autre journée se passa sans m'apporter des nouvelles des voyageurs.

Je commençais à être inquiète. Je fis mes prépa-

ratifs dans la nuit, et je résolus de partir pour Londres le lendemain, si dans l'intervalle il ne me parvenait aucun avis d'un changement d'itinéraire dans le voyage de Mme Macallan.

Le courrier du matin décida du parti que j'avais à prendre; il m'apportait une lettre de ma belle-mère, qui ajoutait une date mémorable à mon calendrier domestique.

Eustache et sa mère étaient parvenus jusqu'à Paris. Mais une nécessité cruelle les avait contraints de s'arrêter là. Les fatigues du voyage et les émotions anticipées que lui causait notre prochaine réunion, avaient été trop fortes pour mon mari. C'est à grand'peine qu'il avait pu gagner Paris, et il était maintenant cloué dans son lit par une rechute. Les médecins, cette fois, n'avaient pas de craintes pour sa vie, mais c'était à la condition qu'il aurait la patience de se soumettre au repos le plus absolu, pendant un temps assez long. .

« Il dépend de vous, maintenant, Valéria, » écrivait Mme Macallan, « de lui apporter la force et le cou-
« rage dont il a besoin pour supporter ce nouveau
« chagrin. Ne supposez pas un seul instant qu'il
« vous ait blâmée, qu'il ait seulement songé à vous
« blâmer, de m'avoir laissée en Espagne, lorsqu'il a
« été déclaré hors de danger. — C'est moi qui l'a-
« vais quittée, m'a-t-il dit, la première fois qu'il a
« été question de cela entre nous, et ma femme a
« le droit d'attendre que je revienne près d'elle.
« Telles ont été ses paroles, et il a fait tout son pos-
« sible pour y conformer sa conduite. Mais retenu
« sans force dans son lit, il vous demande mainte-
« nant d'accepter l'intention pour le fait et de venir

« le rejoindre à Paris. Je crois vous connaître assez,
« ma chère enfant, pour être sûre que vous le ferez.
« Il ne me reste plus qu'à vous donner un dernier
« avis, avant de clore ma lettre. Évitez toute allu-
« sion, non-seulement au procès criminel, vous le
« feriez de vous-même, mais encore à la propriété
« de Gleninch. Vous comprendrez en quelles dispo-
« sitions d'esprit il est dans son abattement actuel,
« quand je vous dirai que je ne me serais jamais
« aventurée à vous inviter à nous répondre, si vous
« ne m'aviez informée par votre lettre que vos visi-
« tes à Dexter avaient cessé. Le croirez-vous? son
« horreur de tout ce qui rappelle ses anciens tour-
« ments est encore si vivace, qu'il me demande au-
« jourd'hui de consentir à la vente de notre maison
« de Gleninch. »

Voilà ce que m'écrivait la mère d'Eustache. Mais
elle ne s'était pas fiée entièrement à sa puissance
de persuation personnelle. Un petit papier, enfermé
dans la lettre, contenait ces trois lignes, tracées au
crayon.... d'une main bien débile et accusant un
bien pénible effort.... par mon pauvre bien-aimé
lui-même :

« Je suis trop faible pour pousser plus loin mon
« voyage, Valéria. Viendrez-vous à moi et me par-
« donnerez-vous? »

Après ces mots, quelques traits de crayon étaient
tout à fait illisibles. Les deux phrases qu'il avait pu
écrire l'avaient épuisé.

Ce n'est pas me faire un bien grand mérite, je le
sais; mais ayant avoué mes torts quand j'ai mal agi,

qu'il me soit permis de le dire quand je rentre dans la bonne voie. Je me décidai à l'instant à renoncer à toute participation ultérieure aux tentatives faites pour retrouver la lettre déchirée. Si Eustache me le demandait je voulais avoir le droit de lui répondre :

« J'ai fait le sacrifice qui assure votre tranquillité. Dans le moment où il était le plus dur de m'y résigner, j'ai cédé par amour pour mon mari. »

La raison qui m'avait déterminée à revenir en Angleterre quand j'avais su que j'allais être mère aussi bien que j'étais sa femme légitime était encore présente à mon esprit quand je pris cette résolution. Le seul changement qui s'était opéré en moi, c'est qu'à présent je considérais comme mon premier devoir d'assurer le repos de mon mari. En faisant cette concession je n'abandonnais pas tout espoir. Eustache aurait aussi pour devoir de prouver de nouveau son innocence.... ce serait le devoir du père vis-à-vis de son enfant.

J'écrivis de nouveau à M. Playmore ce matin-là, pour lui annoncer le parti que je venais de prendre et ma renonciation aux tentatives à faire pour découvrir le mystère enfoui sous le tas d'ordures de Gleninch.

XLIV.

NOTRE NOUVELLE LUNE DE MIEL.

Il n'y a pas à déguiser ou à nier que mes esprits ne fussent abattus durant le voyage qui me ramenait à Londres.

Renoncer au but le plus cher de ma vie, après
avoir tant souffert pour le poursuivre et au moment
où, selon toutes les apparences, j'étais si près de la
réalisation de mes espérances, était mettre à une
rude épreuve la fermeté d'une femme et le sentiment qu'une femme peut avoir de ses devoirs.
Néanmoins si l'occasion s'en était offerte à moi je
ne serais pas revenue sur ma lettre à M. Playmore.

« C'est une chose faite et que mon devoir m'ordon-
nais de faire, me disais-je. Un jour encore et je
serai réconciliée avec cette idée, lorsque j'aurai
donné un premier baiser à mon mari. »

J'avais pris mes dispositions avec l'espoir d'arriver
à Londres à temps pour prendre l'express du soir
de Paris : mais le train qui m'amenait à Londres
avait été mis en retard deux fois durant son long
trajet, et force me fut d'aller passer la nuit chez
Benjamin et de remettre mon départ au lendemain
matin.

Je n'avais pas, naturellement, prévenu mon vieil
ami du changement survenu dans mes plans, et mon
arrivée le surprit. Je le trouvai dans son cabinet,
devant une illumination extraordinaire de lampes et
de bougies, absorbé sur des petits morceaux de papier déchirés, éparpillés sur la table devant lui.

« Que faites-vous là, grand Dieu? » demandai-je.

Benjamin rougit.... j'allais dire comme une jeune
fille, mais les jeunes filles ne rougissent guère de
nos jours.

« Rien!.... rien!.... dit-il tout confus, ne faites pas
attention. »

Il étendit la main pour débarrasser sa table des
morceaux de papier. Un soupçon me vint soudain à
l'esprit. J'arrêtai son mouvement.

« Vous avez reçu des nouvelles de M. Playmore !
m'écriai-je. Dites-moi la vérité, Benjamin.... Est-ce
oui ou non ? »

Benjamin rougit plus encore et dit :

« Oui.

— Où est sa lettre ?

— Je ne dois pas vous la communiquer, Valéria... »

Ceci, ai-je besoin de le dire ? m'inspira la détermination absolue de voir cette lettre. J'avais d'ailleurs un excellent moyen de persuader à Benjamin
qu'il pouvait me la montrer, c'était de lui apprendre
quel sacrifice je faisais pour me conformer aux
désirs de mon mari.

« Je n'ai plus désormais voix au chapitre sur cette
question, ajoutai-je après lui avoir tout dit ; il dépend entièrement de M. Playmore de continuer ou
d'abandonner la partie, et c'est la dernière occasion
qui me sera offerte de découvrir quelle est réellement sa pensée. Est-ce que je ne mérite pas quelques égards ? Est-ce que je n'ai pas un peu le droit
de demander à voir cette lettre ? »

Benjamin était trop surpris et trop content de
moi, après ce que je venais de lui apprendre, pour
être capable de résister à mes instances. Il me
donna la lettre.

M. Playmore écrivait pour faire confidentielle-
ment appel à l'expérience de Benjamin comme
homme de commerce. Dans le long cours de sa
pratique des affaires, il avait dû se rencontrer certains cas où des documents importants avaient été
reconstitués, après avoir été déchirés, soit à dessein, soit par accident. Si même son expérience
personnelle lui faisait défaut sous ce rapport, il

pourrait facilement trouver à Londres quelque personne notoirement connue comme capable de donner de bons avis en cette matière. Pour expliquer son étrange demande, M. Playmore revenait sur les notes prises par Benjamin chez Miserrimus Dexter. Il l'informait de la sérieuse importance des divagations que, tout en grommelant, il avait couchées sur le papier. La lettre se terminait par la recommandation de tenir secrète pour moi toute la correspondance ultérieure qui pourrait s'établir entre Benjamin et lui, et cela afin de ne pas entretenir dans mon esprit de fausses espérances.

Je compris alors le ton que mon digne conseil avait pris en m'écrivant. L'intérêt qu'il prenait à la découverte de la lettre était évidemment trop vivement excité pour ne pas lui faire un devoir de me le cacher, en prévision d'un échec possible. Ceci n'indiquait guère que M. Playmore fût disposé à interrompre ses investigations, après que j'avais moi-même renoncé à y prendre une part active. Je regardai de nouveau les fragments de papier épars sur la table de Benjamin avec un intérêt que je n'avais pas encore ressenti.

« A-t-on donc trouvé déjà quelque chose à Gleninch ? demandai-je.

— Non, dit Benjamin ; je m'essayais seulement avec une de mes lettres, avant d'écrire à M. Playmore.

— Ah ! c'est vous-même qui avez déchiré la lettre, alors?

— Oui, et, pour que les morceaux soient plus difficiles à réunir, je les ai longtemps secoués dans un panier. C'est bien enfantin, ma chère, à mon âge ! »

Il s'arrêta, comme honteux de lui-même.

« Eh! bien, continuai-je, avez-vous réussi à reconstituer votre lettre ?

— Ce n'est pas très-aisé, Valéria. Mais j'avais
déjà commencé. C'est le même principe que dans
le casse-tête, une espèce de jeu auquel on nous
amusait quand nous étions enfants. Obtenez seulement un point central exact, le reste trouve sa place
en plus ou moins de temps. Je vous en prie, Valéria, ne parlez de ceci à personne. On dirait que je
suis tombé en enfance. Penser que ces stupidités,
prises à la volée sur mon agenda, se trouvent après
tout avoir un sens! Je n'ai reçu la lettre de M. Playmore que ce matin et, je rougis de le dire, je
n'ai pas fait autre chose, depuis, que de recom-
mencer sans fin mes essais sur mes lettres déchirées. Vous n'en soufflerez mot à âme qui vive, n'est-
ce pas, Valéria ? »

Pour toute réponse, j'embrassai le digne homme
avec effusion. Maintenant qu'il avait perdu son
calme habituel et qu'il avait subi l'effet contagieux
de mon enthousiasme, je l'aimais plus que jamais !

Mais je n'étais pas tout à fait heureuse, quoiqu'af-
fectant de le paraître. Malgré tous mes efforts pour
lutter contre cette pensée, je me sentais un peu
mortifiée quand je songeais que j'avais renoncé à
toute participation à la recherche de la lettre, dans
un moment comme celui-ci. Ma seule consolation
était de songer à Eustache. Mon seul moyen de soutenir mon courage était de tenir mon esprit absorbé,
autant que possible, par les perspectives de bonheur
intérieur qui s'offraient maintenant à moi. De ce
côté, du moins, il n'y avait pas de mécompte à re-
douter ; de ce côté je pouvais me sentir convaincue
d'avoir triomphé. Mon mari était revenu à moi de sa

propre volonté. Il n'avait pas cédé à l'évidence des
preuves, il avait cédé aux douces influences de sa reconnaissance et de son amour. Et moi, je lui avais
rendu mon cœur, non parce que j'avais fait des découvertes qui ne lui laissaient d'autre alternative que
de revenir vivre avec moi, mais parce que je le savais en meilleures dispositions d'esprit, parce que je
l'aimais, parce que j'avais en lui une confiance sans
réserve. Un tel résultat ne valait-il pas qu'on le
payât par quelque sacrifice? Rien n'était plus évident, rien n'était plus incontestable! et cependant
je me sentais au fond un peu triste. Mais bah! le
remède était au bout d'une journée de voyage. Plus
tôt je serais près d'Eustache, mieux cela vaudrait.

De bonne heure, le lendemain matin, je quittai
Londres pour Paris, par le train de marée. Benjamin m'accompagna à l'embarcadère.

« J'écrirai à Édimbourg par le courrier d'aujour-
d'hui, dit-il avant que le train se mette en mouvement; je crois pouvoir trouver l'homme dont
M. Playmore a besoin pour l'aider, s'il se décide à
poursuivre ses recherches. Avez-vous quelque
chose à lui faire dire, Valéria?

— Non; tout est fini pour moi, de ce côté. Je
n'ai rien de plus à dire.

— Devrai-je vous écrire comment les choses se
sont terminées, si M. Playmore tente l'expérience à
Gleninch?

— Oui... oui!... répondis-je avec empressement,
mais avec une certaine amertume. Oui, écrivez-
moi, et dites-moi si l'expérience échoue. »

Mon vieil ami sourit. Il me connaissait mieux que
je ne me connaissais moi-même.

« Très-bien ! dit-il d'un ton résigné. Je connais l'adresse du correspondant de vos banquiers à Paris. Vous aurez à vous rendre chez lui pour y prendre de l'argent, ma chère ; vous y trouverez une lettre de moi, au moment où vous vous y attendrez le moins. Donnez-moi des nouvelles de votre mari. Adieu !... que la bénédiction du ciel vous accompagne !... »

Le soir même j'étais rendue à Eustache.

Il était trop faible, le pauvre ami, pour pouvoir même soulever sa tête de dessus l'oreiller. Je m'agenouillai près de son lit et je l'embrassai. Ses yeux voilés de langueur brillèrent du feu de la vie lorsque mes lèvres touchèrent les siennes.

« Ah ! maintenant, murmura-t-il, je vais essayer de vivre, par amour pour vous ! »

Ma belle-mère, par délicatesse, nous avait laissés ensemble, Eustache et moi. Quand il m'accueillit par cette douce et chère bienvenue, par ce souhait de vivre pour l'amour de moi, la tentation de lui apprendre la nouvelle espérance qui était venue luire sur notre destinée commune fut trop forte pour que je pusse y résister.

« Eustache, dis-je, votre devoir est encore de vivre pour quelqu'un autre que moi.

— Entendez-vous parler de ma mère ? » demanda-t-il.

Je posai ma tête sur sa poitrine, et je dis tout bas :

« J'entends parler de votre enfant. »

J'avais maintenant ma récompense pour tout ce que j'avais sacrifié. J'oubliai M. Playmore. J'oubliai Gleninch. Dans mes souvenirs, notre nouvelle lune de miel date de ce jour.

Le temps s'écoula paisiblement, dans la rue écartée que nous habitions. Le bruit et le mouvement de la vie parisienne suivaient leur cours régulier, sans parvenir à nos oreilles et sans attirer notre attention. Par une progression constante, quoique lente, Eustache reprenait ses forces. Les médecins, après une brève consultation, l'avaient entièrement abandonné à moi.

« Vous êtes son meilleur médecin, avaient-ils dit. Plus vous le rendrez heureux, plus vite il se rétablira. »

La calme monotonie de ma nouvelle existence était bien loin de me peser. Moi aussi, j'avais besoin de repos. Je n'avais pas de plaisirs, pas d'intérêts en dehors de la chambre de mon mari.

Une fois, une seule fois, la tranquille surface de nos existences fut légèrement effleurée par une allusion au passé. Quelque chose que j'avais dit accidentellement rappela à Eustache notre dernière entrevue dans la maison du Major Fitz-David. Il revint, très-délicatement, sur ce que j'avais dit relavement au verdict prononcé lors de son procès, et me donna à comprendre qu'un mot de moi, confirmant ce que lui avait affirmé sa mère, tranquilliserait son esprit, une fois pour toutes et pour toujours.

La réponse n'entraînait pour moi ni embarras ni difficultés. Je pouvais, comme je le fis, lui dire en toute sincérité que ses désirs étaient pour moi des lois. Mais il n'était guère, j'en ai peur, dans la nature d'une femme de se contenter de cette simple réponse et d'en rester là. Il m'était bien dû, selon moi, qu'Eustache fît aussi une concession et me tranquillisât à son tour. Comme c'était assez mon

habitude, les paroles suivirent de près le mouvement
de ma pensée.

« Et vous, Eustache, demandai-je, êtes-vous tout
à fait guéri de ces doutes cruels, qui, une fois déjà,
vous ont fait me quitter ? »

Sa réponse, comme il me le dit ensuite, me fit
rougir de plaisir.

« Ah ! Valéria, je ne serais jamais parti, si je
vous avais connue alors, comme je vous connais
maintenant ! »

C'est ainsi que se dissipèrent les dernières ombres de défiance qui pouvaient obscurcir nos existences.

Le souvenir même des jours d'orage et de tour-
ments passés à Londres semblaient s'affaiblir dans
ma mémoire. De nouveau nous étions amants, nous
étions absorbés l'un dans l'autre, nous pouvions
presque nous imaginer que notre mariage ne datait
que d'un ou deux jours. Mais une dernière victoire
me restait à remporter sur moi-même pour rendre
mon bonheur complet. Je sentais encore, lorsque
j'étais laissée à mes pensées, l'impatient désir de
savoir s'il avait été donné suite, ou non, à la recherche
de la lettre déchirée. Quelles étranges créatures
nous sommes ! Avec la possession de tout ce qu'une
femme pouvait désirer pour être heureuse, j'étais
prête à mettre mon bonheur en question, plutôt
que de rester dans l'ignorance de ce qui se passait
à Gleninch ! J'aspirai à l'arrivée du jour où ma bourse
vide me donnerait une excuse pour me rendre chez
le correspondant de mes banquiers et y recevoir
les lettres qui pouvaient s'y trouver à mon adresse.

Le jour venu, je ne perdis pas une heure, j'allai
chercher mon argent : mais je ne songeais guère à

l'argent! j'avais l'esprit préoccupé d'une seule pensée : Benjamin m'avait-il ou ne m'avait-il pas écrit ? Mes yeux erraient sur les tables, sur les pupitres, cherchant furtivement s'ils apercevraient des lettres quelque part. Je ne vis rien de pareil. Mais un homme sortit d'un des bureaux, un homme bien laid, qui me parut bien beau, par l'admirable raison qu'il tenait une lettre à la main et qu'il me dit :

« Cette lettre est-elle pour vous, madame? »

Un seul coup d'œil me suffit pour reconnaître l'écriture de Benjamin.

Avaient-ils tenté de retrouver la lettre... avaient-ils échoué dans leurs recherches ?

Un commis mit mon argent dans mon sac et me conduisit poliment jusqu'à la voiture de place qui m'attendait à la porte. Je ne me rappelle rien d'une façon distincte jusqu'au moment où, dans le trajet pour revenir à notre logis, j'ouvris la lettre de Benjamin. Les premiers mots me mirent au fait. Le tas d'ordures avait été fouillé, et les morceaux de la lettre déchirée avaient été retrouvés !

XLV.

LE TAS D'ORDURES FOUILLÉ.

J'éprouvai un étourdissement. Je fus obligée d'attendre un instant pour laisser mon agitation se calmer, avant de poursuivre ma lecture.

Quand je reportai mes yeux sur la lettre, après

un court intervalle, mon regard tomba sur une
phrase, près de la fin, qui me frappa de surprise.

Je fis arrêter le cocher à l'entrée de la rue où
nous demeurions, et je lui dis de me conduire au
Bois de Boulogne. Il s'agissait de gagner assez de
temps pendant le trajet pour lire avec attention
la lettre et m'assurer si je devais, ou non, garder
le secret sur cette lettre, avant de me retrouver
vis-à-vis de mon mari et de sa mère.

Cette précaution prise, je lus en son entier le récit
que mon bon Benjamin avait écrit pour moi avec le
soin le plus minutieux. Ayant à parler de divers
incidents, il commençait, avec sa méthode habi-
tuelle, par le rapport que notre agent d'Amérique
avait envoyé par la poste.

Notre agent avait réussi à suivre la trace de la
fille du concierge et de son mari et les avait retrouvés dans une petite ville des États de l'Ouest. La
lettre d'introduction que lui avait remise M. Playmore lui procura une cordiale réception de la part
des deux époux et leur patiente attention quand il
leur exposa le but de son voyage à travers l'Atlan-
tique.

Ces premières questions n'amenèrent pas un résultat très-satisfaisant. La femme se montra confuse
et surprise, et, en apparence, incapable de faire des
efforts utiles pour amener quelque précision dans ses
souvenirs. Le mari, heureusement, était un homme
intelligent; il prit notre agent à part et lui dit :

« Je suis habitué à comprendre ma femme, mais
vous n'arriverez jamais à vous faire comprendre
d'elle. Dictez-moi exactement ce que vous avez besoin de savoir, et laissez-moi le soin de découvrir ce
qu'elle se rappelle et ce qu'elle a oublié. »

Cette proposition, très-sensée, fut acceptée. L'agent en attendit les résultats un jour et une nuit.

Le lendemain matin, de bonne heure, le mari lui dit :

« Parlez à ma femme maintenant, et vous verrez qu'elle aura quelque chose à vous dire. Seulement, rappelez-vous bien ceci : Ne vous moquez pas d'elle si elle entre dans des détails insignifiants; même avec moi elle est un peu honteuse quand cela lui arrive. Un homme, n'est-ce pas, n'y regarde pas de si près! Écoutez-la tranquillement, laissez-la parler, et vous arriverez à vos fins. »

L'agent se conforma à ces instructions et arriva au résultat suivant :

La femme se rappelait parfaitement avoir été envoyée pour faire les chambres à coucher et les mettre en état, après que les maîtres eurent quitté Gleninch. Sa mère avait à ce moment une attaque de sciatique et ne pouvait aller avec elle pour l'aider. Elle n'aimait pas trop à se trouver seule dans cette grande maison, après ce qui y était arrivé. En se rendant à son ouvrage, elle rencontra deux enfants, les deux enfants d'un paysan du voisinage, qui jouaient dans le parc. M. Macallan était toujours très-bon pour ses pauvres tenanciers, et il n'empêchait jamais les jeunes enfants de venir courir sur le gazon. Les deux enfants la suivirent dans la maison; elle les avait amenés avec elle parce qu'elle appréhendait de se trouver seule dans ces chambres abandonnées.

Elle commença son travail par le corridor où se trouvaient les chambres d'amis, laissant la chambre de l'autre corridor, celle où il y avait eu une morte, pour s'en occuper en dernier.

Elle n'eut que peu de chose à faire dans les deux
premières chambres. Quand elle eut balayé les
planchers et nettoyé les âtres, il n'y avait pas assez
d'ordures pour remplir, même à moitié, le seau
qu'elle avait apporté. Les enfants la suivaient et,
tout bien considéréré, lui furent une utile compagnie dans cette maison déserte.

La troisième chambre, celle qui avait été occupée
par Miserrimus Dexter, était dans un bien plus
mauvais état que les deux autres et avait grand besoin d'être nettoyée. Elle ne prenait pas beaucoup
garde aux enfants, absorbée qu'elle était par son
travail. Elle avait balayé les saletés qui couvraient
le tapis, les débris de charbon et les cendres qui
remplissait la cheminée, et elle avait déposé le tout
dans le seau, quand son attention fut rappelée sur
les enfants, en entendant pleurer l'un d'eux.

Elle regarda dans la chambre sans les découvrir
tout d'abord.

Sur un nouveau cri, elle aperçut les enfants sous
une table, dans un coin de la chambre. Le plus petit
des deux s'était fourré dans le panier où se jetaient
les papiers inutiles. L'aîné avait trouvé une vieille
bouteille de gomme, avec un pinceau dans le bou-
chon, et il s'était mis gravement à peindre la figure
de son frère avec ce qui restait de gomme dans la
bouteille. Naturellement, le petit s'était débattu, le
panier s'était renversé, et c'est ce qui avait provoqué ses cris.

La crise prit fin par des moyens énergiques et
rapides. La femme arrache la bouteille de gomme
des mains de l'aîné, lui donne une petite tape, remet
le cadet sur ses jambes, et les conduit tous les deux
dans un coin, avec un sévère avis d'avoir à se tenir

tranquilles. Ceci fait, la femme balaya des morceaux de papier déchiré que la chute du panier avait
éparpillés sur le tapis et les rejeta dans le panier,
en compagnie de la bouteille de gomme. Elle alla
chercher son seau, et y vida le contenu du panier ;
après quoi elle se rendit dans la quatrième chambre
par laquelle elle termina son travail de la journée.

Après avoir quitté la maison, suivie par les enfants, elle porta le seau plein à l'endroit où on avait
coutume de déposer les ordures, et le versa sur le
tas ; puis elle reconduisit les enfants chez eux et
revint près de sa mère.

Tel était le résultat de l'appel fait aux souvenirs
de cette femme sur les petits faits domestiques qui
s'étaient passés ce jour-là à Gleninch.

La conclusion qu'en tirait M. Playmore était celle-
ci : Il y avait toutes les chances possibles d'arriver à
retrouver la lettre. Les morceaux de papier déchiré,
placés au milieu du seau où ils avaient été jetés, devaient avoir été protégés, aussi bien en dessus qu'en
dessous, quand le contenu du seau avait été versé
sur le tas d'ordures.

Les semaines et les mois devaient avoir contribué
à cette protection par l'accumulation des ordures
successivement apportés sur le tas. Dans l'état d'a-
bandon où était laissé le jardin, on ne devait pas
avoir dérangé le tas d'ordures pour en extraire du
fumier. Il était donc resté là, intact, depuis que la
famille avait quitté Gleninch jusqu'au moment présent. Là, enfouis quelque part dans les profondeurs
du tas, les morceaux de la lettre devaient se retrouver encore !

Telles étaient les conclusions auxquelles était arrivé l'homme de loi. Il avait immédiatement écrit à

Benjamin pour les lui communiquer. Et là-dessus, qu'avait fait Benjamin?

Après avoir mis à l'épreuve ses talents de recons-truction sur ses propres lettres, la perspective d'ex-périmenter sur la lettre mystérieuse avait été une tentation trop puissante pour que l'excellent homme pût y résister.

« Je crois presque, ma chère, » écrivait-il, « que « cette affaire, d'un si grand intérêt pour vous, m'a « ensorcelé. Vous savez que j'ai le malheur d'être un « homme oisif. J'ai du temps et de l'argent à dépen- « ser... Et la fin de tout cela, c'est que je suis à Gle- « ninch, occupé... sous ma responsabilité person- « nelle, mais avec l'approbation de M. Playmore... « à fouiller le tas d'ordures. »

Ces lignes d'apologie étaient suivies de la descrip-tion du champ de bataille où allait se concentrer son action, au moment où il l'avait visité pour la première fois.

Je passai cette description, mes souvenirs du lieu de la scène étaient trop vivaces pour avoir besoin d'être aidés. Je revoyais encore, à la douteuse clarté du soir, le peu séduisant monticule qui avait si bi-zarrement attiré mon attention à Gleninch. J'en-tendais encore les paroles de M. Playmore, m'expli-quant l'usage habituel auquel on réservait les tas d'ordures dans les maisons de campagne d'Écosse... Qu'est-ce que Benjamin, qu'est-ce que M. Playmore avaient fait? Pour moi, tout l'intérêt du récit était là, et je me jetai avec avidité sur les pages suivantes qui, seules, me touchaient.

Comme de raison, mes amis avaient procédé

avec méthode, ouvrant tout grand un de leurs
yeux sur la question livres, shillings, et pence, et
l'autre vers l'objet qu'ils avaient en vue. L'homme
de loi avait trouvé en Benjamin ce qu'il n'avait pu
trouver en moi, un esprit plus analogue au sien, un
meilleur appréciateur de la valeur d'un état de dépenses, mieux imbu de cette idée que la plus rému-
nérative de toutes les valeurs humaines est la vertu
de l'économie.

A raison de tant par semaine, ils avaient engagé
des hommes pour fouiller le monticule et tamiser
les cendres. A raison de tant par semaine, ils avaient
loué une tente pour abriter le tas d'ordures fouillé
contre le vent et contre la pluie. A raison de tant
par semaine, ils s'étaient assuré les services d'un
jeune homme connu de Benjamin, lequel était employé dans le laboratoire d'un professeur de chimie
et s'était distingué par une savante manipulation de
papiers lors d'une poursuite criminelle pour faux
dirigée contre une maison bien connue de Londres.
Ces préparations faites, ils se mirent à l'œuvre; Benjamin et le jeune chimiste habitant à Gleninch, et
se relayant à tour de rôle pour surveiller l'opération.

Trois jours de travail avec la pelle et les tamis ne
produisirent aucun résultat de quelque importance.
Mais l'affaire était entre les mains de deux hommes
calmes, patients, et déterminés. Ils ne se montrèrent
pas découragés, et le travail continua.

Le quatrième jour, les premiers morceaux de papiers apparurent.

Après examen, ils furent reconnus être des fragments d'un prospectus commercial. Benjamin et le
jeune chimiste persévérèrent avec un imperturba-

ble sang-froid. Vers la fin de la journée de travail,
d'autres fragments de papier déchiré furent trouvés.
Ceux-ci étaient couverts d'écriture. M. Playmore,
qui arrivait tous les soirs à Gleninch après ses affaires de la journée terminées, fut consulté sur la valeur de cette nouvelle découverte. Après avoir attentivement étudié les morceaux, il déclara que les
portions mutilées de phrases qui lui étaient soumi-
ses avaient été, sans le moindre doute, écrites par
la première femme d'Eustache Macallan !

Cette révélation excita au plus haut point l'enthousiasme des chercheurs.

Les pelles et les tamis furent, à partir de ce moment, des ustensiles interdits. Quelque déplaisante
que fût la tâche, les mains seules devaient être employées dans l'exploration du tas d'ordures. La première et la plus importante chose à faire était de
placer les morceaux de papier dans des boîtes de
carton préparées à cet effet, et dans l'ordre où ils
étaient trouvés. La nuit vint, les travailleurs à gages
furent renvoyés, et Benjamin et son collègue conti-
nuèrent à travailler à la lumière des lampes. Les
morceaux de papier se présentaient maintenant par
douzaines, au lieu de deux ou trois à la fois. Pendant un certain temps, la recherche continua à donner les mêmes heureux résultats. Puis les morceaux
de papier cessèrent d'apparaître. Avaient-ils été
tous retrouvés ou fallait-il continuer encore à fouiller les ordures? Les légères couches de saletés furent enlevées avec précaution, et cette opération fut
suivie par la grande découverte de la journée. La
bouteille de gomme, dont la fille du concierge avait
parlé, était sous leurs yeux! et ce qui était plus
précieux encore, à cette bouteille adhéraient des

morceaux de papier écrit, agglomérés en un petit paquet par les dernières gouttes qui s'en étaient écoulées.

La scène se transporte maintenant dans l'intérieur de la maison. Les chercheurs sont installés devant la grande table de la bibliothèque de Gleninch.

L'expérience acquise par Benjamin en jouant au casse-tête pendant son enfance, se trouva être d'une grande utilité pour ses compagnons . Les morceaux de papier accidentellement trouvés ensemble devaient, selon toutes les probabilités, pouvoir se rajuster les uns aux autres, et devaient être certainement les fragments les plus faciles à reconstituer, comme centre pouvant servir de point de départ.

La délicate opération de séparer ces morceaux de papier et de les conserver dans l'ordre de leur adhérence les uns aux autres fut confiée aux soins exercés du chimiste. Mais la difficulté de sa tâche ne se bornait pas là. L'écriture, comme d'habitude, couvrait les deux faces des morceaux de papier, et il n'y avait possibilité de les disposer, de façon à atteindre le but de reconstitution proposé, qu'en dédoublant chaque morceau, afin d'obtenir une surface blanche sur laquelle il serait possible d'étendre la légère couche de gomme nécessaire pour réunir les parcelles et faire reprendre à la lettre sa forme originaire.

Pour M. Playmore et pour Benjamin, le succès dans ces conditions désavantageuses semblait presque désespéré. Leur habile collaborateur leur eut bientôt prouvé qu'ils étaient dans l'erreur.

Il appela leur attention sur l'épaisseur du papier, papier à lettre très-fort et de qualité supérieure,

sur lequel les caractères écrits avaient été tracés.
Ce papier était une fois au moins plus épais que le
papier sur lequel il avait opéré quand il s'était ac-
quitté de son expertise en matière de faux. Il était
donc relativement aisé pour lui, aidé des moyens
matériels dont il disposait et des instruments indis-
pensables qu'il avait apportés de Londres, d'arriver
à dédoubler les morceaux de papier, dans un espace
de temps qui leur permettrait de commencer la reconstruction de la lettre cette nuit même.

Après ces explications, il se mit résolument à
l'œuvre. Pendant que Benjamin et l'homme de loi
étaient encore occupés à classer les morceaux de la
lettre trouvée la première, et essayaient de les rapprocher, le chimiste avait déjà dédoublé la plus
grande portion des morceaux confiés à ses soins et
était parvenu à reconstituer exactement cinq ou six
phrases de la lettre, sur une feuille de carton préparée à cet effet.

M. Playmore et Benjamin examinèrent avec avidité les phrases reconstruites.

L'opération était correctement faite; le sens était
parfaitement clair. Le premier résultat obtenu était
assez remarquable pour les récompenser de tous
leurs efforts. Les formes de langage employées indi-
quaient pleinement la personne à laquelle la défunte Mme Eustache avait adressé sa lettre.

Cette personne était mon mari.

Et cette lettre adressée à mon mari, s'il fallait s'en
rapporter à la plus claire évidence, était la lettre
même qui avait été détournée et tenue secrète par
Miserrimus Dexter jusqu'après l'issue du procès
criminel, et qu'il avait ensuite cru détruire en la
déchirant.

Telles étaient les découvertes faites au moment où Benjamin m'écrivait. Il était sur le point de mettre sa lettre à la poste, quand M. Playmore lui avait conseillé d'en différer l'envoi de trois ou quatre jours, pour garder la chance d'avoir quelque chose de plus à m'apprendre.

« C'est à elle que nous devons ces résultats, avait dit l'homme de loi. Sans sa résolution, sans sa persévérance, sans son influence sur Miserrimus Dexter, nous n'aurions jamais découvert ce que le tas d'ordures de Gleninch nous cachait ; nous n'aurions jamais entrevu même une lueur de la vérité. Elle a les premiers droits à être complètement informée. »

La lettre de Benjamin avait donc été gardée pendant trois jours, à l'expiration desquels elle avait été reprise à la hâte. Elle s'achevait en termes qui me causèrent une indescriptible anxiété.

« Le chimiste avance rapidement dans sa part de
« travail, et j'ai réussi à reconstituer une portion de
« la lettre déchirée présentant un sens, L'examen
« de ce que le chimiste a obtenu et de ce que j'ai
« obtenu moi-même nous a amenés à de surpre-
« nantes conclusions. A moins que M. Playmore et
« moi, ne soyons complétement dans l'erreur, Dieu
« veuille qu'il en soit ainsi ! il y a sérieuse nécessité
« pour vous à garder strictement secrète la recons-
« truction de la lettre pour tous ceux qui vous en-
« tourent. Les découvertes suggérées par ce qui est
« mis en lumière sont si douloureuses et si effrayantes
« que je ne puis prendre sur moi d'aborder ce sujet,
« tant que je n'y serai pas absolument forcé. Par-
« donnez-moi, je vous prie, de venir jeter le trouble
« dans votre esprit par de telles nouvelles. Nous se-

« rons dans la nécessité de vous consulter tôt ou tard
« sur cette affaire, et nous pensons que notre devoir
« est de vous préparer d'avance à ce qui peut ar-
« river. »

Suivait ce post-scriptum, de la main de M. Playmore :

« Je vous en supplie, observez rigoureusement la
« précaution que M. Benjamin vous conseille, et
« gardez présent à votre esprit l'avertissement que
« voici : Si nous réussissons à recontruire la lettre
« dans son entier, la dernière personne à laquelle,
« dans mon opinion, il sera permis de la faire con-
« naître, est votre mari. »

Je lus ces mots effrayants et je me demandais ce
que je devais faire.

Dans l'état des choses, j'avais charge de la tranquillité de mon mari. Je lui devais vraiment de ne
pas recevoir la lettre de Benjamin et le post-scriptum de M. Playmore sans lui en parler. Je me devais
en même temps à moi-même de dire honnêtement
à Eustache que je correspondais avec Gleninch...
seulement j'attendrais pour parler d'en savoir plus
que je n'en savais.

Je raisonnais ainsi. Et encore aujourd'hui je ne
suis pas certaine d'avoir eu tort ou d'avoir eu raison.

XLVI.

LA CRISE AJOURNÉE.

« Prenez garde, Valéria! me dit Mme Macallan.
Je ne vous adresse pas de questions, je vous avertis
seulement, dans votre intérêt. Eustache a remarqué
ce que j'ai remarqué moi-même... Eustache a vu le
changement qui s'est fait en vous. Prenez garde! »

Ainsi me parla ma belle-mère, à une heure
avancée de la journée, dans un moment où nous
étions seules. J'avais fait de mon mieux pour cacher
toute trace de l'effet qu'avaient produit sur moi
les étranges et terribles nouvelles de Gleninch. Mais
pouvais-je avoir lu ce que j'avais lu, éprouvé ce que
j'avais éprouvé, et conserver ma sérénité d'aspect
et de manières ? Si j'avais été la plus vile des hypo-
crites, je doute encore qu'il eût été possible à mon
visage de garder mon secret, tandis que mon esprit
était tout à la lettre de Benjamin.

Après m'avoir ainsi invitée à la prudence,
Mme Macallan ne poussa pas les choses plus loin.
Assurément elle avait raison; il me semblait dur
néanmoins d'être laissée sans un mot de conseil et
de sympathie, et d'avoir à décider seule ce que me
commandait mon devoir envers mon mari.

Lui montrer la lettre de Benjamin, dans l'état de
faiblesse où il était encore et en présence des avertissements qui m'étaient donnés, cela ne faisait pas
seulement question. D'un autre côté, il m'était éga-

lement impossible, m'étant trahie déjà, de la laisser
dans une ignorance complète de ce qui se passait.
Je réfléchis à cela pendant la nuit, et, quand vint le
matin, je me déterminai à faire appel à la confiance
de mon mari en moi.

J'allai droit au but en ces termes .

« Eustache, votre mère m'a dit hier que vous
aviez remarqué un changement en moi, quand je suis
rentrée de ma promenade en voiture. Est-ce vrai?

— Tout à fait vrai, répondit-il, d'un ton plus
grave qu'à l'ordinaire et sans me regarder.

— Nous n'avons rien de caché l'un pour l'autre
maintenant, répondis-je; je dois vous dire et je vous
dis que j'ai trouvé une lettre d'Angleterre qui m'attendait chez mon banquier , et que cette lettre m'a
inquiétée , alarmée. Consentez-vous à me laisser
prendre mon temps pour m'expliquer plus clairement? Et voulez-vous croire , mon cher aimé, que
je remplis envers vous mon devoir de bonne épouse
en vous faisant cette demande? »

Je cessai de parler. Il ne répondit pas. Je pouvais
voir qu'il avait une lutte à soutenir avec lui-même.
M'étais-je aventurée trop loin? Avais-je trop pré-
sumé de mon influence? Mon cœur battait très-fort,
la voix me manquait... Cependant je retrouvai assez
de courage pour lui prendre la main et faire un
dernier appel à sa confiance.

« Eustache, lui dis-je, ne me connaissez-vous pas
assez pour vous fier à moi? »

Il tourna son regard vers moi pour la première
fois. J'aperçus une dernière lueur de doute dans ses
yeux, quand ils se fixèrent sur les miens.

« Vous promettez de me dire, tôt au tard, toute
la vérité? dit-il.

— Je le promets de tout cœur.

— Je me fie à vous, Valéria. »

L'expression de son regard m'apprit qu'il pensait réellement ce qu'il disait. Nous scellâmes notre accord par un baiser. Pardonnez-moi de mentionner ce détail ; au moment où j'écris ayez la bonté de vous le rappeler nous étions encore dans notre nouvelle lune de miel.

Par le courrier de ce même jour, je répondis à Benjamin pour lui apprendre ce que j'avais fait, le priant, si M. Playmore approuvait ma conduite, de me tenir au courant de toutes les découvertes nouvelles qu'il pourrait faire à Gleninch.

Après un intervalle de dix jours, qui me parurent dix siècles, je reçus une seconde lettre de mon vieil ami, à laquelle était joint un autre post-scriptum de M. Playmore.

« Nous avançons d'une façon constante et avec « succès dans la reconstruction de la lettre.

« La nouvelle découverte que nous avons faite est « de la plus sérieuse importance pour votre mari. « Nous avons reconstruit certaines phrases décla- « rant, dans les termes les plus clairs, que l'arsenic « qu'Eustache s'était procuré et dont il était en pos- « session à Gleninch, avait été acheté à la demande « de sa femme. Cette déclaration, notez-le bien, est « de l'écriture de Mme Eustache et signée par elle, « ainsi que nous en avons la preuve. Malheureuse- « ment, je suis obligé de le dire, la raison qui s'op- « pose à ce que votre mari soit mis dans notre « confidence subsiste dans toute sa force, et prend « même, pour ne vous rien dissimuler, une force

« plus grande que jamais. Plus nous avançons dans
« la reconstruction de la lettre, plus nous serions
« tentés, si nous n'écoutions que notre propre sen-
« timent, de l'enfouir de nouveau au milieu des
« ordures, par pitié pour la mémoire de l'infortunée
« qui l'a écrite. Je laisserai ma lettre ouverte pen-
« dant un jour ou deux. S'il y a quelque chose encore
« à vous apprendre, vous le saurez par M. Playmore. »

Venait ensuite le post-scriptum de M. Playmore
daté de trois jours après. Il disait :

« La fin de la lettre de la défunte Mme Macallan
« à son mari, s'est trouvée former par hasard le pre-
« mier fragment que nous avons réussi à reconsti-
« tuer. A l'exception de quelques lacunes qui restent,
« encore çà et là, la teneur du dernier paragraphe a
« été entièrement rétablie. Je n'ai ni le temps ni l'en-
« vie de vous écrire sur ce triste sujet en m'étendant
« sur les détails. Dans une quinzaine, au plus tard,
« j'espère vous envoyer une copie de la lettre en son
« entier, depuis le premier jusqu'au dernier mot. En
« attendant, il est de mon devoir de vous dire qu'il y
« a un bon côté dans ce document, sous tous les au-
« tres rapports déplorable et funeste. Légalement
« aussi bien que moralement parlant, il établit de la
« façon la plus absolue et la plus incontestable l'inno-
« cence de votre mari. M. Eustache est libre de le
« produire en justice dans ce but, s'il trouve moyen
« de concilier dans sa conscience ce qu'il se doit et
« ce qu'il doit à la mémoire de la morte, en per-
« mettant la lecture publique de la lettre devant la
« Cour d'assises. Comprenez-moi bien : il ne peut
« plus reparaître en justice pour répondre aux char-

« ges d'une action criminelle, et cela pour des rai-
« sons de droit dont je n'ai pas à vous troubler l'es-
« prit. Mais si les faits qui ont été l'objet de l'action
« criminelle peuvent être ramenés sous la forme
« d'une action civile, toute l'affaire donnera lieu à
« une nouvelle enquête judiciaire, et l'on peut obte-
« nir ainsi d'un second jury un verdict déchargeant
« entièrement votre mari. Gardez ce renseignement
« pour vous, quant à présent. Conservez la position
« que vous avez si judicieusement adoptée vis-à-vis
« de votre mari, jusqu'à ce que vous ayez lu la
« lettre complètement reconstituée. Quand vous en
« aurez pris connaissance, je pense que vous recu-
« lerez, par pitié pour lui, devant l'idée de la lui
« montrer. Comment pourra-t-on le maintenir dans
« l'ignorance de ce que nous avons découvert? ceci
« est une autre question, qui doit être renvoyée au
« moment où nous aurons pu nous consulter en-
« semble. Jusque-là, je ne puis que vous renouveler
« mon conseil : attendez d'avoir reçu d'autres nou-
« velles de Gleninch. »

J'attendis. Ce que je souffris, ce qu'Eustache pensa
de moi, est inutile à rappeler. Les faits maintenant,
rien que les faits.

En moins de quinze jours, la tâche de reconstituer la lettre fut accomplie. Excepté quelques passages, dans lesquels les morceaux de papier déchirés avaient été irrévocablement perdus, et où il
avait fallu compléter le sens en le faisant concorder
avec l'intention de celle qui l'avait écrite, la lettre
fut complétement rétablie, et la copie promise me
fut envoyée à Paris.

Avant de lire cette terrible lettre, qu'on me laisse

rappeler brièvement dans quelles circonstances Eustache Macallan avait choisi sa première femme.

Qu'on se souvienne que la malheureuse créature s'était éprise d'amour pour lui, sans éveiller de son côté aucun sentiment correspondant. Qu'on se souvienne qu'il s'éloigna d'elle et fit tout ce qu'il put faire pour l'éviter, quand il s'en fut aperçu. Qu'on se souvienne qu'un beau jour elle se présenta chez lui, à Londres, sans l'avoir averti; qu'il mit tout en œuvre pour sauver sa réputation, mais qu'il n'y réussit pas, cela sans qu'il y eût la moindre faute de sa part; et qu'il finit, imprudemment et en désespoir de cause, par l'épouser, pour éviter un scandale qui aurait flétri à jamais son existence.

Qu'on garde le souvenir de tous ces faits, établis par les dépositions de témoins sérieux, et, quelque déraisonnable et blâmable qu'ait pu être l'expression de la pensée d'Eustache sur sa femme, telle qu'il l'a consignée dans son *Journal*, qu'on n'oublie pas qu'il a tout fait pour cacher l'aversion que la pauvre créature lui inspirait, et qu'il a été, dans l'opinion de ceux qui pouvaient le mieux le juger, tout au moins un mari courtois et observateur des convenances, s'il ne pouvait être autre chose.

Maintenant, voici la lettre. Elle ne vous demande qu'une faveur : elle demande à être lue à la clarté de ces paroles du Christ : « *Ne jugez pas, si vous ne voulez pas être jugés.* »

XLVII.

CONFESSION DE LÀ FEMME,

« Gleninch, 19 Octobre 18..

« Mon mari,

« J'ai quelque chose de très-pénible à vous apprendre sur l'un de vos plus anciens amis.

« Vous ne m'avez jamais encouragée à aller à vous pour vous faire mes confidences. Si vous m'aviez permis d'être aussi familière avec vous que quelques femmes le sont avec leurs maris, j'aurais été vous parler au lieu de vous écrire. Dans l'état des choses, je ne sais pas comment vous auriez accueilli ce que j'avais à vous dire, si je vous l'avais dit de vive voix. C'est pourquoi je prends le parti d'écrire.

« L'homme contre lequel j'ai à vous mettre en garde, est encore l'hôte de votre maison... c'est Miserrimus Dexter. Je ne connais pas sur cette terre de créature plus fausse et plus perverse. Ne jetez pas ma lettre de côté! J'ai attendu pour parler d'être en possession d'une preuve qui pût vous convaincre. Cette preuve, je l'ai aujourd'hui.

« Vous pouvez vous rappeler que je me suis hasardée à exprimer quelque désapprobation, quand vous m'avez annoncé, pour la première fois, que cet homme devait venir vous faire visite. Si vous m'aviez donné le temps de m'expliquer, j'aurais pu trouver en moi assez de hardiesse pour vous donner une bonne raison justifiant l'aversion que m'inspire votre ami. Mais vous n'avez pas voulu attendre. Vous vous êtes hâté, et très-injustement, de m'accuser d'avoir des préventions contre cette misérable créature, à cause de sa difformité. Jamais un sentiment autre que la compassion n'est entré dans mon cœur à l'égard des personnes difformes. J'éprouve même en réalité presque un sentiment de confraternité pour elles, étant moi-même... femme ·sans beauté... bien près d'être leur semblable. J'ai été opposée à ce que M. Dexter fût reçu chez vous, parce qu'à une époque antérieure il m'a demandé d'être sa femme et parce que j'avais des raisons pour croire qu'après mon mariage, il garderait encore pour moi son coupable et horrible amour. N'était-il pas de mon devoir, comme fidèle épouse, de m'opposer à ce qu'il devînt l'hôte de Gleninch? Et n'était-il pas de votre devoir, comme bon mari, de m'encourager à en dire davantage?

« Eh bien! M. Dexter était notre hôte depuis plusieurs semaines, et M. Dexter avait osé me reparler de son amour. Il m'avait offensée, il vous avait offensé vous-même, en me déclarant qu'il m'adorait et qu'il vous haïssait. Il m'avait promis une existence de malheur impossible à supporter, si je restais chez moi, avec mon mari.

« Pourquoi ne me suis-je pas plainte à vous, et n'ai-je pas fait chasser ce monstre de notre maison, à l'instant et pour toujours?

« Est-il certain que vous m'auriez crue, si je m'étais plainte et si votre intime ami avait nié toute intention d'offense à mon égard? Je vous ai entendu dire une fois, quand vous ne me croyiez pas à

portée de vous entendre, que les femmes les plus
vaines sont toujours les femmes laides. Vous auriez
pu m'accuser de vanité. Qui sait?

« Mais je n'ai pas le désir de me retrancher derrière cette excuse. Je suis une femme jalouse et
malheureuse, vivant dans la crainte perpétuelle
qu'une autre ait pris ma place dans votre cœur. Miserrimus Dexter a exploité cette faiblesse. Il m'a
affirmé qu'il pouvait me prouver, si je le lui permet-
tais, que je suis au fond de votre cœur un objet de
dégoût pour vous; que vous reculez à la seule idée
de me toucher; que vous maudissez l'heure où
vous avez été assez insensé pour faire de moi votre
femme. J'ai lutté aussi longtemps que je l'ai pu contre la tentation de le laisser me fournir les preuves
de ce qu'il avançait. Cette tentation était terrible
pour une femme qui était loin de se sentir assurée
de la sincérité de votre affection pour elle. En fin
de compte, il a eu raison de ma résistance. J'ai eu
le tort de dissimuler le dégoût que m'inspirait ce
misérable. J'ai eu le tort de souffrir que cet ennemi
de vous et de moi me fît ses confidences. Et pourquoi? Parce que je vous aimais, parce que je n'aimais que vous au monde, et parce que la proposition de Miserrimus Dexter trouvait un écho dans le
doute cruel qui, secrètement, me rongeait le cœur.

« Pardonnez-moi, Eustache! C'est ma première
faute envers vous. Ce sera la dernière.

« Je ne m'épargnerai pas; je ferai la confession
pleine et entière de ce que je lui ai dit et de ce qu'il
m'a dit lui-même. Vous pourrez me faire souffrir à
cause de cela, quand vous saurez ce que j'ai fait.
Mais, au moins, vous aurez été averti à temps, et
vous aurez vu votre faux ami sous son vrai jour.

« Je lui ai dit : — Comment pouvez-vous prouver que mon mari me hait en secret?

« Il a répondu : — Je puis le prouver par un écrit émané de lui-même. Vous le verrez dans son *Journal.*

« — Mais, ai-je dit, son *Journal* est muni d'une serrure, et le tiroir qui le renferme est aussi fermé à clef. Comment pourrez-vous ouvrir et le *Journal* et la serrure?

« Il m'a répondu : — J'ai mes moyens pour avoir raison de l'un et de l'autre, sans courir le risque d'être découvert par votre mari. Tout ce que je vous demande, c'est de me fournir l'occasion de vous voir en secret; je m'engage, en retour, à vous apporter le *Journal* tout ouvert dans votre chambre.

« — Comment, ai-je dit, puis-je vous fournir ce que vous appelez une occasion?

« Il me montra la clef de la porte de communication entre ma chambre et le petit cabinet de travail, et ajouta :

« — Avec mon infirmité, je puis être dans l'impossibilité de profiter d'une première occasion qui se présenterait; je puis être empêché de me rendre secrètement chez vous, sans être observé. Il faut que je puisse choisir mon heure et mes moyens. Laissez-moi prendre cette clef, et laissez la porte fermée. Quand on s'apercevra que la clef manque, dites que c'est de peu d'importance, que la porte est fermée et que les domestiques n'ont pas besoin de perdre leur temps à chercher une clef égarée; on ne s'en occupera plus dans la maison, et je serai en possession d'un moyen de communiquer avec vous que nul ne pourra soupçonner. Y consentez-vous?

« J'y ai consenti.

« Oui, je me suis faite la complice de ce misérable à double face.

« Je me suis abaissée, je vous ai fait injure en acceptant un rendez-vous pour jeter des regards indiscrets sur votre *Journal*. Je sais à quel point ma conduite est vile. Je ne cherche pas d'excuses. Je ne puis que répéter que je vous aime, que j'ai peur que vous ne m'aimiez pas, et que Miserrimus Dexter m'a offert de mettre fin à mes doutes en me montrant les plus secrètes pensées de votre cœur, écrites de votre propre main.

« Il doit se rendre auprès de moi dans ce but, quand vous serez sorti, c'est-à-dire dans deux heures euviron. Mais je lui déclarerai que je ne me contente pas d'un coup d'œil rapide jeté sur votre *Journal*, et je prendrai rendez-vous avec lui pour qu'il me le rapporte une seconde fois à la même heure. Avant ce moment, vous aurez reçu ces lignes par l'entremise de ma garde. Sortez, comme d'habitude, après en avoir pris connaissance; mais revenez secrètement, et ouvrez le tiroir où vous renfermez votre *Journal*. Vous ne le trouverez plus. Allez vous poster alors sans bruit dans le petit cabinet de travail, et, quand Miserrimus Dexter me quittera, vous surprendrez le *Journal* entre les mains de votre ami [1]. »

1. NOTE DE M. PLAYMORE : — Les plus grandes difficultés se sont rencontrées pour nous dans la reconstruction de cette première partie de la lettre déchirée. Au quatrième paragraphe, nous avons dû, en trois endroits, remplacer les mots perdus. Dans les neuvième, dixième, et dix-septième paragraphes, il a fallu aussi rejoindre et compléter ces phrases. Nous avons mis un soin scrupuleux, en remplissant ces lacunes, à nous conformer du mieux possible, à l'in-

« 20 Octobre.

« J'ai lu votre *Journal.*

« Enfin, je sais ce que vous pensez réellement de moi. J'ai lu ce que Miserrimus Dexter avait promis de me faire lire.... l'aveu de votre dégoût pour moi, écrit de votre main.

« Vous ne recevrez pas ce que j'avais écrit hier, au temps et de la manière que j'avais indiqués. Quelque longue que soit déjà ma lettre, j'ai maintenant.... après avoir lu votre *Journal....* des choses graves à y ajouter. Quand j'aurai achevé cette lettre et que je l'aurai mise dans une enveloppe cachetée, je la placerai sous mon oreiller. On la trouvera là quand on m'emportera pour me mettre au tombeau. Alors, Eustache, il sera trop tard pour garder une espérance ou apporter un secours.... alors seulement ma lettre vous sera donnée.

« Oui, j'ai assez de la vie, oui, je veux mourir.

« J'ai déjà tout sacrifié à mon amour pour vous, Je sais à présent que mon amour vous est à charge, le dernier sacrifice à faire est aisé. Ma mort vous fera libre d'épouser Mme Beauly.

« Vous ne savez pas ce qu'il m'en a coûté pour contenir la haine que je ressentais pour elle, et la prier de venir nous rendre visite sans se préoccuper de ma maladie. Je n'aurais jamais fait cela si je n'avais pas été si folle de vous et si effrayée à la pensée de vous irriter contre moi en laissant voir ma jalousie. Et de quelle manière m'en récompensez-vous ? Que votre *Journal* réponde ! « J'ai tendrement em-

tention présumée de celle qui avait écrit la lettre, autant qu'on en pouvait juger d'après les parties intactes de la pièce manuscrite.

« brassé ma femme, ce matin, et j'espère qu'elle ne
« se sera pas aperçue de l'effort que cela m'a
« coûté. »

« Allons, je le sais maintenant. Je sais qu'au fond
de votre pensée, la vie pour vous est un purgatoire.
Je sais que c'est par compassion que vous m'avez
caché votre répugnance pour mes caresses. Je ne
suis qu'un obstacle... « un obstacle absolument
odieux.... » entre vous « et la femme que vous aimez
si tendrement, que vous aimez jusqu'à adorer la terre
où elle pose le pied. » Eh bien, soit ! Je ne vous gê-
nerai pas plus longtemps. Il n'y a là ni sacrifice, ni
mérite de ma part. La vie est insupportable pour moi,
maintenant que je sais que l'homme que j'aime avec
tout mon cœur, avec toute mon âme, frissonne secrètement chaque fois que je le touche.

« J'ai sous la main le moyen de me donner la
mort.

« L'arsenic que, par deux fois, je vous ai fait
acheter pour moi est dans mon nécessaire de toilette. Je vous ai trompé quand j'ai prétexté je ne
sais quelle utilité domestique pour me le procurer.
Ma véritable raison était d'essayer si je ne parvien-
drais pas à améliorer mon affreux teint.... non par
vanité personnelle, mais uniquement pour paraître
plus agréable à vos yeux. J'en ai employé quelque
peu à cet usage, mais il m'en reste plus qu'il ne m'en
faut pour me tuer. Ce poison aura enfin son utilité.
Il peut avoir manqué d'efficacité pour me débarrasser de mon vilain teint ; il n'en manquera pas
pour vous délivrer de votre affreuse femme.

« Ne souffrez pas qu'on se livre à une enquête
sur mon corps, après ma mort. Montrez ma lettre
au docteur qui me soigne ; elle lui apprendra que

j'ai commis un suicide. Elle empêchera que quelque personne innocente soit soupçonnée de m'avoir empoisonnée. Je veux que personne ne soit blâmé ou puni. J'enlèverai l'étiquette du pharmacien, et je viderai avec soin la bouteille contenant le poison, de façon que personne n'ait à souffrir à cause de moi.

« Je m'arrête pour me reposer un peu... puis je reprendrai ma lettre. Elle est déjà beaucoup trop longue. Mais il faut penser que ce sont mes derniers adieux. Je puis bien prolonger un peu ma dernière causerie avec vous !

« 21 Octobre, deux heures du matin.

« Je vous ai renvoyé de ma chambre hier, lorsque vous êtes venu demander comment j'avais passé la nuit. Vous parti, j'ai parlé de vous à la garde qui me soigne dans des termes dont j'ai honte. C'est que maintenant je suis presque hors de moi. Vous savez pourquoi.

« Trois heures et demie.

« Eustache ! j'ai accompli l'acte qui vous délivre de la femme que vous haïssez. J'ai pris le poison.... tout le poison qui restait dans l'enveloppe en papier qui m'est tombé sous la main. Si ce n'est pas suffisant pour me tuer, j'en ai une plus forte quantité dans le flacon.

« Cinq heures dix minutes.

« Vous venez de partir, après m'avoir donné ma potion. Le courage m'a manqué à votre vue. Je me suis dit en moi-même : — S'il me regarde avec bonté, je lui confesserai ce que j'ai fait, et je le laisserai me sauver la vie. Vous ne m'avez pas regardée du tout. Vos yeux sont restés fixés sur la potion. Je vous laisse partir sans vous dire un seul mot.

« Cinq heures et demie.

« Je commence à sentir les premiers effets du poison. La garde est endormie au pied de mon lit. Je ne l'appellerai pas à mon aide, je ne la réveillerai pas. Je veux mourir.

« Neuf heures et demie.

« Les tortures de l'agonie étaient trop affreuses, je n'ai pu les endurer.... j'ai réveillé la garde. J'ai vu le médecin.

« Personne ne se doute de rien. C'est étrange, les douleurs ont cessé. Évidemment j'ai pris trop peu de poison. Il faut que j'ouvre le flacon qui en contient une plus forte dose. Heureusement, vous n'êtes pas près de moi.... ma résolution de mourir, ou plutôt mon dégoût de la vie reste aussi invincible que jamais. Pour être sûre de garder mon courage, j'ai défendu à la garde de vous envoyer chercher. Elle est descendue par mon ordre et je suis libre de prendre le poison dans mon nécessaire de toilette.

« Dix heures dix minutes.

« Quand la garde m'a eu quittée, j'avais eu à peine le temps de cacher le flacon, quand vous êtes entré dans ma chambre.

« J'ai eu encore un moment de faiblesse en vous

voyant. J'ai décidé que je m'accorderais une dernière chance de vivre. Autrement dit, j'ai décidé que je vous offrirais une dernière occasion d'être bon pour moi. Je vous ai demandé de me donner une tasse de thé. Si, en me rendant ce petit service, vous m'aviez seulement encouragée par une bonne parole, par un regard affectueux, j'étais résolue à ne pas prendre la seconde dose de poison.

« Vous avez fait ce que je vous demandais, mais sans une parole, sans un signe d'affection. Vous m'avez donné mon thé, comme vous auriez donné à boire à votre chien; et puis, d'un air distrait.... vous pensiez probablement à Mme Beauly !.... vous m'avez demandé comment j'avais fait pour laisser tomber la tasse en vous la rendant. Je ne pou is réellement plus la tenir, tant ma main trembla . Si vous aviez eu, comme moi, de l'arsenic caché sous votre couverture, votre main aurait tremblé aussi ! Avant de vous retirer, vous m'avez dit avec politesse que vous espériez que le thé me ferait du bien. Mais, ah ! Dieu ! en me disant cela, vous ne me regardiez seulement pas ! Vos yeux étaient baissés sur les débris de la tasse cassée.

« Aussitôt après votre sortie, j'ai pris le poison. Une double dose cette fois.

« J'ai une petite recommandation à vous faire, pendant que j'y pense.

« Après avoir enlevé l'étiquette de la petite bouteille, et après l'avoir remise, bien nette, dans mon nécessaire de toilette, il m'est venu à l'esprit que je n'avais pas pris la même précaution, dans la matinée, pour l'enveloppe de papier, vide maintenant, et qui portait aussi le nom de l'autre pharmacien. Je l'avais jetée sur le couvre-pied, avec d'autres

papiers inutiles. Ma garde, avec mauvaise humeur,
s'était plainte de la malpropreté ; elle avait enlevé
les papiers, les avait froissés dans sa main et jetés
dans un coin de la chambre. J'espère que le pharmacien n'aura pas à souffrir de ma négligence. Je
vous en prie, n'oubliez pas de dire qu'il ne mérite
aucun blâme.

« Dexter... Quelque chose me rappelle Miserrimus
Dexter. Il a remis votre *Journal* dans le tiroir, et il
me presse de faire une réponse à ses propositions.
Ce misérable traître a-t-il une conscience ? S'il en a
une, lui-même il souffrira.... quand il apprendra
ma mort.

« La garde est revenue dans ma chambre, je l'ai
renvoyée. Je lui ai dit que j'avais besoin d'être
seule.

« Oh ! le moment est-il arrivé ? Je ne puis trouver
ma montre... Est-ce le mal qui revient et qui me
paralyse ? Je ne le sens pas encore très-vivement.

« Il peut revenir à tout moment. J'ai encore à
fermer ma lettre et à écrire sur l'enveloppe que
c'est à vous qu'elle est destinée. Il faut, en outre,
que je garde la force de la cacher sous mon oreiller,
de manière à ce que personne ne puisse la trouver
avant ma mort.

« Adieu, mon ami. J'aurais désiré que vous eussiez une plus jolie femme. Quant à une femme plus
aimante, c'était impossible. Même encore maintenant, je crains la vue de votre cher visage. Même
encore maintenant, si le bonheur de vous regarder
m'était donné, je ne sais si votre vue n'aurait pas la
puissance de me faire confesser ce que j'ai fait,
avant qu'il soit trop tard pour me sauver.

« Mais vous n'êtes pas là. Cela vaut mieux !... cela vaut mieux !...

« Une fois encore, adieu ! Soyez plus heureux que vous ne l'avez été avec moi. Je vous aime, Eustache... je vous pardonne. Quand vous n'aurez rien de mieux à faire, pensez quelquefois aussi affectueusement que vous le pourrez à cette pauvre laide

« SARAH MACALLAN [1]. »

XLVIII.

QUE POURRAIS-JE FAIRE ENCORE ?

Lorsqu'après la lecture de ces émouvants et terribles adieux, j'eus réussi à calmer un peu mes esprits et à sécher mes larmes, ma première pensée fut pour Eustache, et cette pensée fut : Ce qu'il faut avant tout, c'est empêcher qu'il lise jamais ce que je viens de lire.

1. NOTE DE M. PLAYMORE : — Les mots perdus et les phrases remplacées dans cette dernière partie de la lettre sont en si petit nombre qu'il est inutile d'en faire mention. Les fragments qui ont été trouvés collés ensemble par la gomme, et qui représentent la partie de la lettre d'abord complétement reconstruite, commencent à la phrase : *J'ai parlé de vous à la garde dans des termes dont j'ai honte;* et finissent à la phrase inachevée : *Si en me rendant ce petit service vous m'aviez seulement encouragée par une bonne parole, par un regard affectueux, j'étais résolue à ne pas prendre...* Avec l'aide qui nous fut ainsi apportée, le travail de réunion de la dernière moitié de la lettre datée du 20 Octobre fut insignifiant, comparé avec les difficultés insurmontables que nous avons rencontrées en reconstruisant les fragments épars des pages précédentes. •

Oui! voilà à quel résultat j'étais arrivée. J'avais dévoué ma vie à la poursuite d'un but unique ; ce but je l'avais atteint ; là, sur ma table, sous mes yeux, je tenais la triomphante justification de mon mari ; et, par compassion pour lui, par égards pour la mémoire de sa femme morte, mon unique espoir était maintenant qu'il ne pût jamais voir la lettre qui prouvait son innocence ; mon seul désir était que cette lettre restât pour toujours secrète et cachée !

Je demeurai abîmée dans mes réflexions. Cette lettre, quelles étranges circonstances en avaient amené la découverte !

Tout était mon ouvrage... M. Playmore avait eu raison de le dire. Pourtant ce que j'avais fait, je l'avais fait en aveugle. Le plus simple accident aurait pu changer tout le cours des derniers événements. Maintes et maintes fois j'étais intervenue pour faire taire Ariel, quand elle suppliait son Maître de lui raconter une histoire. Si elle n'avait pas réussi, en dépit de mon opposition, les derniers efforts de mémoire de Miserrimus Dexter ne se seraient pas dirigés sur la tragédie de Gleninch. Si j'avais seulement pensé à remuer ma chaise et à donner ainsi à Benjamin le signal convenu pour qu'il cessât d'écrire, il n'aurait pas pris note des mots, en apparence dépourvus de sens, qui nous avaient amenés à la découverte de la vérité.

Dans ma nouvelle disposition d'esprit, la vue seule de cette preuve fatale, naguère si désirée, me remplissait d'épouvante et d'horreur. Juste au moment où Eustache revenait péniblement à la vie, juste au moment où nous étions de nouveau réunis et heureux... quand un mois ou deux à peine nous séparaient de l'instant où nous serions, lui père, moi mère, comme nous étions mari et femme... cet effrayant témoignage de douleur et de crime se dressait devant nous comme un esprit vengeur. Il était là sur ma table, menaçant le repos de mon mari, que dis-je? dans son état de faiblesse, menaçant même sa vie !

La pendule de ma cheminée sonna l'heure ; c'était celle où Eustache avait coutume de me faire sa visite du matin dans ma petite chambre. Il pouvait entrer à tout moment ; il pouvait voir la lettre, me l'arracher des mains... Dans un accès de terreur, je saisis les feuilles de papier et je les jetai au feu.

Il était heureux qu'on ne m'eût envoyé qu'une copie ; c'eût été l'original, je crois qu'en ce moment je l'aurais brûlé de même.

Le dernier fragment de papier achevait de se consumer quand la porte s'ouvrit ; Eustache entra.

Il regarda le feu. Les cendres noires du papier brûlé étaient encore visibles au fond de la grille. Eustache avait vu la lettre, qui m'avait été apportée pendant le déjeuner. Soupçonna-t-il ce que je venais de faire? Silencieux et grave, il resta quelques instants debout, en regardant le feu. Puis, il s'avança, et fixa ses yeux sur moi. Je suppose que j'étais très-pâle ; les premiers mots qu'il m'adressa furent pour me demander si je me sentais malade.

J'étais déterminée à ne pas le tromper même sur de simples bagatelles.

« Je me sens les nerfs un peu agités voilà tout, » répondis-je.

Il me regarda encore, comme attendant un mot de plus. Je gardai le silence. Il prit une lettre dans la poche de côté de son habit, et la déposa sur la table, devant moi... à la place même qu'avait occupée la Confession que je venais de brûler.

« J'ai eu également une lettre ce matin, dit-il, et *moi*, Valéria, je n'ai pas de secrets pour *vous*. »

Je compris le reproche qu'impliquaient les derniers mots; mais je n'essayai pas de répondre.

« Désirez-vous que je la lise? me contentai-je de dire, en montrant la lettre sous enveloppe déposée sur la table.

— Je vous l'ai déjà dit, je n'ai pas de secrets pour vous. L'enveloppe est ouverte. Prenez vous-même connaissance du contenu. »

Je trouvai, non pas une lettre, mais un fragment de papier imprimé, coupé dans un journal écossais.

« Lisez! » dit Eustache.

Je lus ce qui suit.

« ÉVÉNEMENTS ÉTRANGES A GLENINCH. »

« Un roman de la vie réelle semble suivre son
« cours dans la maison de campagne de M. Macallan.
« Des fouilles ont eu lieu — que nos lecteurs nous
« passent ce détail — dans un tas d'ordures! Il paraît
« qu'on y aurait découvert quelque chose; mais personne ne sait quoi. Voici tout ce qu'il y a de certain :
« —Depuis plusieurs semaines, deux étrangers venus
« de Londres, se sont mis, sous la direction de notre
« respecté concitoyen, M. Playmore, à travailler, nuit
« et jour, et portes closes, dans la bibliothèque de
« Gleninch. Le secret de leurs recherches sera-t-il jamais révélé? Et jettera-t-il quelque lumière sur ce
« mystérieux et fatal événement que nos lecteurs
« uniront d'eux-mêmes à l'histoire passée de la pro-

« priété de Gleninch? Peut-être, quand M. Macallan
« reviendra, sera-t-il en mesure de répondre à ces
« questions. En attendant, nous ne pouvons que
« mentionner le fait. »

Je replaçai le fragment de journal sur la table,
dans des dispositions d'esprit très-peu chrétiennes
envers le journaliste qui avait publié cette information. Quelque reporter, en quête de nouvelles,
avait évidemment jeté des regards curieux dans les
jardins de Gleninch; et quelque officieux du voisinage avait, selon toutes probabilités, envoyé le
fragment à Eustache. Ne sachant absolument que
faire, j'attendis que mon mari parlât. Il ne me tint
pas longtemps en suspens. Il me questionna aussitôt.

« Comprenez-vous ce que ceci veut dire, Valéria? »
Je répondis bravement sans hésiter :
« Je comprends parfaitement. »
Il attendit encore, espérant que j'en dirais davan-
tage; mais je profitai du seul refuge qui m'étais
laissé... le silence.

« Ne dois-je pas en apprendre plus que je n'en
sais à présent? reprit Eustache au bout d'un instant. Ne croyez-vous pas devoir me mettre au courant de ce qui se passe dans ma maison? »
Une remarque assez communément faite, c'est
que, lorsqu'on peut penser, la pensée va très-vite
dans certaines circonstances. Une seule issue
m'était ouverte pour sortir de l'embarrassante position dans laquelle les derniers mots de mon mari
me plaçaient. Mon instinct me fit entrevoir cette
issue, je m'y précipitai.

« Vous aviez promis de vous fier à moi? dis-je.
— C'est vrai.

— Eh bien, je vous demande, dans votre propre intérêt, Eustache, de continuer à vous fier à moi pendant un peu de temps encore. Je vous donnerai pleine satisfaction, si vous m'accordez seulement un peu de temps. »

Son visage s'assombrit.

« Combien de temps faut-il donc que j'attende ? »

Je vis que le moment était venu d'avoir recours à de plus forts moyens de persuasion que les paroles.

« Embrassez-moi, dis-je, avant que je vous réponde. »

Il hésita. Comme c'est bien dans la nature d'un mari ! Je persistai. Comme c'est bien aussi dans la nature de la femme ! Il n'avait guère qu'une chose à faire : me céder. Après m'avoir donné un baiser non pas des plus gracieux, il insista de nouveau pour savoir combien de temps il avait à attendre.

« J'ai besoin, répondis-je, que vous attendiez jusqu'à la naissance de notre enfant. »

Eustache tressaillit. Ma demande le prenait par surprise. Je pressai doucement sa main, en attachant sur lui mon plus tendre regard. Il me regarda à son tour, et cette fois avec assez d'amour pour me satisfaire.

« Dites-moi que vous consentez, » murmurai-je.

Il consentit.

C'est ainsi que j'ajournai l'heure des explications. C'est ainsi que je gagnai le temps nécessaire pour avoir une consultation nouvelle avec Benjamin et M. Playmore.

Tant qu'Eustache resta près de moi, je fus calme et j'eus assez de sang-froid pour m'entretenir avec lui, sans trop d'émotion apparente. Mais quand je pensai

à ce qui s'était passé entre nous et avec quelle bonté
il m'avait cédé, je me sentis le cœur pris de pitié
pour ces autres femmes, meilleures, pour la plupart, que je ne le suis, et à qui leurs maris, dans de
pareilles circonstances, auraient adressé de dures
paroles, s'ils n'avaient pas agi plus cruellement encore. Le contraste qui se présentait à mon esprit
entre leur sort et le mien me confondit. Qu'avais-je
fait pour mériter mon bonheur? Qu'avaient-elles
fait, les pauvres âmes, pour mériter leur malheur?
Mes nerfs avaient été violemment ébranlés par la
lecture de la douloureuse et terrible confession de
la première femme d'Eustache. Je fondis en larmes...
et ces larmes me soulagèrent!

XLIX.

PASSÉ ET AVENIR,

J'écris de mémoire, sans le secours de notes ou
d'un journal, et je n'ai pas un souvenir bien précis
de la durée de notre séjour à Paris. Nous y restâmes
certainement quelques mois. Depuis longtemps déjà
Eustache était devenu assez fort pour faire le voyage
de Londres, que les médecins persistaient encore à
le retenir à Paris. Ils avaient remarqué des symptômes de faiblesse dans l'un de ses poumons, et,
voyant qu'il se trouvait bien de l'air sec de la France,
ils lui recommandaient de ne pas trop se hâter d'aller
respirer l'air humide de notre pays natal.

Voilà comment il se fait que j'étais encore à Paris

quand je reçus de plus récentes nouvelles de Gleninch.

Mais les nouvelles, cette fois, ne m'arrivèrent pas
par correspondance. A ma grande surprise et à ma
grande joie, Benjamin fit, un matin, tout tranquillement, son entrée dans notre petit salon de Paris. Il
était extraordinairement recherché dans sa mise. Il
insista — tant que mon mari fut là — pour nous
faire entendre que sa grande raison de visiter Paris
était tout simplement le désir de prendre quelques
jours de vacances. Je le soupçonnai à l'instant d'a-
voir traversé la Manche avec un double caractère,
comme touriste amateur, en présence des tiers,
et comme ambassadeur de M. Playmore, quand lui
et moi nous serions seuls.

Assez tard dans la journée, je m'arrangeai de
façon à rester avec lui, et j'eus bientôt la preuve
que je ne m'étais pas trompée. Benjamin était parti
pour Paris, à la demande expresse de M. Playmore,
pour se consulter avec moi sur l'avenir et m'éclairer
sur le passé. Il me présenta ses lettres de crédit,
sous la forme de la petite note que voici, rédigée
par l'homme de loi.

« Il y a quelques points, » écrivait M. Playmore,
« que la lettre retrouvée ne nous semble pas éclair-
« cir. J'ai fait de mon mieux, avec l'assistance de
« M. Benjamin, pour trouver la véritable explication
« de ces points discutables, et pour abréger, j'ai
« présenté les faits sous formes de questions et de
« réponses. Voulez-vous m'accepter pour interprète,
« malgré les erreurs que j'ai commises lorsque vous
« m'avez consulté à Édimbourg? Les événements,
« je l'avoue, ont prouvé que j'avais complétement

« tort en essayant de vous empêcher de retourner
« chez Dexter... et en partie tort en supposant Dexter
« d'être directement au lieu d'être indirectement res-
« ponsable de la mort de la première Mme Eustache!
« Je fais franchement ma confession et je vous prie
« de dire à M. Benjamin si vous trouvez mon Ques-
« tionnaire digne ou non d'examen. »

Je pensai que son Questionnaire, comme il l'appe-
lait, était tout à fait digne d'examen. Si vous n'êtes
pas de cet avis, ou si vous avez assez de moi et de mon
récit, passez le chapitre suivant et n'en parlons plus!

Benjamin tira de sa poche cette espèce de questionnaire, et, à ma prière, lut les demandes et les
réponses, ainsi qu'il suit :

« QUESTIONS RELATIVES AU *JOURNAL.*

« *Première question.* — En se procurant les
moyens de prendre communication du *Journal* intime de M. Macallan, Miserrimus Dexter était-il
guidé par une connaissance antérieure du contenu
de ce *Journal?*

« *Réponse.* — Il est douteux qu'il fût si bien informé là-dessus. Les probabilités sont, qu'ayant remarqué le soin pris par Eustache pour mettre son
Journal en sûreté contre toute indiscrétion, il conclut de là à l'existence de dangereux secrets domestiques enfermés dans ces pages si étroitement tenues
sous clef. Il avait simplement en vue l'utilité que,
dans son intérêt, il pourrait tirer de ces secrets,
quand il aurait fait fabriquer les fausses clefs.

« *Seconde question.* — A quel mobile devons-

nous attribuer l'intervention de Miserrimus Dexter
auprès des officiers du shériff, le jour où ils saisi-
rent le *Journal* de M. Macallan, en même temps que
d'autres papiers?

« *Réponse.* — Nous devons ici rendre justice à
Miserrimus Dexter lui-même. Quelque infâme qu'ait
été sa conduite, cet homme n'est pas complétement
un démon. Qu'il ait secrètement haï M. Macallan
comme son rival heureux auprès de la femme qu'il
aimait, et qu'il ait fait tout ce qu'il a pu pour amener
l'infortunée femme à quitter son mari, ce sont des
faits ressortant de la cause, dont l'évidence n'est
pas contestable. Mais d'un autre côté, Dexter était
certes incapable de souffrir que l'ami qui se confiait
à lui passât en jugement par sa faute, comme accusé
d'un meurtre, sans qu'il fît aucun effort pour sauver
un innocent. Naturellement, il n'est jamais venu à
l'esprit de M. Macallan, innocent de la mort de sa
femme, de détruire son *Journal* et ses lettres, dans
la crainte qu'il en fût fait usage contre lui. Jusqu'au
moment où la prompte et secrète action de la justice vint le surprendre, l'idée d'être accusé du meurtre de sa femme ne s'était même jamais présentée à
son esprit. Mais Dexter devait avoir envisagé les
choses à un autre point de vue. Dans les dernières
paroles incohérentes, échappées à ses lèvres quand
sa raison chancelait, il fait allusion au *Journal* en
ces termes : « Le *Journal* le fera pendre. Je ne veux
« pas qu'il soit pendu ! » S'il avait pu s'y prendre à
temps, ou si les officiers du shériff n'avaient pas été
plus prompts que lui, il est raisonnable de supposer
que Dexter aurait lui-même détruit le *Journal*, pour
prévenir les conséquences de la production de cette
pièce compromettante devant la Cour. Cette inten-

tion de sa part paraît si manifeste, qu'il a même résisté aux officiers de justice, et qu'il a tenté de s'opposer à l'accomplissement de leur devoir. Son agitation quand il a envoyé chercher M. Playmore pour qu'il intervînt a été constatée *de visu* par celui-ci, qui ne doit pas oublier d'ajouter que cette agitation était réelle, incontestablement réelle.

« QUESTIONS RELATIVES A LA *CONFESSION.*

« *Première question.* — Qu'est-ce qui a empêché Dexter de détruire la lettre quand il l'a découverte sous l'oreiller de la morte ?

« *Réponse.* — Les mêmes raisons qui l'avaient poussé à résister à la saisie du *Journal*, et à témoigner en faveur de l'accusé lors du procès, l'ont décidé à garder la lettre jusqu'à ce que le verdict fût connu. De ses dernières paroles, consignées dans les notes de M. Benjamin, nous devons conclure que, si le verdict du jury avait été : Coupable, il n'aurait pas hésité à sauver le mari innocent en produisant la Confession de la femme. Il y a des degrés dans toute perversité. Dexter était assez pervers pour supprimer la lettre qui blessait sa vanité en le représentant comme un objet de dégoût et de mépris; mais il ne l'était pas assez pour laisser volontairement un innocent périr sur l'échafaud. Qu'on réfléchisse, dans cette situation, à ce qu'a dû souffrir Dexter, quelque indigne qu'il fût, quand il a lu pour la première fois la Confession de Mme Eustache. Il était entré dans ses calculs de miner l'affection de la femme pour son mari. A quels résultats ces calculs l'avaient-ils conduit ? Il avait poussé la femme qu'il aimait à chercher un refuge dans le suicide! Donnez à ces considérations le poids qu'elles méritent et vous comprendrez qu'il pouvait rester un petit fonds de vertu dans le cœur de cet homme, ainsi que cela résulte même de ses remords.

« *Seconde question.* — Quel motif a influencé la conduite de Miserrimus Dexter, quand Mme Valéria Macallan l'a informé qu'elle se proposait de rouvrir une enquête sur l'empoisonnement commis à Gleninch?

« *Réponse.* — Selon toutes probabilités, les craintes qui assiégent une mauvaise conscience suggérèrent à Dexter qu'il pouvait avoir été épié quand il était secrètement entré, le matin, dans la chambre où gisait le cadavre de la première femme d'Eustache. Sans scrupules pour lui-même, pour écouter aux portes et regarder par le trou des serrures, il devait être d'autant plus disposé à soupçonner les autres de se livrer aux mêmes pratiques. Sous l'empire de cette crainte, il devait naturellement lui venir à l'esprit que Mme Valéria pouvait un jour rencontrer la personne qui l'avait épié, et apprendre de cette personne tout ce qu'elle avait découvert s'il n'arrivait pas à lui faire faire fausse route dès le début de ses investigations. Les soupçons jaloux que lui inspiraient à elle-même Mme Beauly lui offraient la chance d'y réussir facilement. Il était d'autant plus disposé à profiter de cette chance qu'il était lui-même animé des sentiments les plus hostiles à l'égard de cette dame. Il la connaissait comme l'ennemie qui avait détruit la paix domestique de la maîtresse de la maison; il aimait la maîtresse de la maison, et, comme conséquence, il haïssait son ennemie. Prévenir la découverte de son coupable secret, et persécuter Mme Beauly : c'est là qu'il faut voir le motif principal et le motif secondaire qui ont fait agir Dexter dans ses relations avec la seconde Mme Eustache [1]. »

Benjamin déposa ses notes et ôta ses lunettes.

« Nous n'avons pas jugé nécessaire d'aller plus loin, dit-il. Existe-t-il encore quelque point que vous pensiez être resté inexpliqué? »

Je réfléchis. Il n'y avait pas de point important qui me parût avoir encore besoin d'explication. Mais j'avais, à mon tour, à poser des questions bien intéressantes pour moi sur Mme Beauly.

Je ne pouvais m'empêcher de garder encore sur Mme Beauly quelques arrière-pensées de jalousie rétrospective. Ce ne fut donc pas sans quelque émotion que je dis à Benjamin :

« Vous et M. Playmore, n'avez-vous jamais parlé ensemble de l'ancien attachement de mon mari pour Mme Beauly? M. Playmore ne vous a-t-il jamais dit pourquoi Eustache n'a pas épousé, après l'issue du procès, cette femme qu'il avait réellement aimée?

— Je lui ai moi-même adressé cette question, dit Benjamin. Il y a répondu assez aisément. Comme ami et conseil de votre mari, M. Playmore a été consulté par lui au sujet d'une lettre que M. Eustache écrivit à Mme Beauly, après l'issue du procès. Sur ma demande, il m'a dit quelle était la substance de cette lettre. Vous plairait-il de savoir ce que je m'en rappelle à mon tour? »

1. NOTE DE L'AUTEUR DE CE RÉCIT : — Voir pour plus ample démonstration de ce point de vue la scène chez Benjamin (chapitre xxxv), où Dexter, dans un moment d'agitation impossible à réfréner, révèle son secret ou plutôt une partie de son secret à Valéria.

J'avouai que cela me plairait fort, et mon vieil ami s'empressa de me rassurer. Ce que se rappelait Benjamin coïncidait exactement avec ce que m'avait dit Miserrimus Dexter. Mme Beauly avait été témoin de ce que mon mari considérait comme sa déchéance publique. C'en était assez pour l'empêcher de l'épouser. Il avait rompu avec elle par la même raison qui le fit plus tard se séparer de moi. L'existence avec une femme sachant qu'il avait passé en jugement comme accusé de meurtre, était une perspective qu'il n'avait pas le courage d'affronter. Les deux relations concordaient en tous points. Ma curiosité jalouse était donc satisfaite, et Benjamin fut libre de bannir tout souvenir du passé et d'aborder le sujet plus intéressant de l'avenir.

Ses premières questions portèrent sur Eustache. Il me demanda si mon mari avait quelque soupçon de ce qui avait été fait à Gleninch.

Je lui dis l'incident du fragment de journal, et comment j'étais parvenue à différer momentanément l'inévitable révélation de la vérité.

Le visage de mon vieil ami s'éclaircit en m'écoutant.

« Ce sera une bonne nouvelle pour M. Playmore, dit-il. Notre excellent ami est vivement effrayé à la pensée que nos découvertes peuvent compromettre votre position vis-à-vis de votre mari. D'une part, il est naturellement désireux d'épargner à M. Eustache la douleur qu'il devra nécessairement ressentir s'il lit la Confession de sa première femme. D'un autre côté, par esprit de justice, comme dit M. Playmore, il est impossible, au point de vue des enfants à naître de votre mariage, de supprimer un document qui lave la mémoire de leur père de la tache que le verdict écossais peut avoir imprimée à son nom. »

J'écoutais attentivement. En faisant allusion à notre avenir, en parlant de notre enfant, Benjamin avait touché une corde sensible qui vibrait secrète- ment et douloureusement dans mon cœur.

« Comment M. Playmore propose-t-il de résoudre cette difficulté? demandai-je, non sans anxiété.

— La difficulté ne peut être résolue que d'une seule manière, reprit Benjamin. M. Playmore propose d'enfermer dans une enveloppe scellée le manuscrit original de la lettre, et d'y ajouter une relation très- claire des circonstances dans lesquelles elle a été dé- couverte, relation appuyée d'une attestation revêtue de votre signature et de la mienne, comme témoins. Ceci fait, ce sera à vous de mettre votre mari dans la confidence de notre découverte, au moment que vous jugerez opportun. Puis ce sera à M. Eustache à décider s'il veut ouvrir le paquet scellé, ou s'il veut le laisser avec les cachets intacts, comme un héritage pour ses enfants. Il abandonnerait à leur discrétion le soin de juger si le document doit ou non être rendu public, quand ils seront en âge d'a- gir par eux-mêmes. Consentez-vous à cela, ma chère? Ou préférez-vous que M. Playmore vienne voir votre mari et agisse pour vous en cette circons- tance? »

Je me décidai, sans hésitation, à assumer toute la responsabilité sur moi. Pour ce qui était de guider la décision à prendre par Eustache, je considérais mon influence comme évidemment supérieure à celle de M. Playmore. Ma détermination reçut l'approbation de Benjamin. Il fut convenu seulement qu'il écrirait à Édimbourg le jour même, pour calmer au plus tôt les inquiétudes de M. Playmore.

La seule chose restant à régler était relative à mon plan de retour en Angleterre. Les médecins étaient les autorités à consulter à ce sujet. Je promis de les interroger lors de leur première visite à Eustache.

« N'avez-vous rien de plus à me dire? demanda Benjamin, au moment où il ouvrait son portefeuille pour écrire à M. Playmore.

— Si fait! dis-je. Miserrimus?.... Ariel?.... avez-vous eu de leurs nouvelles récemment? »

Mon vieil ami soupira et m'avertit ainsi que j'avais touché à un sujet pénible.

« La meilleure chose, dit-il, qui puisse arriver à ce malheureux homme ne se fera probablement plus beaucoup attendre. Le seul changement qui se soit produit en lui le menace d'une attaque plus ou moins prochaine de paralysie. Vous pouvez apprendre sa mort avant d'être de retour en Angleterre.

— Et Ariel? demandai-je.

— Toujours la même, répondit Benjamin. Parfaitement heureuse, tant qu'elle est auprès du Maître. D'après tout ce que j'ai entendu dire d'elle, la pauvre créature ne considère pas Dexter comme un être mortel. Elle rit à l'idée qu'on puisse croire qu'il peut mourir, et elle attend patiemment, persuadée qu'il la reconnaîtra un jour ou l'autre. »

Les nouvelles de Benjamin m'attristèrent profondément. Me renfermant dans un silence morne, je laissai mon vieil ami tout à sa lettre.

L.

LA FIN DE L'HISTOIRE.

Dix jours après nous retournions en Angleterre, accompagnés par Benjamin.

La maison de Mme Macallan, à Londres, nous offrait d'amples moyens d'installation. Nous accueillîmes avec joie sa proposition d'y rester près d'elle jusqu'à la naissance de notre enfant, et nos plans d'avenir furent dressés en conséquence.

Les tristes nouvelles auxquelles Benjamin m'avait préparée à Paris ne tardèrent pas à me parvenir après notre retour en Angleterre. Miserrimus Dexter avait été délivré du fardeau de la vie. La mort était venue pour lui lentement et graduellement. Peu d'heures avant de rendre le dernier soupir, la connaissance lui revint. Il reconnut Ariel, il la regarda, et l'appela par son nom. Puis, il me demanda. On pensa à m'envoyer chercher; mais il était trop tard. Subitement, et avant qu'un messager pût m'être expédié, le malheureux homme se redressa, et, avec une lueur de son ancienne importance :

« Silence, vous tous ! s'écria-t-il, j'ai la tête fatiguée, et je vais dormir. »

Il ferma les yeux et s'endormit en effet.... mais pour ne plus se réveiller. Ainsi pour lui la mort avait été miséricordieuse, elle était venue sans son cortége d'anxiétés et de douleurs. Ainsi cette étrange existence, avec ses fautes, ses misères, ses lueurs de poésie et d'humeur, ses accès fantasques de gaieté, de cruauté, et de vanité.... avait suivi son cours prédestiné et s'était évanouie comme un rêve !

Hélas! pauvre Ariel! Elle avait vécu pour le Maître.... que pouvait-elle faire, maintenant que le Maître était parti? Elle pouvait mourir avec lui, et pour lui.

On lui avait permis d'assister aux funérailles de Miserrimus Dexter.... dans l'espérance que la cérémonie servirait à la convaincre de sa mort. Cette attente ne se réalisa pas. Ariel persistait à nier que le Maître l'eût quittée. On fut obligé de retenir de force la pauvre créature quand le cercueil fut descendu dans la fosse, et ce ne fut également que par la force qu'on parvint à l'emmener hors du cimetière, quand la cérémonie funèbre fut terminée. A partir de ce moment, sa vie s'écoula, pendant quelques semaines, dans des alternatives d'accès de délire et de sommeil léthargique. Au bal annuel donné dans l'établissement, pendant que la surveillance était quelque peu relâchée, le bruit se répandit, vers minuit, qu'Ariel avait disparu. La garde chargée de veiller sur elle l'avait laissée dormant, et avait cédé à la tentation de descendre un instant pour jeter un coup d'œil sur le bal. Quand cette femme était retournée à son poste, Ariel était partie. La présence d'étrangers et la confusion accidentellement produite par la fête, lui avaient offert des facilités pour s'échapper, qu'elle n'aurait pas trouvées en tout autre temps. Cette nuit-là, toutes les recherches faites pour la retrouver furent vaines. Le lendemain matin apporta de touchantes et terribles nouvelles. La pauvre Ariel, avec son instinct de chien aimant, était retournée droit au cimetière. On l'y avait trouvée, au lever du soleil, morte de froid, sur la fosse de Miserrimus Dexter. Fidèle jusqu'à la fin, Ariel avait suivi son Maître! Fidèle jusqu'à la fin, Ariel était morte sur le tombeau de son Maître!

Ayant écrit ces tristes mots, je me hâte de revenir à des sujets moins pénibles.

Les événements m'avaient séparée du Major Fitz-David, après le dîner qui avait été marqué par ma rencontre mémorable avec Lady Clarinda. Depuis ce temps je n'ai eu que peu ou point de nouvelles du vieux beau, et, j'ai honte de le dire, je l'avais à peu près entièrement oublié, quand ce moderne Don Juan se rappela à mon souvenir par l'apparition imprévue d'une lettre, arrivée à mon adresse au domicile de ma belle-mère, et qui était... une lettre de faire-part de mariage. Le Major faisait une fin! Et, chose plus surprenante encore, ce folâtre ami des belles avait choisi pour légitime propriétaire de sa maison et de lui-même, qui?.... la future reine du chant, la jeune femme aux yeux ronds, à la mise excentrique, qui possédait une voix de soprano si vibrante!

Nous fîmes notre visite de congratulation dans les formes, et nous en sortîmes tous émus de compassion pour ce pauvre et brave Major.

L'épreuve du mariage avait tellement changé mon joyeux et galant admirateur d'autrefois, que j'eus quelque peine à le reconnaître. Il avait perdu toutes ses prétentions à la jeunesse, il était devenu irrévocablement et sans déguisement un vieillard. Debout derrière le fauteuil dans lequel trônait son impérieuse jeune femme, il la regardait avec soumission, entre chaque parole qu'il m'adressait, comme s'il avait eu besoin de sa permission, seulement pour ouvrir la bouche. Chaque fois qu'elle l'interrompait.... et cela lui arrivait à tout moment, et sans cérémonie.... il se soumettait avec une docilité et une admiration sénile, à la fois triste et comique à voir.

« N'est-elle pas belle? me disait-il de manière à être entendu par sa femme. Quelle figure!.... et quelle voix!.... Vous vous rappelez sa voix? C'est une perte, chère madame, une perte irréparable pour nos grandes scènes lyriques. Voyez-vous, quand je pense à ce qu'aurait pu faire cette grande artiste, je me demande quelquefois si j'avais réellement le droit de l'accaparer, de l'épouser. Je sens, ma parole d'honneur! que je me suis rendu coupable envers le public. »

Quant à l'heureuse personne, objet de ce mélange bizarre d'admiration et de regret, elle se plut à me recevoir gracieusement, comme une amie.

Pendant qu'Eustache parlait avec le Major, la nouvelle mariée me tira à l'écart et m'expliqua à voix basse les raisons qui l'avaient déterminée à se marier, avec une candeur où manquait un peu trop visiblement la pudeur.

« J'appartiens, me dit-elle, à une nombreuse famille complètement dépourvue de ressources. Le Major est bien gentil de parler de moi comme d'une reine du chant et tout ce qui s'en suit. Ah! bon Dieu! J'en avais déjà bien assez de l'Opéra! Mon maître de musique m'a suffisamment renseignée; je sais ce qu'il en coûte de peine pour devenir une grande chanteuse. Je n'ai pas la patience de travailler comme ces femmes étrangères, ce tas de

Jézabels effrontées! Je les déteste et je les méprise!
Non, non ; entre nous, il était bien plus facile, plus
rapide, et plus sûr de faire ma fortune en épousant
le vieux gentleman. Aujourd'hui me voilà bien pourvue.... voilà ma famille bien pourvue également....
et rien à faire qu'à dépenser de l'argent! J'adore ma
famille, moi! je suis bonne fille, je suis bonne
sœur.... moi! Voyez comme je suis habillée! Regardez-moi ce mobilier! Je n'ai pas mal joué mon
jeu, hein? C'est un grand avantage, allez, que d'é-
pouser un vieillard.... vous pouvez le tortiller autour de votre petit doigt. Suis-je heureuse? Oui,
certes, je suis heureuse! J'espère que vous êtes
heureuse aussi. Où demeurez-vous maintenant?
J'irai bientôt vous voir pour avoir le plaisir de causer longuement avec vous. J'ai toujours eu du pen-
chant pour vous; et, maintenant que ma position
vaut la vôtre, je désire que nous soyons amies. »

Je lui répondis par quelques mots polis, bien déterminée intérieurement à m'arranger, quand elle
me ferait visite, pour qu'elle ne dépassât pas le seuil
de la porte extérieure. Pourquoi ne le dirais-je pas?
ses offres d'amitié m'inspiraient un sentiment assez
voisin du dégoût. Quand une femme se donne à un
homme pour de l'argent, le marché n'est pas moins
odieux et honteux, ce me semble, pour avoir reçu
la sanction religieuse et légale.

Je me retrouve devant mon bureau, livrée à mes
réflexions, les images du Major et de sa femme
s'évanouissent de ma mémoire... et la dernière

scène de mon histoire se déroule lentement à ma
vue.

Le lieu est ma chambre à coucher. Les personnages, tous deux au lit — qu'on veuille bien les
excuser — sont moi et mon fils. Il est déjà âgé de
trois semaines, et, pour le moment, il est profondément endormi à côté de sa mère. Mon bon oncle
est venu tout exprès à Londres pour le baptiser.
Mme Macallan sera sa marraine, ses parrains seront Benjamin et M. Playmore. Je me demande si
le baptême de mon enfant se passera plus joyeusement que mes noces?

Le docteur vient de quitter la maison, un peu
perplexe à mon sujet. Il m'a trouvée, comme d'habitude depuis quelques jours déjà, étendue sur ma
chaise-longue; mais, aujourd'hui, il a remarqué en
moi des symptômes de faiblesse qui lui ont paru
tout à fait inexplicables dans les circonstances présentes, et qui l'ont engagé à user de son autorité
pour me faire reprendre le lit.

La vérité est que je n'ai pas mis le docteur dans
ma confidence. Il y a deux causes à ces indices de
fatigue qui ont surpris mon médecin.... ces deux
causes sont l'incertitude et l'inquiétude.

Aujourd'hui, j'ai enfin pris assez de courage pour
accomplir la promesse que j'avais faite à mon mari
lors de notre séjour à Paris. Il sait maintenant comment a été découverte la confession de sa première
femme. Il sait, par le témoignage plein d'autorité
de M. Playmore, que la lettre de la mourante peut,
s'il le veut, fournir les moyens de faire proclamer
publiquement son innocence par une Cour de Justice. Enfin, et c'est là ce qui importe plus que tout,
il sait que cette Confession a été gardée secrète

pour lui, afin de ménager sa tranquillité d'âme, en même temps que par respect pour la mémoire de la pauvre infortunée qui la première a porté son nom.

Ces révélations nécessaires, c'est moi qui les ai faites à mon mari.... mais je n'ai pas osé les faire de vive voix. Le moment venu, j'ai reculé devant la nécessité de lui parler de sa première femme. J'avais rédigé une sorte de relation, puisée principalement dans les lettres que j'avais reçues à Paris de Benjamin et de M. Playmore. Je la lui ai remise. Il la lit en ce moment. Quand je dis : il la lit, il a eu maintenant amplement le temps de la lire ; il a eu le temps d'y réfléchir longuement dans la solitude et le silence de son cabinet. Pourquoi ne revient-il pas ? Je l'attends, la fatale Confession à la main. Ma belle-mère attend aussi dans la chambre voisine de la mienne. Elle veut comme moi, entendre de sa bouche sa décision. Quel parti prendra-t-il ? Oui ou non, va-t-il briser les cachets qui scellent la lettre de la morte ?

Les minutes se passent. Nous continuons à ne pas entendre le bruit de son pas dans l'escalier. Mes doutes m'agitent de plus en plus, à mesure que l'attente se prolonge. Dans l'état nerveux où je suis, cette lettre, que je tiens là, entre mes mains, me semble inexprimablement lourde. Je frissonne, rien qu'à la regarder. Je change incessamment de place dans mon lit, sans pouvoir trouver un seul instant de calme. Tout à coup une idée singulière traverse mon esprit. Je soulève doucement l'une des mains de mon petit enfant, et je place dessous la lettre ; associant ainsi au terrible testament de crime et de malheur cette innocence et cette grâce, pour qu'elles y mêlent un peu de leur douceur et de leur pureté.

Les minutes s'écoulent, la pendule sonne une demie. Enfin, j'entends Eustache! Il frappe doucement à la porte, et il ouvre.

Il est d'une pâleur mortelle. Je crois surprendre des traces de larmes dans ses yeux. Mais aucun signe extérieur d'agitation ne lui échappe, quand il vient s'asseoir près de moi. Il a dû, par affection pour moi, attendre jusqu'à ce qu'il soit tout à fait maître de lui.

Il presse ma main et la baise tendrement.

« Valéria! dit-il, laissez-moi vous demander encore de me pardonner ce que j'ai dit et fait en d'autres temps. Si je ne comprends pas autre chose, je comprends au moins ceci : — La preuve de mon innocence a été trouvée, et je le dois uniquement au courage et au dévouement de ma femme! »

Je gardai un instant le silence, pour mieux savourer le plaisir de l'entendre parler ainsi, pour lire son amour et sa reconnaissance dans ses yeux humides, dont les regards se fixaient avec attendrissement sur moi. Puis, je fis appel à toute ma résolution pour poser la question dont dépendait notre avenir :

« Est-ce que vous voulez voir la lettre, Eustache? »

Au lieu de répondre, il m'adressa lui-même une autre question.

« Avez-vous cette lettre ici?

— Oui.

— Scellée?

— Scellée. »

Il s'arrêta un instant pour bien peser, avant de parler, ce qu'il allait dire.

« Que je sois bien sûr si je comprends exactement
ce que j'ai à décider, r prit-il. Supposons que j'insiste pour lire la lettre?... »

Là, je l'interrompis. Je sais que j'aurais dû savoir
me contenir. Mais je ne trouvai pas la force de faire
ce que je devais.

« O mon bien-aimé ! m'écriai-je, ne parlez pas de
lire cette lettre! Je vous en prie.... je vous en supplie.... épargnez-vous vous-même... »

Il fit un geste de la main pour réclamer de moi le
silence.

« Je ne pense pas à moi, dit-il. Je pense à celle
qui n'est plus. Si je renonce à prouver mon innocence, de mon vivant, si je laisse intacts les cachets
de la lettre, croyez-vous, comme le dit M. Playmore, que je ferai acte de respect et de tendresse
envers la mémoire de ma première femme?

— Oh! il ne peut pas y avoir à cela l'ombre d'un
doute!

— Sera-ce de ma part une faible expiation de la
peine que je puis lui avoir causée, sans intention, de
son vivant?

— Oui!.... oui!....

— Et vous, Valéria, serez-vous satisfaite?

— Mon ami, je serai ravie!

— Où est la lettre?

— Dans la main de votre enfant. »

Il passa de l'autre côté du lit. Il souleva la main
rose de l'enfant, qu'il porta à ses lèvres. Pendant un
instant, il garda la petite main dans la sienne, immobile et comme absorbé dans ses pensées. Je vis
sa mère entr'ouvrir doucement la porte, et guetter
ses mouvements comme je les guettais moi-même.
Il y eut là, je crois, une hésitation dernière. Mais

notre incertitude ne se prolongea pas. Eustache, avec un profond soupir, replaça la main de l'enfant sur la lettre scellée. Ce simple geste disait tout; il disait à son fils, mieux que s'il eût eu recours à la parole :

« C'est toi qui décideras! »

Ainsi se termina cette ardente recherche, cette longue poursuite pour la conquête de l'honneur et du repos de mon mari. Cela ne finissait pas comme j'avais pensé que cela devait finir; peut-être pas non plus comme vous aviez pensé que cela finirait. Que savons-nous de notre destinée? Que savons-nous de l'accomplissement de nos plus chers désirs? Dieu le sait.... et cela vaut mieux.

Je n'ai plus à ajouter qu'un dernier mot, comme post-scriptum. Ne soyez pas trop durs, bons lecteurs, pour les faiblesses ou les erreurs de la vie de mon mari. Pensez de moi, dites de moi tout le mal que vous voudrez. Mais soyez indulgents pour Eustache!

FIN.

TABLE DES MATIÈRES

FIN DE LA TABLE DU SECOND ET DERNIER VOLUME.

COULOMMIERS. — Typogr. ALBERT PONSOT et P. BRODARD.